舒國治
精選集

目次

閒情與漂泊

吃飯更吃麵

養生與打拳

遠方與近地

講武又講俠

玩物與品美

美國與公路

電影與人物

書評與畫評

1

耽溺與逃避

賴床

有一種壞習慣，小時候一直改不掉，到了年歲多了，卻不用改自己逐漸就沒有了。賴床似乎就是。

躺在床上，早已醒來，卻無意起來，前一晚平放了八九個鐘頭的體態已然放夠，前一晚眠寐中潛遊萬里的夢行也已停歇；然這身懶骨猶願放著，夢盡後的游絲猶想飄著。

這游絲不即不離，勿助勿忘，一會兒昏昏默默，似又要返回睡境；一會兒源源汩汩，似又想上遊於泥丸。身靜於杳冥之中，心澄於無何有之鄉。剎那間一點靈光，如黍米之大，在心田中宛轉悠然，聚而不散，漸充漸盈，似又要凝成意念，構成事情。

便因賴床，使人隱隱然想要創作。

賴床，是夢的延續，是醒著來作夢。是明意識卻又半清半朦的往下胡思滑想，卻常條理不紊而又天馬行空意識亂流東跳西迸的將心思涓滴推展。

它是一種矇朧，不甘立時變成清空無翳。它知道這矇朧遲早會大白，只是在自然大白前，它要永遠是矇朧。

它又是一番不捨。是令前一段狀態猶作留續，無意讓新起的任何情境阻斷代換。

早年的賴床，亦可能凝鎔為後日的深情。哪怕這深情未必見恤於良人、得識於世道。

端詳有的臉，可以猜想此人已有長時沒賴床了。也有的臉，像是一輩子不曾賴過床。賴過床的臉，比較有一番怡然自得之態，像是似有所寄、似有所遙想，卻又不甚費力的那種遙想。

早上床賴不夠，只得在晚上飯桌酒瓶旁多賴一賴。這指的是獨酌。且看許多臉之怡然自得或似有遙想，也常在酒後。而這是淺酌，且是獨自一人。

倘兩人對酌，而有一人臉上似有遙想，則另一人弄不好覺得無趣，明朝也不想抱琴來了。

不只賴睡在床，也可在火車上賴床，在浴缸裏賴床。在浴缸裏躺著，只包的不是棉花被子而是熱水被子。全室瀰漫的蒸氣及缸裏熱騰騰的水，令全身毛孔舒開，也令眼睛闔起，更使腦中血液暫時散空，人在此時，一不留神就睡著了。

要賴床賴得好，常在於賴任何事賴得好。亦即，要能待停深久。譬似過日子，過一天就要像長長足足的過它一天，而不是過很多的分，過很多的秒。那種每一事只蜻蜓點水，這沾一下，那沾一下，急急頓頓，隨時看錶，到處趕場，每一段皆只一起便休，是最不能享受事情的。

看人所寫書，便知什麼人賴床，什麼人不。曹雪芹看來賴床賴得兇，洪都百鍊生則未必。

我沒裝電話時，賴床賴得多些。父母在時，賴得可能更多。故為人父母者，應不催促小孩，由其肆意賴床。

老人腰腿無力，不能遊行於城市雲山，甚也不能打坐於枯木寒堂，卻可以賴床。便因賴床，人老又何悲之有？

雖出外與相得友朋論談吟唱，何等酣暢；雖坐軒齋讀宏文奇書，何等過癮；然一逕無事的躺著靠著，令心思自流，竟是最能杳杳冥冥把人帶到兒童時的作夢狀態，無遠弗屆。愈是有所指有所本的業作，如上班，如談正事，如趕進度，最是傷害作夢。小孩捏著一架玩具在空中飛劃，便夢想在飛，喃喃自語，自編劇情，何等怡悅。

賴床，在空寂幽冥中想及之事理、之史實，方是真學問。實非張開大眼看進之世態、讀進之書本、聽到的聲響話語所能比其深諦。當然賴床時的想像，或得依傍過往人生的材料；廣闊的見聞、淹通的學識或許有所助益，但見聞學識也不免帶進了煩擾及刻意洞察的迷障，看來最是損折原本賴床的至樂。且看年少時的賴床恁是比中年的賴床得到的美感、得到的通清穿虛要來得佳幽奇絕。可見知識人情愈積累未必較空純無物為更有利。

有時在昏昧中自己隱隱哼在腔內的曲調，既成旋律，卻又不像生活中聽過的別人歌曲，令自己好生詫異；自己並非作音樂的，倘非已存在的、甚而曾是流行的名曲，豈會在這悠悠忽忽的當兒哼出？這答案不知要怎麼找。事後幾天沒有因哪一首曲子之入耳而想起賴床時之所哼，致再怎麼也想不起。這便像世上一切最美妙的事物，如雲如煙，過去後再也不留痕跡。

（原載二〇〇〇年三月二日《中國時報．人間》，曾收錄於《理想的下午》，遠流出版）

淋雨

身邊小事不時也頗念及，不知適合寫成文章否。

我常在雨中走路，而沒有打傘。近年臺北的雨較小了，二、三十年前常見的傾盆大雨如今少見了。

我不大打傘，倒不是懷念年少時的傾盆大雨之酣暢，而是根本覺得一來淋點小雨沒啥不舒服；二來帶傘常干擾大步暢行，麻煩，常沒用幾分鐘雨已失去蹤影；三來，也是最主要的，是我沒養成那種「下雨怎能不打傘」的根深蒂固之約定俗成過日子觀念。

後來又有說什麼酸雨淋不得之類的。當然，以肉身闖入汙染，我也實有不願，但仍還是用「管他的」之慣勢投入我們早就活慣了的味精、灰塵、噪音等無所不在的環境中，依舊不打傘。

至於那些原就永遠打傘者，即使下的不是酸雨，他還是照樣打著。你相不相信？這個世界的狀況是，多半的人壓根沒有想，就把傘打了起來。

我不知何時覺得，為什麼人要刻意避開淋雨？

小雨時，淋著多麼舒服，避著不淋，多可惜。大雨，固令人全身尷尬，然身體有大鬱結、心理有大愁悶者，偶得痛快一淋，最是有沖刷滌蕩之無比功效。

然人之不淋雨，看來皆不是不同意我前面說的，看來也不是想過後認為淋雨沒必要，實是遵從一種「文明趨向」後之不須考量便必定跟做之「大夥如此我便如此」的隨宜性。什麼「感冒」云云、「酸雨導致落髮」云云常是隨手拈來的良好人云亦云理由。三十年前臺灣尚不興說酸雨時，他還不是堅不淋雨。

一個不願淋雨的城市或國家，應該就是一個心靈上不甚暢快、身體上不甚透達的地域。譬似一個幾乎從不淋雨的小孩其童年少年之成長是很不健康的。

如今有了捷運，有人為了避開雨之干擾（除了水滴飛濺到衣服下襬，也像弄濕了鞋、濺泥在襪上），懂得在地底沿行，這固然避了水擾，然而地鐵站內的窒悶空氣卻多所接收了。說到空氣，有的人根本沒有這感覺。乃視為當然。每次在路面經過地鐵站的出口，便已受襲到一股暖烘烘、悶燥燥、帶點化學工業味的氣體，令我不甚適暢，但似乎大多人不怎麼有異感。

曾經想過在一篇小說中如此安排：男主人翁和女主人翁坐在店裏聊得愉快又相知，當出店門時，下雨了，男的說：「我可以不打傘，你要不要在這裏站一下，我去買把傘？」女的說：「不，我也不打傘的。」（男的一聽，剎那間，竟像是遇到了知音一般的心中震動。）

（原載二〇〇五年四月五日《自由時報・副刊》，曾收錄於《流浪集》，大塊文化出版）

早上五點

早上五點，有時我已醒來，多半我還未睡。這一刻也，黑夜幾盡，天光將現，我再怎麼也不願躺偎床上，亟亟披衣往外而去。多少的煙紗月籠、多少的人靈物魂、多少的宇宙洪荒、多少的角落臺北我之看於眼裏，是在早上五點。

在杭州，某個冬日早上五點，騎車去到潮鳴寺巷一家舊式茶館（極有可能是碩果僅存的一家，七年前。今已不存），為的未必是茶（雖我也偶略一喝），為的未必是老人（雖也是好景），為的未必是幾十張古垢方桌所圈構一大敞廳、上頂竹篾棚的這種建築趣韻，都不是。為的是什麼呢？比較是茶爐上的煙氣加上人桌上繚繞的香菸連同人嘴裏哈出的霧氣，是的，便是這些微邈不可得的所謂「人煙」才是我下床推門要去親臨身炙的東西。

美國南方，紐奧良，早上五點，在 Café du Monde（「世界咖啡館」）這家百年老店，透過越南侍者手上端過來熱騰騰的咖啡歐雷和三塊滿沾糖粉的「炸麵蓬」（beignet），遠處雖微泛天光，然這城市的罪與暗總似還未消褪淨盡。而由 Café du Monde 背後的密西西比河面沁來的濕露已足慫恿人急於迎接一天的亮堂堂來臨，遠眺一眼橫跨河上的大鐵橋，已有不少車子移動，竊想要在這城市大白之前快快回去睡覺。早上五點，在紐奧良。

早上五點，一天中最好的辰光，但我從不能趁這麼好的時刻坐下讀書或潛心工作。我甚至從沒有在此刻刷牙、慢條斯理的大便、洗澡、整飾自己以迎接所謂一天的開始，皆沒有，只是急著往外而去。即睫沾眼屎、滿口黃牙，穿上昨日未換的衣襪，也照樣往外奔。不管外間到底有些什麼，或值不值得。

日復一日年復一年的早上五點。

不知是否為了要與原已虛度的一日將道別離之前匆匆再去一巡，方肯返床獨自蒙頭與之暫訣？

臺北的早上五點，最醜奇的人形在山坡上、公園裏出現。他們的步姿怪擺、動作歪狀；剛醒的睡眠與無意自省的扭擺身形本應如打鼾與刷牙一樣被放於密室，然他們視這早上五點的綠地是暫被允許的縱放場地。一天中最微妙的剎那，早上五點，半光不光，恰好是成群神頭鬼臉出來放風之時。放完風，又各自回到我們再也看不到的房牆之後。

早上五點，是出沒的時刻。某次打完麻將撐著空輕的皮囊步行回家，登上一座陸橋，將至高處，只見兩隻火眼金睛朝我照射，再上兩步，原來是一隻黑狗在那廂一夫當關。到了橋頂，好傢伙，竟有十幾隻各種毛色、各種大小的狗在橋上聚幫，或是開派對，情勢凶惡，驚懼之下只能佯裝無事，穩步慢慢通過。臺北，早上五點，費里尼都該來考察的時刻。

早上五點，若我還未睡，或我已醒來，我必不能令自已留在家裏，必定要推門出去。幾千幾百個這樣的早上。多少年了。為什麼？不知道。去哪裏？無所謂。有時沒東沒西的走著，走了二十分鐘，吃了兩個包子，又回家了。但也非得這麼一走，經它一經天光，跨走幾條街坊，方願回房。有時走著走著，此處彼處皆有看頭，興味盎然，小山崗也登了，新出爐的燒餅也吃了，突見一輛巴士開來，索性跳了上去，自此隨波逐流，任它拉至天涯海角，就這麼往往上午下午晚上都在外頭，待回到家，解鞋帶時順勢瞧一眼鐘，竟又是，早上五點了。

（原載一九九九年十二月三十日《中國時報・人間》，曾收錄於《理想的下午》，遠流出版）

又說睡覺

凡是睡醒的時候，我皆希望身處人群；我一生愛好熱鬧，卻落得常一人獨自徘徊、一人獨自吃飯。此種睡醒時刻，於我最顯無聊，從來無心做事，然又不能再睡；此一時也，待家中真不啻如坐囚牢，也正因此，甚少閒坐家中，總是往室外晃蕩。而此種晃蕩，倘在車行之中，由於拘格於座位，不能自由動這摸那，卻又不是靜止狀態，最易教人又進入睡鄉，且百試不爽，兼睡得甜深之極。及於此，可知遠距離的移動、長途車的座上，常是我最愛的家鄉。

嗟呼，此何也？此動盪不息流浪血液所驅使之本我耶？

倘若睡得著、睡得暢適舒意神遊太虛、又其實無啥人生屁事，我真樂意一輩子說睡就睡。就像有些少年十八、九歲迷彈吉他，竟是全天候的彈，無止無休，亦是無法無天，蹲馬桶時也抱著它彈。吃飯也忘了，真被叫上飯桌，吃了兩口，放下筷子，取起吉他又繼續撥弄。最後弄到大人已被煩至不堪，幾說出「再彈，我把吉他砸爛！」

倘今日睡至下午才起，弄到夜裏十二點，人還不睏，卻不免為了社會時間之規律而思是否該上床休息，這於我，是登天難。主要沒有睏意，猶想再消受良夜，此時要他硬躺在床上，並使他一下子就睡成，人能如此者，莫非鐵石心腸？

便是這應睡時還不睏、還不願睡，而應起床時永遠還起不來這一節，致我做不成規範的工作，也致我幾十年來之蹉跎便如平常一日之虛度。思來真可心驚，卻又真是如此。這幾乎都像夢了。

昔人有一詩：

無事常靜臥，臥起日當午；人活七十年，君才三十五。

此詩或可解成：貪睡致使比別人少掉了一半人生。尤其解自善珍光陰者。

但若我解，豈不是將常人那紛紛擾擾的辛苦三十五年，我一概在睡夢中將之避去？他們所多獲的三十五年歷練或成就，正是我冰封掉的、冬眠掉的、沒有長大的、三十五年。我即使童騃，又何失也。

且看邯鄲「呂祖祠」楹聯：

睡至二三更時　凡功名皆成幻境
想到一百年後　無少長都是古人

睡覺，使眾生終究平等。又睡覺，使眾生在那段時辰終究要平放。噫，這是何奇妙的一樁過程，才見他起高樓，才見他樓塌了，而這一刻，也皆得倒下睡覺。

便因睡，沒什麼你高我低的；便因睡，沒什麼你貴我賤的；便因睡，沒什麼你優我劣你富我貧你好我不好等等諸多狗屁。

能睡之人，教人何等羨慕！隨時能入天下至甜至香睡鄉之人，何等有福也。即此想起一則「善睡者」的笑話：

一客登門，聞知主人正睡，便在廳坐等。坐著坐著，悠悠睡去。移時主人醒，至廳尋客，見客睡得香甜，不忍叫醒，便在廳側一榻也睡。俄而客醒，見主人甜睡，不忍叫醒，惟有回座再睡，以待主人醒。便如此，主醒見客睡，客醒見主睡，兩人始終不得醒著相見，終於日落西山，客見主仍未醒，乃返家，既已天黑，索性在自家床上放倒形體大睡。及主人醒，見客已去，左右無事，回房躺下，同樣亦入睡鄉矣。

突想到曾在哪兒看到一副對聯：「客來主不顧，應恐是癡人。」有趣。

又前引笑話，中文英文兩種版本我皆讀過，可知此「善睡」故事，中西皆宜。此故事透出兩件情節：一者，主客二人俱散漫，生活悠然之至也。二者，他們所處的時代與地方，必是泰然適然到令人瞌睡連連，如中國的明、清，或美國的南方（如《亂世佳人》之莊園年月）。

及後又偶讀陸放翁詩，「相對蒲團睡味長，主人與客兩相忘。須臾客去主人覺，一半西窗無夕陽」，噫，此詩所敘，其不就是笑話本事？竟然兩者所見略同。

又這兩則東西，皆指出一件趣事，便是下午總教人昏昏欲睡。下午，何奇妙的一段光陰也。

莫非人不能忍受太長時間都是清醒狀態，於是造物者發明了睡眠這件辦法？君不見兩個好友講話，甲對乙道：「你一定要永遠那麼清醒嗎？你就不能有喝醉的一刻嗎？哪怕是一次也好。」

可見昏睡或是沉醉，正是彌補人清醒時之能量耗損。也可知宇宙事態之必具兩儀。

據說，人在熟睡時，身體的裏裏外外、五臟六腑皆在一絲絲的修復。口內因火氣而生的疱或潰瘍平復了，腰椎的痠痛也不痛了，肚子也不脹氣了。而那些白天的打太極拳吃生機飲食、腳底按摩等保養動作，其潛意識之逐漸累積，往往更在睡眠中把療病的效果流貫到更深之處，像是大小周天的行氣，一圈接著一圈，直將病灶打通。

正因熟睡如同行氣，故最不願被打斷，乃氣猶未行至完盡過癮之境也。並且此時之心思活動亦不願被打斷，乃此所謂夢者正堆砌劇情至愈高愈奇之佳境，正求峰迴路轉，又攀一險，再至豁然光朗；高潮迭起，不可預料。

夢，使得睡覺一事不只是休息身體，而更增多了心靈的旅程。所謂神遊太虛是也。便因夢，小孩子每晚臨近眠床，總被教育是去尋找一片愉快的好夢；而監獄裏的囚犯，身體雖不自由，晚上的夢卻是不被禁錮的。

大夥皆知「武訓興學」的故事。據說武訓十多歲為人做工，人家欺他老實，三年不給他工錢，他憤而返鄉里，搭被蒙頭大睡，如是三日。其間不食不語。起床後，在鄰近村莊狂奔三日，這才算宣洩了心中的冤苦。鄉人以為他瘋癲了。然而也只有這麼大規模的狂睡加上狂奔，他身上與心中所受的苦痛與不平才得偶以滌盡。

可見睡覺是身心雙修的工程，亦可能是福慧兼修之巨業。歌舞片《Oklahoma!》一開頭唱Oh What a Beautiful Morning那首主題曲，所謂「多麼美麗的早上」，那種美麗，或還未必只是客觀現象，多半出於睡了一場好覺的人之眼裏。杜斯妥也夫斯基有一本小說（是否為《白夜》？）一開頭謂：這是一個極其美麗的夜晚，這種夜晚，人只有在年輕時才能強烈的感受得到。這書說的「年輕」，便如睡了好覺，方能具有那種強烈的感悟力。

長年失眠的人——像有人二十年皆沒能睡成什麼覺。是的，真有這樣的人——你看他的臉，像是罩著一層霧。

那些長時間、常年無法睡覺的人，有時真希望碰上武俠小說中會點穴的高手，幫自己點上一個睡穴，這一下睡下去，一睡睡個五天五夜什麼的。

要不就是請催眠師把自己催眠催成睡著，並且好幾天別叫起來。

失眠者在中夜靜靜幽幽的躺著，周遭或極其寂悄或微有聲響，而所有的人似皆進入混沌之鄉，而自己卻怎麼還留在清醒之境，這是何等痛苦，又是何等之孤獨。有不少方子，教導人漸漸睡成，如洗熱水腳，謂放鬆腳部、溫暖足心能使人想睡。又如喝溫牛奶，謂牛奶中含有被稱為左旋色氨酸（L-tryptophan）的氨基酸，與可在大腦自然形成的血清素（serotonin）有關。

若是血清素較豐盈，人一鬆懈，便可入睡鄉。而時間夠長的深睡、甜睡、或甚至只是昏睡，也實是在睡醒時導致大腦血清素豐滿的主要原因。而大腦血清素愈豐滿之人，則人的情緒愈傾向快樂、正面與高昂。而人愈易快樂高昂，往往夜晚愈易深睡。

當然前說的洗腳法、熱牛奶法，與西方人古時的「數羊法」等，對真正的長期失眠患者，只有偶爾一兩次之效。

不知道是否有一種療法，便是「不治療」。我在想，根本令那個人拋掉憂鬱、焦慮、沮喪等字眼；最好是把他丟到一塊完全沒有這些字眼的土地上，如貴州之類地方。必須教他同不懂這些字眼的人群生活在一起，這才有用。

失眠者最大的癥結，在於他一直繫於「現場」。要不失眠，最有用之方法便是：離開現場。人常在憂慮的現場，常在戮力賺錢的現場，常在等待陞遷等待加薪等待結束婚姻等待贍養費等待遺產……等等的現場，此類種種愈發不堪的現場，以致使人不快樂；你必須離開它，便一切病痛皆沒了。失眠最是如此。例如人去當兵，便天天睡得極好，乃徹底離開了原先世俗社會的那個現場。

人之不快樂或人之不健康，便常在於對先前狀況之無法改變。而改變它，何難也，不如就離開。

譬似失眠，有人便吃安眠藥，這是一種「改變」之方，但僅有一時小用，終會更糟。

但離開，說來容易，又幾人能做到？事實上，最容易之事，最是少人做到。

佛門說的捨俗，便是如此。所謂捨俗，捨的是名貴手錶、提包，捨的是金銀財寶，捨的是頭銜、名氣，此類東西愈是少，便更多受人天供養，更多霑自然佳氣。像禪家說的「春聽鶯啼鳥語，妙樂天機；夏聞禪噪高林，豈知炎熱；秋覩清風明月，星燦光耀；冬觀雪嶺山川，蒲團暖坐」。

一般言之，你愈在好的境地，愈能睡成好覺。此種好的境地，如你人在幼年。此種好的境地，如你居於比較用勞力而不是用嘴巴發一兩聲使喚便能獲得溫飽的地方。此種好的境地，如活在——比較不便利、崎嶇、頻於跋涉、無現代化之凡事須身體力行方能完成的粗簡年代。

最要者，是你必須極想睡覺。要像嬰兒被一點聲音驚動，卻立然又極度強烈的再轉身返回熟睡的深鄉。何也？他像在海上緊抓浮木般求生似的亟亟欲睡也。

而今文明之人的無法入睡或睡後無法深熟，或不能久睡，便是已然少了「亟亟想睡」之根源。亦即其身心之不健康在於登往健康根源之早被掘斷。這就好像人之不想吃飯或人之食不知味的那種雖不甚明顯卻早已是深病的狀態一般。

然則這「極想睡覺」何等不易！須知你問他，他會說：「我當然想啊。我怎麼會不想睡覺呢？」只是這乃他嘴上說的想，他的行為卻並不構成這樁「極想」。

他的行為是既想讀書、又想看電視、又想接電話、更想明後天約某兩三人見面商量事情、也同時想下個月應該到哪個地方出差或度假，並且，還想睡覺。於是，由此看來，他實在不算「極想睡覺」，只算：在兼做各事之餘也希望順便獲得一睡而已。

通常，睡不到好覺的人，往往是一心多用之人。或是自詡能貪多又嚼得爛之人。然而年積月累，人的思慮終至太過雜纏，此時頓然想教自己簡之少之，以求好睡，卻已然做不到矣。

人一生中有幾萬日，有時想：可否好好睡他個三天？但用在好睡眠的三天，究在何時呢？

要令每一季說什麼也要空出這樣的三天，只是為了睡覺。

放下所有的要事，不去憂慮股票，不管老闆或員工，不接任何電話，只是準備好好睡覺。白天的走路、吃飯、散步、運動、看書、看電影……全為了晚上的睡覺。

要全然不用心，只是一直耗用體力，為了換取夜裏最深最沉的睡眠。

假如家裏不好睡（如隔壁在裝修房子、在大施工程），便換個地方去睡。假如近日家中人太多太吵，或雜物太擠，或一成不變的生活已太久太久令人都心神不寧、睡不成眠了，便旅行到異地去睡。

例如到京都去睡。我根本就講過這樣的話：「我去京都為了睡覺！」我也會說：「我去黃山為了睡覺。」確實如此，只是我去黃山、京都，並不是白天睡覺，白天仍在玩，睡覺是在晚上。欲睡好覺，白天一定要勞累。

且看那些睡不得好覺的人，多半是不樂意勞累之人。

甘於勞累，常是有福。

然則人是怎麼開始不甘勞累呢？動物便皆甘於勞累，小孩便皆時時在勞時時在動時時不知何為累！

啊，是了，必定是人之成長，人之社會化以後逐漸洗腦洗出來的累積之念。

近年臺北有了捷運，有時上車後不久，便睏了，搖搖晃晃，眼都睜不開了。明明三站之後便要下車，但實在撐不住，唉，心一橫，就睡吧。便這麼一睡睡到底站淡水，不出月臺，再原車坐回。

這種道途中不經意得來的短暫睡眠，有時花錢也買不到。雖然耗使掉了個把小時，又有何損？

一個朋友某次說了他的夢：每天在連扭掉床頭燈的力氣皆沒有的情形下矇然睡去。

（原載二〇〇六年十月十五日《中國時報・人間》，曾收錄於《流浪集》，大塊文化出版）

2

閒情與漂泊

走路

能夠走路，是世上最美之事。何處皆能去得，何樣景致皆能明晰見得。當心中有些微煩悶，腹中有少許不化，放步去走，十分鐘二十分鐘，便漸有些拋去。若再往下而走，愈走愈到了另一境地，終至不惟心中煩悶已除，甚連美景亦一一奔來眼簾。若能自平地走到高山，自年輕走到年老，自東方走到西方，則是何等樣的福分！其間看得的時代興亡人事代謝可有多大的變化。

低頭想事而走，豈不可惜？再重要的事，亦不應過度思慮，至少別在走路時悶著頭去想。走路便該觀看風景；路人的奔碌，牆頭的垂花，巷子的曲歪，陽臺的曬衣，風颳掉某人的帽子在地上滾跑，兩輛車面對面的突然「軋」的一聲煞住，全可是走路時的風景；更別說山上奇峰的聳立、雨後的野瀑、山腰樣出的虬樹等原本恆存於各地的絕景。

人能生得兩腿，不只為了從甲地趕往乙地，更是為了途中。

途中風景之佳與不佳，便道出了人命運之好與不好。好比張三一輩子皆看得好景，而李四一輩子皆在惡景中度過。人之境遇確有如此。你欲看得好風景，便需有選擇這途中的自由。原本人皆有的，只是太多人為了錢或其他一些東西把這自由給交換掉了。

即此一點，我亦是近年才得知。雖我年輕時也愛多走胡走，卻只是糊塗無意識的走；及近中年，雖已不願將「途中」去換錢，卻也是不經意撞上的。更有一點，橫豎已沒有換錢的籌碼，亦不勞規劃了，索性好好找些路景來下腳，就像找些新鮮蔬菜好好下飯一樣。

倘人連路也不願走，可知他有多高身段，有多高之傲慢。固然我人常說的「懶得走」似乎在於這一懶字，實則此懶字包含了多少的內心不情願，而這隱蘊在內的長期不情願，便是阻礙快樂之最最大病。

欲使這逐日加深的病消除，便該當下開步來走，走往欲去的佳處，走往欲去的美地；如不知何方為佳美，便說什麼也去尋出問出空想出，而後走向它。

看官莫以為我提倡走路是強調其運動之好處，不是也。運動固於人有益，卻何需我倡？又運動種類極多，備言走路之佳完全沒必要。

言走路，是言其趣味，非為言其鍛鍊也。倘走路沒趣，何必硬走。

我能莫名其妙走了那麼多年路，乃它猶好玩也，非我有過人堅忍力也。我今走路，已是遊藝，為了起床後出外逢撞新奇也，為了出外覓佳食也，為了出外探看可能錯過的風景也。乃走路實是一天中做得最多、可能獲樂最多、又幾乎不能不做之一樁活動。除了睡覺及坐下，我都在走路。

走路此一遊戲，亦不需玩伴；與打麻將、下棋、打球皆不同（雖我也愛有玩伴之戲）。一人獨走，眼睛在忙，全不寂寞也。走路亦不受制於天光，白天黑夜各有千秋。有的城市白天太熱太吵，夜行便是。

走路甚至不受制於氣候。下雨天我更常為淋雨而出門。家雖有傘，實少取用。

放眼看去，何處不是走路的人？然又有多少是好好的在走路？有的低頭彎背直往前奔，跌跌撞撞。有的東搖西晃像其踩地土不是受制自己而是在受制於風浪的危舟甲板。太多太多的年輕女孩其踢踩高跟鞋之不情願，如同有無盡止的埋怨。前人說的「路上只兩種人，一種為名，一種為利」，或正是指走相不怡不悅的路人。「渾渾噩噩」一詞莫非最能言傳大夥的走姿。

固然人的步姿亦不免得自父母的遺傳，此由許多人的父母相參可見；然自己矢意要直腰開步，當亦能走出海闊天空的好步子。

我因脊椎彎曲，走路顯得有點「長短腳」。而我發現此事，人都已經四十多歲了，心想，走路走了半輩子，居然從沒感覺自己走姿不完美的那份辛苦，而且還那麼肆無忌憚的狂走胡走。

有時見人體態生得勻整，走起路來極富韻律，又好看，又提步輕鬆，委實心生羨慕。心道，若他走路，可走幾十里也不覺累，啊，真好。

然則，這樣的人未必常在行走。很可能常坐室內，很可能常坐車中。何可惜也。或說，造物何弄人也。

我一直尋找適宜走路之城市。

中國今日的城市，皆未必宜於走路。太大的，不好走；太小的，沒啥路好走。倒是鄉下頗有好路走，桂林、陽朔之間的大埠，小山如筍，平地拔起，如大盆景，在你身邊一樁樁流過，竟如移動之屏風。每行數十步，景致一變。每幾分鐘，已換過多少奇幻畫面。而這樣的佳路，人可以走上好幾小時猶得不盡，還沒提途中的樵夫只不過是點綴而已呢。

香港，太擠，走起來備是辛苦。

歐洲城市，當然最宜步行；雖然大多人仍借助於汽車或地鐵，把走路降至最低。

京都西郊的嵐山，自天龍寺至大覺寺，其間不但可經過野宮神社、常寂光寺、祇王寺、化野念佛寺等勝地，並且沿途村意田色時在眼簾，這五、七小時的閒蕩，人怎麼捨得不步行？

安徽的黃山，亦應緩緩步爬，盡可能不乘纜車。否則不惟略過太多佳景，更且因一轉瞬已在峰頂，誤以為好景大可以快速獲得又快速瞻仰隨後快速離去者也。此是人生最可嘆惜之誤解。

我因太沒出息，終於只能走路。

常常不知哪兒可去、不知啥事可幹、大有不可如何之日，噫，天涯蒼茫，我發現那當兒我皆在走路。

或許正因為有路可走，什麼一籌莫展啦一事無成啦等等難堪，便自然顯得不甚嚴重了。

不知是否因為坐不住家，故動不動就出門；出門了，接下來又如何呢？沒什麼一定得去之所，便只能一步步往前走路。有時選一大略方位而去，有時想一定點而去，但實在沒有必需之要，抵那廂，往往待停不了多久，這麼一來，又須繼續再走，終弄到走煩了，方才回家。

處不良域所，我人能做的，惟有走開。枯立候車，愈來愈不確定車是否來，不妨起步而走。在家中愈看原本的良人愈顯出不良，亦只有走開。

走路，亦可令人漸漸遠離原先的處境。走遠了，往往予人異地的感覺。異地是走路的絕佳結果。若你自知恰巧生於不甚佳美的國家、居住於不甚優好的城鄉，受學與工作於不甚滿意的機關，交遊與成家於不甚良品的人群，當更可體會異地之需要，當更有癮癮欲動、往外吸取佳氣之不時望想。這就像小孩子為什麼有時愈玩愈遠、愈遠感險、愈險愈探、愈探愈心中起怕卻禁不住直欲前走一般。走到了平日不大經過之地，常有採風觀土的新奇之趣，教人眼睛一亮，教人心中原有的一逕鎖繫頓時忽懈了。這是分神之大用。此種去至異地而達臻遺忘原有處境的功效，尚包括身骨鬆軟了，眼光祥和了，肚子不脹氣了，甚至大便的顏色也變得健康了。我常有這種感覺，在異地。

（原載二〇〇五年四月五日《中國時報・人間》，曾收錄於《流浪集》，大塊文化出版）

流浪的藝術

純粹的流浪。即使有能花的錢，也不花。

享受走路。一天走十哩路，不論是森林中的小徑或是紐約摩天樓環繞下的商業大道。不讓自己輕易就走累；這指的是：姿勢端直，輕步鬆肩，一邊看令人激動的景，卻一邊呼吸平勻，不讓自己高興得加倍使身體累乏。並且，正確的走姿，腳不會沒事起泡。

要能簡約自己每一樣行動。不多吃，有的甚至只吃水果及乾糧。吃飯，往往是走路生活中的一個大休息。其餘的小休息，或者是站在街角不動，三、五分鐘。或者是坐在地上。能適應這種方式的走路，那麼扎實的旅行或流浪，才得真的實現。會走路的旅行者，不輕易流汗（"Never let them see you sweat!"）不常吵著要喝水，即使常坐地上、臺階、板凳，褲子也不髒。常能在較累時、較需要一個大的 break 時，剛好也正是他該吃飯的時候。

走路是所有旅行形式中最本質的一項。沙漠駝隊，也必須不時下得坐騎，牽著而行。你即使開車，進入一個小鎮，在主街及旁街上稍繞了三、四條後，你仍要把車停好，下車來走。以步行的韻律來觀看市景。若只走二十分鐘，而又想把這小鎮的鎮中心弄清楚，你至少要能走橫的直的加起來約十條街，也就是說，每條街只有兩分鐘讓你瀏覽。

走路。走一陣，停下來，站定不動，抬頭看。再退後幾步，再抬頭；這時或許看得較清楚些。有時你必須走近幾步，踏上某個高臺，踮起腳，瞇起眼，如此才瞧個清楚。有時必須蹲下來，用手將某片樹葉移近來看。有時甚至必須伏倒，使你能取到你要的攝影畫面。

流浪要用盡你能用盡的所有姿勢。

走路的停止，是為站立。什麼也不做，只是站著。往往最驚異獨絕、最壯闊奔騰、最幽清無倫的景況，教人只是兀立以對。這種站立是立於天地之間。太多人終其一生不曾有此立於天地間之感受，其實何曾難了？侷促市廛多致蒙蔽而已。惟在旅途迢遙、筋骨勞頓、萬念俱簡之後於空曠荒遼中恰能得之。

我人今日甚少兀兀的站立街頭、站立路邊、站立城市中任何一地，乃我們深受人群車陣之慣性籠罩、密不透風，致不敢孤身一人如此若無其事的站立。噫，連簡簡單單的一件站立，也竟做不到矣！此何世也，人不能站。

人能在外站得住，較之居廣廈、臥高榻、坐正位、行大道豈不更飄灑快活？

古人謂貧而樂，固好；一簞食一瓢飲，固好；然放下這些修身念頭，到外頭走走，到外頭站站，或許於平日心念太多之人，更好。

走路，是人在宇宙最不受任何情境韁鎖、最得自求多福、最是踽踽尊貴的表現情狀。因能走，你就是天王老子。古時行者訪道；我人能走路流浪，亦不遠矣。

有了流浪心念，那麼對於這世界，不多取也不多予。清風明月，時在襟懷，常得遭逢，不必一次全收也。自己睡的空間，只像自己身體一般大，因此睡覺時的翻身，也漸練成幅度有限，最後根本沒有所謂的翻身了。

他的財產，例如他的行李，只紮成緊緊小小的一捆；雖然他不時換乾淨衣襪，但所有的變化，所有的魔術，只在那小小的一捆裏。

最好沒有行李。若有，也不貴重。乘火車一站一站的玩，見這一站景色頗好，說下就下，完全不受行李沉重所拖累。

見這一站景色好得驚世駭俗，好到教你張口咋舌，車停時，自然而然走下車來，步上月臺，如著魔般，而身後火車緩緩移動離站竟也渾然不覺。幾分鐘後恍然想起行李還在座位架上。卻又何失也。乃行李至此直是身外物、而眼前佳景又太緊要也。

於是，路上絕不添買東西。甚至相機、底片皆不帶。

行李，往往是浪遊不能酣暢的最致命原因。

譬似遊伴常是長途程及長時間旅行的最大敵人。

乃你會心繫於他。豈不聞「關心則亂」？

他也仍能讀書。事實上旅行中讀完四、五本厚書的，大有人在。但高明的浪遊者，絕不沉迷於讀書。絕不因為在長途單調的火車上，在舒適的旅館床鋪上，於是大肆讀書。他只「投一瞥」，對報紙、對電視、對大部頭的書籍、對字典、甚至對景物，更甚至對這個時代。總之，我們可以假設他有他自己的主體，例如他的「不斷移動」是其主體，任何事能助於此主體的，他做；而任何事不能太和主體相干的，便不沉淪從事。例如花太長時間停在一個城市或花太多時間寫 postcard 或筆記，皆是不合的。

這種流浪，顯然，是冷的藝術。是感情之收斂；是遠離人間煙火，是不求助於親戚、朋友，不求情於其他路人。是寂寞一字不放在心上、文化溫馨不看在眼裏。在這層上，我知道，我還練不出來。

對「累」的正確觀念。不該有文明後常住都市房子裏的那種覺得凡不在室內冷氣、柔軟沙發、熱水洗浴等便利即是累之陳腐念頭。

要令自己不懂什麼是累。要像小孩一樣從沒想過累，只在委實累到垮了便倒頭睡去的那種自然之身體及心理反應。

常常念及累之人，旅途其實只是另一形式給他離開都市去另找一個埋怨的機會。他還是待在家裏好。

即使在自家都市，常常在你面前嘆累的人，遠之宜也。

要平常心的對待身體各部位。譬似屁股，哪兒都能安置；沙發可以，岩石上也可以，石階、樹根、草坡、公園鐵凳皆可以。

要在需要的時機（如累了時）去放下屁股，而不是在好的材質或乾淨的地區去放。當然更不是為找取舒服雅致的可坐處去迢迢奔赴旅行點。

浪遊，常使人話說得少。乃全在異地。甚而是空曠地、荒涼地。

離開家門不正是為了這個嗎？

寂寞，何其奢侈之字。即使在荒遼中，也常極珍貴。

吃飯，最有機會傷壞旅行的灑脫韻律。例如花許多時間的吃，費很多周折去尋吃，吃到一頓令人生氣的飯（侍者的嘴臉、昂貴又難吃的飯）……等等。要令充飢一事不致干擾於你，方是坦蕩旅途。

坊間有所謂的「美食之旅」；美食，也算旅嗎？

吃飯，原是好事；只不應在寬遠行程中求之。美食與旅行，兩者惟能選一。

當你什麼工作皆不想做，或人生每一樁事皆有極大的不情願，在這時刻，你毋寧去流浪。去千山萬水的熬時度日，耗空你的身心，粗礪你的知覺，直到你能自發的甘願的回抵原先的枯燥崗位做你身前之事。

即使你不出門流浪，在此種不情願下，勢必亦在不同工作中流浪。

人一生中難道不需要離開自己日夕相處的家園、城市、親友或國家而到遙遠的異國一段歲月嗎？

人總會待在一個地方待得幾乎受不了吧。

與自己熟悉的人相處過久，或許也是一種不道德吧。

太多的人用太多的時光去賺取他原以為很需要卻其實用不太到的錢，以致他連流浪都覺得是奢侈的事了。

他們的確年輕時曾發過宏願，說出像「我再拚上三、五年，有些事業基礎了。說什麼也要把自己丟到荒野中，無所事事個半年一年，好好的流浪一番」這樣的話；然十年、二十年、三十年五十年轉眼過去，他們哪兒也沒去。

有時他們自己回身計算一下，原可能派用在流浪上的光陰，固然是省下來了，卻也未必替自己多做了什麼豐功偉業。唉，何惜也如此算計。正是：

未能一日寡過
恨不十年流浪

老實說，流浪亦不如何。不流浪亦很好。但看自己有無這個念頭罷了。會動這念頭，照說還是有些機緣的。

以我觀之，流浪最大的好處是，丟開那些他平日認為最重要的東西。好比說，他的賺錢能耐，他的社會占有度，他的侃侃而談（或訓話習慣），他的聰慧、迷人、或顧盼自雄；還有，他的自卑感。

最不願意流浪的人，或許是最不願意放掉東西的人。這就像你約有些朋友，而他永遠不會出來，相當可能他是那種他自己的事是世間最重要事之人。

便有恁多勢利市儈，益教人更想長留浪途不返市井也。

和尚自詡得道渡人，在電視上侃侃而談，聽者與講者俱夢想安坐家中參詳幾句經文、思辨些許道理，便啥事可解，噫，何不到外間漫遊，不急於歸家，一日兩日，十日半月，半年一年，往往人生原本以為不解之難題，更易線鬆網懈，於焉解開。

須知得道高僧亦不時尋覓三兩座安靜寺廟來移換棲身。何也？方丈一室，不宜久居；住持一職，不宜久擁；脫身也，趨幽也，甚至，避禍也。

拓荒者及探險家對於荒疏的興趣，甚至對於空無的強切需求，使得他們能在極地、海上、冰原、沙漠、叢林一待就待上數月數年，並且自他們的描述與日記所證，每日的生活完全不涉繁華之事或豐盛食衣。

這顯然是另一種文明。或者說，古文明。亦即如獅豹馬象般的動物文明，或是樹草土石的恆寂洪荒文明。

拓荒者探險家歷經了千山萬海即使抵達了綠洲或是泊靠港埠，竟是為了添採補給，而不是駐足享樂、買宅居停，自此過日子。他們繼續往前尋找新的空荒。

也可能他們身上有一種病，至少有一種癮，這種病癮逼使他們不能停在城鎮；好似城鎮的穩定生態令他們的血液運行遲緩，令他們口臭便祕，令他們常感毫無來由的疲倦。然他們一到了沙漠，一到了冰原，他的皮膚馬上有了敏銳的舒泰反應，他的眼睛濕潤，鼻腔極其通暢；

再多的汗水及再寒冽的冰風只會令他精神抖擻。這種似同受苦受難而後適應而後嗜習的心身提振，致使他後日再也不能不願生活在人煙喧騰的城市。

然他們在荒涼境地究竟追求什麼？不知道。有可能是某種無邊無際的大無聊，譬如說，完全的沒有言語；或黑夜降臨後之完全無光；或某種宇宙全然歇止似的靜謐，靜到你在沙漠中可清晰聽見風吹細砂時兩粒微如屑土的砂子相擊之清響。

探險式的旅行家，未必是找尋「樂土」或「香格里拉」；然「樂土」之念仍然是探尋過程中頗令他們期盼者。只是樂土居定下來後，稍經歲月，最終總會變成非樂土，此為天地間無可奈何之事。

多年前在美國，聽朋友說起一則公路上的軼事：某甲開車馳行於荒涼公路，遠遠見一人在路邊伸拇指欲搭便車，駛近，看清楚是一青年，面無表情，似乎不存希望。某甲開得頗快，一閃即過。過了幾分鐘，心中不忍，有點想掉頭回去將那青年載上。然而沒很快決定，又這麼往前開了頗一段。這件事縈在心頭又是一陣，後來實在忍不住，決定掉頭開去找他。這已是二、三十哩路外了，他開著開著，回到了原先青年站立的地點，竟然人走了。這一下某甲倒慌了，在附近前後又開著找了一下，再回到青年原先所站立之地，在路邊的沙土上，看見有字，是用樹枝刻畫的，道：

Seashore washed by suds and foam,　（海水洗岸浪飛花

Been here so long got to calling it home.　野荒佇久亦是家）

Billy

這一段文字，嗟乎，蒼涼極矣，我至今猶記得。這個 Billy，雖年輕，卻自文字中見出他多好的人生歷練，遭遇到多好的歲月，荒野中枯等。Been here so long got to calling it home.即使沒坐上便車，亦已所獲豐盈，他擁有一段最枯寂卻又是最富感覺、最天地自在的極佳光景。

再好的地方，你仍須離開，其方法，只是走。然只要繼續走，隨時隨處總會有更好更好的地方。

待得住。只覺當下最是泰然適宜，只知此刻便是天涯海角的終點。既不懷戀前村，亦不憂慮後店，說什麼也要在此地賴上一陣。站著坐著，靠在樹下癱軟著，發呆或做夢，都好。

這種地方，亦未必是天堂城市，未必是桃源美村，常只是宏敞平靜的任何境域；只因你遊得遠遊得久了，看得透看得淡了，它乍然受你降臨，竟顯得極是相得，正是無量福緣。

地點。多半人看不上眼的、引為苦荒的地方，最是佳境。城市樓宇、暖氣毛裘眷顧於眾他；則朗朗乾坤眷顧於獨你。

你甚至太涕零受寵於天涼地荒，不忍獨樂，幾欲招引他們也來同享。

然而「相逢盡道休官去，林下何曾見一人？」

旁觀之樂，抑是委身之樂？全身相委，豈非將他鄉活作己鄉？純作壁上觀，不免河漢輕淺。

流浪，本是堅壁清野；是以變動的空間換取眼界的開闊震盪，以長久的時間換取終至平靜空澹的心境。故流浪久了、遠了，高山大河過了仍是平略的小鎮或山村，眼睛漸如垂簾，看壯麗與看淺平，皆是一樣。這時的旅行，只是移動而已。至此境地，哪裏皆是好的，哪裏都能待得，也哪裏都可隨時離開，無所謂必須留戀之鄉矣。

通常長一點的時間（如三個月或半年）或遠一點的途程（如幾千里）比較能達臻此種狀態；而盡可能往荒蕪空漠之地而行或盡量吃住簡單甚至困厄，也能在短時間及小行程中獲得此種效果。這也是何以要少花錢少吃佳餚館子少住舒服旅店的真義所在。

前說的「即使有能花的錢也不花」，便是勸人拋開錢之好處、方便處；惟有專注當下的荒涼境、逆境，人不久獲取之豐厚美感才得成形。倘若一看不妙，便當下想起使動金錢之力量，便太多事看似迎刃而解，卻人生尚有何意思？

事實上，一早便擁有太多錢的小孩或家庭，原本過的常是最不堪的概念生活。而他猶暗地裏沾沾自喜，謂「我能如何如何」，實則錢能帶給他的，較之剝奪掉的，少了不知千千萬萬倍。

然則又有幾個有錢人會如此想？我若有錢，或許便沒能力如此想矣。故我真慶幸尚可不必受錢之莫名自天降落而造成對我之擺布。

有一種地方，現在看不到了，然它的光影，它的氣味，它的朦朧模樣，不時閃晃在你的憶海裏，片片段段，每一片每一段往往相距極遠，竟又全是你人生的寶藏，令你每一次飄落居停，皆感滿盈愉悅，但又微微的悵惘。

以是人要再踏上路途，去淋沐新的情景，也去勾撞原遇的遠鄉。

（原載二〇〇一年三月《聯合文學》，曾收錄於《流浪集》，大塊文化出版）

京都的旅館

住日本傳統旅館（Ryokan），便是對日本家居生活之實踐。而此實踐，往往便是享受。出房間，拉上紙門，穿拖鞋，走至甬道底端，進「便所」（是的，日本人也這麼稱呼），先脫拖鞋，再穿上便所專用之拖鞋。若洗澡，常要走到樓下，也在甬道盡頭，也要先脫拖鞋，赤腳進去，在外間，把衣衫脫去，再進內間，以蓮蓬頭淋浴。有的旅館稍考究的，除蓮蓬頭外，尚有澡缸之設；或只允許你以瓢取水，淋灑在你身上；也或允許你坐進大型浴盆內泡澡的。概視那家店的規模而定。

當旅客洗完了澡，穿上衣服（常是店裏所供應的袍子），打開門，穿上拖鞋，又經過了甬道，再登樓，又聽到木頭因歲月蒼老而發出軋吱聲，經過了小廳，回到自己房間，開紙門，關紙門……經過了這些繁複動作，終於在榻榻米上斟上一杯茶，慢慢盤起腿來，準備要喝；這種種進進出出，上上下下，穿穿脫脫，便才有了生活的一點一滴豐潤感受。此種住店，又豈是住西洋式大飯店銅牆鐵壁甬道陰森與要洗澡只走兩步在自己房內快速沖滌便即刻完成等過度便捷終似飄忽無痕啥也沒留心上所能比擬？

它的房間，只六個半榻榻米大，卻是極其周備完整之一處洞天。有窗，開闔自如，可俯瞰窗下街景市聲；這窗，也頗中規中矩，常做兩層，朝街道的，為鋁門窗，朝房間的，自然是木格子糊紙的古式紙窗。日本生活之處處恪守古制，於此亦見。有龕（日人稱的「床の間」），如今雖多用來置電視機，卻仍有型有款；加上龕旁單條的多節杉木柱子（日本建物不講究對稱），此一形制，令雖小小一室亦有了主題；有泥黃色的土心砂面之牆可倚靠，日本房間的牆是它的最精妙絕活；其色最樸素耐看，不反光，其質最吸音。如此之牆，加上其紙門紙窗，人處此等材質之四面之中，最是安然定然。日本的牆面，即令是寒苦之家，亦極佳適，非西洋及中國可及。再加上它的榻榻米，既實卻又柔，亦吸音，坐在上面，人甚是篤定。在這樣的房間裏，喝茶、吃酒、揮毫、彈琴，甚而只是看電視，皆極舒服。

但在這種房間，最重要的事，是睡覺。正好日式房間的簡僕性，最適於睡覺。故最好的方法，是不開電視。須知好的電視節目會傷害睡意。完全的純粹主義者（如來此專心養病者，或是關在房裏長時段寫劇本者），甚至請老闆把電視機移開，令房間幾如「四壁徒然」。倘你能住到這樣的旅館，表示你已深得在日住店的箇中三昧了。

遊過京都太多次後，每日出外逛遊便自減低，倒是在旅館的時間加多，這時不管是倚窗漫眺（若有景）、是翻閱書本、是几畔斟茶、是攤看地圖抑是剪指甲剔牙縫摳鼻屎等等，皆會愈來愈有清趣，而不致枯悶；並且合這諸多動作，似為了漸漸幫自己接近那不久後最主要的一樁事，睡覺。

京都是最適宜睡成好覺的一個城市。乃它的白日各種勝景與街巷處處的繁華風光，教人專注耗用體力與神思，雖當時渾不覺累，而夜晚在旅館中的洗澡、盤腿坐房、几旁喝茶或略理小事等眾生活小項之逐漸積澱，加上客中無電話之干擾、無家事之旁顧，最可把人推至睡覺之佳境。

又傳統小旅館，廁所及浴室皆在你的房間之外，走出房間，只能拉上紙門，無法上鎖；此種種情形，令有些人感到隱私與自在性不夠，且個人財物之保障亦不足，這不免令有些凡事特喜強調自己絕對主導、自己必須掌控之人更是不能忍受；但我覺得還可以。主要它很像你投宿在親戚家（君不見，店家的貓在你腳邊看著你換鞋，而耳中傳來掌櫃孫女的鋼琴聲），同時更好的，你還能付錢。平常我們說，希望能到人家家吃飯而又能付錢，便是這個意思。

近年我多半下榻京都火車站附近的傳統小旅館，最好是不登錄在旅館協會廣告上，也不著錄於指南書上者。並且要小到令修學旅行的大隊湧入的中學生也不可能住得進來。所謂小，只有房間六間，住一晚四千五百圓。在淡季，住客往往僅我一人，每天一早出門，在玄關取鞋，鞋櫃中只有我的一雙鞋；晚上返店脫完鞋，放櫃時，櫃中全空。有時一連好幾天皆如此，甚至我都覺得有些冷清清的。終於有一天，回返旅館，見櫃中已先放了一雙鞋，心道「有鄰居了」，竟感到微微的溫暖，同時繫著一絲好奇，「不知是何樣的住客？」便自回房。往往次晨至玄關取鞋，那人早走了。其間連一面也沒碰上。亦有在甬道聽到紙門開關、人進人出的聲息卻沒見著人的情形。這種種，皆算是小旅館之風情，亦沁滲出某種「旅意」。十二月中這種淡季感覺最好，乃紅葉期之喧騰剛過，遊人散得精光，卻疏紅蒼黃的殘景猶存，仍得欣賞；且寒意已頗有，此時來遊京都，最是清美。下榻小旅店，夜晚之寂意，教人最想動些獨酌或寫詩的念頭。有時見店家有吉他，借它在自己房中慢撥輕唱亦甚紓旅懷。

倘若一夜下了雪，清晨開窗，驚見白色大地，這種感受，也是木造旅館比較豐盈。宇治的菊家萬碧樓，貼臨著宇治川的南岸，在這樣的小旅館推窗見雪，並且是飄在大河上的雪，想想會是怎樣一種情味！莫不像五十年代日本「總天然色」電影的那襲東方式青灰調。菊家萬碧樓價頗廉，素泊才四千，帶兩頓飯也不過六千五。二〇〇四年十月中我去到宇治，見旅館招牌不見，且正在裝修，一問之下，原來要改成一家café，可惜。

傳統旅館尚有一缺點，便是宵禁（curfew）。亦即，你必須十點半或十一點以前返店。乃店東會等門，你若晚歸，他便只好晚睡。甚而他們全家還不敢去洗澡；須知平素多半是房客陸續洗完，店主人一家才開始洗。

有此宵禁，便有的夜晚不能盡興。譬似人在京都十天，總想某一夜玩得晚些；或在居酒屋喝得酣暢些，或是在某幾處幽靜的街道上散步得遠一些、久一些，或是看一部日本老的藝術電影，總之令良夜別那麼早早結束，這樣的感覺在旅次最是可貴，噫，如何能教這區區的宵禁便給壞了呢？當然不能。故而有經驗的旅客會在八天十天的旅館住宿中挑出一、兩天搬到西洋的hotel住，也同時令自己換換氣氛。

選住此種傳統旅館，以二層木造結構者為正宗。京都大多的二層木造房子，倘在舊市區，一百年老的，不算什麼。當然，多半會在四十年前或三十年前做過一次大裝修（前說的窗，外層用鋁質，內層用木格糊紙，便是裝修之證）。那種以鋼筋水泥建成五樓、七樓的新式架構、再在內部以傳統木材、泥材裝隔成和式房間者，便因其整體呼吸並非全木造之一氣呵成、牽一髮而動全身的柔彈有韻，便往來不甚有意思矣。甚而說，不值一住。

京都自古便是觀光與參拜勝地，旅館極多，其散布，各區自有其區域色彩。據松本清張與樋口清之的考證，傳統上言：東山山麓與中京多傳統式古建築旅館（如井雪、お宿　吉水、俵屋、柊家）。嵐山周邊多近代和風高級旅館（如嵐山溫泉嵐峽館、嵐山辨慶）。三条與四条間的鴨川旁多專供學子修學旅行下榻的旅館。東西兩本願寺附近多團體客旅館。面朝鴨川與面朝桂川多料理旅館。南禪寺門前多溫泉旅館。站前與蹴上多西洋式旅館（如Miyako Hotel）。

有的人為了太過欣賞日本旅館，便打定主意在遊京都時，說什麼也要住一住那些耳聞已久的名店，如柊家、俵屋、炭屋等。

名店，只能感受它的歷史、想像它的精緻卻又素雅甚至質樸的優良傳統，未必適宜下榻。乃不夠放鬆也。另就是，住不起，至少我是如此。柊家、炭屋這些老字號，住一晚帶兩頓飯，需三萬一千五百圓，享受固享受，所費委實太昂。且不說其事先預訂往往排到半年一年之後。又名店，既付了昂貴房錢，浴家與廁所便絕對建在你個人的房間裏，這麼一來，代表他改過裝潢——須知原始的建築不可能每間房中設有浴室——此種古蹟般的房子動過裝修工程，在完美主義者的純粹要求下，便扣了大分，甚至於，不值得住了。

名店，還不僅僅只是這幾家老的、貴的、帶高級料理的而已，乃京都是旅館的至高首都，太多的店，經過歲月，皆早已馳名天下，像石塀小路的田舍亭，宿費雖八九二五圓，亦僅六間房，但也是極難訂到。何也？名氣也。像京の宿　石原（中京區柳馬場通姉小路上ル七六）也只六室，宿費一萬零五百，由於是大導演黑澤明來京都常下榻的旅館，自然也成了名店。還有如其中庵（圓山公園內），環境甚好，宿費八千四百圓，但不租予外國人。至若坐落在白川邊上的白梅，位置優雅，可賞小橋流水與櫻花，然我某夜散步白川南通，抬頭見一老外在二樓房間更換和服，哇塞，此房間之作息豈不完全曝於路人前？

那種一泊附朝食（住一晚帶早飯）的小旅館，所附的早餐，未必值得吃。須知打理旅館已很忙了，要再專注於做飯，不甚容易，故不少食品是外頭買來的成菜，如那塊鹽醃的鮭魚，往往吃後一個早上打嗝皆是它的類似不夠新鮮之腥味。

雖說一早起來能吃到一頓家庭式的飯菜是多溫馨的事；但對不起，這樣的家，多半的旅館還達不到。

高級料理旅館所附之晚餐，倒是精心慢烹細調出來的，只你不是那麼容易消受。且說早上先吃了一頓豐盛佳餚，接著出去遊觀。至下午四點多鐘，你已開始微微緊張，不時提醒自己切莫遲歸，總算五點多鐘返店，便去洗澡，換上舒服衣衫，準備吃飯。然後一道一道菜上來，你不但需以目光細細品賞菜色之精巧布局，幾近不捨得動箸破壞它，但還是不久將之放入口裏，滋味鮮美不在話下，卻又不敢太大口的囫圇吞棗，免得失禮。照說吃這種高級料理，尚應注目於它的盤器，乃常常用上極佳之陶藝，如北大路魯山人等陶藝家之作品亦不一定。最好是一邊吃飯一邊與同伴讚賞菜餚之美味，再偶喝上一口酒，與同伴論讚一番器皿之美感與年代。更好的，還討論一下庭園的泉石花樹，甚至興來吟唱一小段古曲，便教不遠處那恭恭敬敬安安靜靜等著隨時伺候你的服務人員也禁不住抿嘴一笑被你娛樂到了，那就最完美了。

然而這樣頗費工程的一頓晚飯，你倒說說，尋常像我這樣的阿貓阿狗客人如何消受得來？

料理旅館（如柊家、俵屋、炭屋、近又、菊水、八千代、吉田山莊、粟田山莊、畑中、晴鴨樓、玉半……）由於晚餐是重頭戲，旅客必須全心的面對它，這造成你一天的遊覽皆受這頓晚飯的牽制；不敢跑遠，不敢玩得滿身大汗，不敢亂吃零食亂吃點心甚至不敢亂喝咖啡，於是一天往往甚是虛浮，像是全部只為了那一頓飯。

加以負責的料理旅館，為了不讓旅客吃到重複的料理，通常只允許你下榻二夜（有的甚至僅一夜）。這麼一來，你必須再搬家了。不少臺灣的億萬富豪很樂意住料理旅館，然要每一兩天便不停的搬家，倒反而是苦事了。

所以說來說去，還是住不甚受人注意的小旅館最為閒適，不僅圖省錢而已。

名店，未必宜於下榻，倒是宜於瞻仰。麩屋町通上的炭屋、俵屋、柊家，到底是老店，其門前的樸素靜穆之感，已是佳景。似柊家這種老旅館，其前身常是老創始人自遠地家鄉來京設立的「社中」（商棧），供鄉人或員工赴京辦事時有膳宿之所，其後轉變成旅館，十九世紀中葉，不乏武士階級下榻，故柊家長長的泥牆直延伸至御池通，轉角處猶矗立著古時「駒寄」，乃武士繫馬處也。

又名店常富韻事，亦是人在遊覽途中頗能增談助之趣。如柊家向來受文人墨客喜愛，川端康成便不時宿此，並常記之於書文小冊。吉川英治、三島由紀夫、武者小路實篤皆曾下榻。默片大師卓別林（Charlie Chaplin；一八九九—一九七七）亦住過。

吉田山南麓的吉田山莊，亦是宜於觀看，庭院占地千坪，在京都算是大的。然在院中張望，未必禮貌，它中午供應的懷石「華開席」，三千五百圓，或可坐下來吃。

另一個山莊式的旅館是粟田山莊，在粟田神社旁。

南禪寺參道前的八千代，菊水，亦可一眺。菊水門前匾額，謂「壽而康」，入目頗怡。

南邊不遠處的西式大飯店都ホテル（Miyako Hotel），最值得參觀。由老牌建築師村野藤吾（一八九一—一九八四）設計，舊館成於一九三六年，宴會場成於一九三九年。主體的本館陸續自一九六〇到一九九二年建成。可先參觀大廳，素雅卻又精緻，臺灣沒有一個飯店大廳有此氣質。另一值得細看的，是和風別館佳水園，成於一九六〇年，乃一幢幢建於山坡林間的和式獨幢茶庵式木屋（所謂「數寄屋」）。由此上山，飯店特別開發了一條步道，稱「野鳥の森・探鳥路」。

這種建於林子裏的小屋式旅館，令我想起了奈良的江戶三。江戶三坐落於奈良公園內（奈良公園是一極大場域之泛稱，基本上近鐵奈良站以東，直至春日大社，其間皆是奈良公園），亦在繁茂樹林裏，你別看它房子舊舊小小的，地上落葉腐腐的，下過雨後這裏陰陰濕濕的，甚至木頭有些還似朽朽的，但住一晚，一點也不便宜。此為日本尊重自然（即使自然易碎易朽）、維護本色之最受人佩服處也。

離江戸三不遠的奈良ホテル（Nara Hotel），是融和洋建築於一爐的西式大飯店，頗值得往南跨橋（橋兩面各有一塘「荒池」）沿汽車常堵、排氣極濃的一六九號公路走上一段去觀看，在大廳歇一下腿，甚至喝一杯咖啡或上一下廁所什麼的。

另一西洋 hotel，是俵屋東北面，跨過御池通，在京都市役所（市政府）旁的京都ホテルオークラ，亦是人在中京區散步逛店（如寺町通的老茶舖一保堂等）時頗值走經一停，進它的大廳佇足一看甚至稍坐的佳良景觀也。

有些旅館或民宿，位於風景區，教人很想下榻，譬似嵐山、嵯峨野便不乏此類小館，然有些緊鄰街道，汽車來來去去，人住著頗感緊張，如小畑町附近的民宿一休、嵯峨山莊、梅次郎等，便屬此情形。至若清涼寺西面的民宿嵯峨野（河瀨）、岩佑（山田屋）、嵯峨菊（佐佐木）、瀧野等，正臨著遊人無數的街道，遊客去二尊院，或是祇王寺，或是寶筺院，或是落柿舍等，皆不免在這幾條街道出沒，他們吱吱喳喳的談笑聲常透進你的窗內，如此一來，嵐山，嵯峨野的幽情便完全消受不到了。

稍北幾百公尺的夏子の家（小畑），倒是絕佳的環境。開門便是大片的菜畦稻田，下榻於此，像是住農村親戚家，豈不更有放假之感？

（曾收錄於《門外漢的京都》，遠流出版）

散漫的旅行

臺灣的大學生讀完大二，會不會暑假背起背包去到異國，一站站的搭乘火車、睡帳篷、吃乾糧等這麼樣的旅行？或甚至索性休學一年，在外國遊蕩，體驗人生，像是在社會中念大學？

這種「背著背包旅行」（backpacking，或譯「遠足」），是我心目中所謂的旅行，今日有可能愈來愈式微了。七十年代中，往前往後各推十年，是它的黃金歲月。那時西方的年輕人（除了鐵幕國家）帶著瑞士陸軍小刀（Swiss Army Knife），背著 Kelty、JanSport 或是 Wilderness Exprerience 等牌子的背包，身穿 North Face、Holubar 或 Sierra Designs 的羽絨夾克，腳蹬芝加哥的 Todd's 或史波肯的 White's 等廠所出的登山遠足靴，在世界各地的大城小鎮、山崗海岸、灰狗車站、青年旅舍出沒。

他們隨遇而安，哪裏有牆有樹便往哪裏靠，有平地就往哪裏坐，牛仔褲的臀部那一塊總是磨得發白。他們凡食物都覺得好吃，漢堡、熱狗、長條麵包、日本飯糰、印度咖哩都是大口大口的吃，倒是談起各人喜歡的音樂，如 John Coltrane、Jacques Brel、Mikis Theodorakis、The Rolling Stones 或 The Grateful Dead 等每人則各有堅持，互相頗可爭論，常面紅耳赤；而在火車抵站道別時，常也會將自己在旅途中飽聽的一卷錄音帶贈給對方。這種感覺很美。

直到今天，世界各地的青年旅舍仍充滿著旅行者離去時留下的各國旅行指南及地圖，雖然愈近二十一世紀所留者愈是多見庸俗的觀光式指南。

八十年代初，許多青年旅舍可見的指南仍可窺知嬉皮的遺緒，這是今天所最令人緬懷甚而稱憾的。隨便說個幾本：《庶民的墨西哥指南》（*The people's Guide to Mexico*），Carl Franz 著，六百二十五頁，包羅萬象，舉凡跨越國界、搭便車、蓋小茅屋、掘井，或是如何選小食堂、妓院須知，全有精到之描寫。《流浪在美國》（*Vagabonding in America*），副題是 A Guidebook about Energy（關於能源的一本指南），單看書名及副題便知有多嬉皮了，Ed Buryn 著，他與老婆、小孩（襁褓中開著一輛 Volkswagen 小巴士四處睡車及露營之體驗談。《如何乘火車在歐洲露營》（*How to Camp Europe by Train*），Lenore Baken 著。《花費省約旅行的藝術與冒險》（*The Art and Adventure of Traveling Cheaply*），Rick Berg 著。《完全的旅行中國指南》（*The Complete Travel Guide to China*），Hilliard Saunders 著，此書成於一九七九年，那時的中國仍是路不拾遺之國，外國遊客掉了東西，總會被中國老百姓千山萬水送回。

青年旅舍的牆上，也會貼些遊子寄來的風景明信片或信，有些充滿感情，令新住者自冰箱取出食物準備用餐時偶一瞄到也頗觸動旅愁。這類手寫、貼郵票發寄的物件近年極可能大量的減少了，主要是電腦及 e-mail。

但廚房及客廳仍是各地遊子最佳的交流中心。尤其是旅行太久身心俱疲者最想在此多待、多碰人群、多聊天聽事的場合。有時旅行了太久，亦會有前途茫茫之感，當聽到某人想去某一地，乾脆跟著他們而去，不管哪裏都好。只要不必再計畫。計畫使得旅遊愈來愈沒意思。就這樣，從這定點後大夥又結成不同的隊伍各奔東西，或許二百哩後或五站後，原本偕行的，又分手了。

天涯海角，事情總是如此。

最令我羨慕的，是他們的漫漫而遊，即使不在精采之地，卻耗著待著、往下混著，說什麼也不回家。這是人生中最寶貴也最美好的一段迷糊時光，沒啥目標，沒啥敦促，沒啥非得要怎麼樣。這樣的廝混經歷過了，往往長出的志氣會更有厚度。或不想要什麼不得了的志氣，卻又不在乎。

我也恰好過過三、五年這樣漫無目的走一站是一站的日子，只是我那時已三十出頭，惟一的遺憾是沒他們大學生那麼的天真、那麼的全無所謂。這是年齒的些微無奈，雖然我也安於好幾天才洗一次澡，吃簡略的食物（不一定不美味，只是當時不會去想），並且不怎麼和親友頻於聯絡。最值得說的，是我所遨遊之地，稱得上全世界最被認為危險之國，美國，而我不怎麼念及。且它又是全世界最講忙碌或至少看似忙於效率之國，而我散漫依然，忘了愧疚。

這樣十多年過去了，如今回想，實是幸運；因為當年可以如此，在於時代之優勢。好些個朋友近年常談論探討，皆認定現下已不是那樣的年代。

即使如此，仍該去，往外頭去，往遠方去。即使氣氛單薄了，外在的散漫之濃郁色彩很不足，也該將自己投身其間。不要太快回家，不要擔憂下一站，不要想自己髒不髒，或這個地方髒不髒。不要憂慮攜帶的東西夠不夠，最好沒帶什麼東西；沒有拍下的照片或沒有寫下的札記都不算損失，因為還有回憶。記憶，使人一直策想新的旅行。而夜裏睡在不甚潔淨的稻草堆上，給予人的，不是照片而是記憶。想想可以不必睡在鋪了床單的床上，是多麼像兒童的夢一樣令人雀躍啊。

（原載二〇〇〇年五月十一日《中國時報．人間》，曾收錄於《理想的下午》，遠流出版）

3
吃飯更吃麵

詠米飯

廉頗老矣，尚能飯否？

京戲《魚腸劍》中伍子胥所謂「一飯之恩前世緣」。

即中國人旅行國外多日，會說：如果今天能夠吃到米飯多好！

西洋人說的 daily bread 顯然亦是。太多人說：「只有很少的一兩天我會沒吃到麵包的。」（像 Nigel Slater 所說）。

米飯是東方人離開母體後的母奶。人在荒旅倘只有米飯，沒有佐菜，也必甘之如飴。米飯冷吃，看來應是最多滋味。倘將之捏成緊實，外面包上豆皮，飯上澆過薄薄醋汁，並且混上幾分糙米，撒上芝麻，則這種飯糰何啻完美！

蘇東坡（1037-1101）的豬肉，倪雲林（1301-1374）的鵝肉，陳眉公（1558-1639）的豆腐，蒲松齡（1640-1715）的煎餅，梁章鉅（1775-1849）的麵筋，周作人的莧菜梗，盡皆是他們不可沒有的酷嗜，然他們皆必需吃米飯。

楊東山曾論歐陽修文章給羅大經聽，謂：「飯之為物，一日不可無，一生喫不厭。以其溫純雅正。」

便因米飯這主食攝取習慣，造成中國人千百年來種種文化情狀如佐配熱炒、嗜鹽喜腴、多人合食、倚戀鄉井、耽於衰落、泥於陳腐……等等，太多太多。

便因米之種植，從此中國不憂窮矣。便因米之種植，從此中國不憂衰弱矣。請言其詳。

米飯之為物，最能吸附他物之氣；油腴可入，菜濕可入，辣味可入，鹹味亦可入。米飯，君子也，與萬物皆和，卻又和而不同。

飯之麗質天成如此，故太多菜餚之功能，在於下飯。有道是：「小菜鹹湛湛，用來好下飯」，「菜滷搭澷飯，勝過鹹鴨蛋」。不論其營不營養、健不健康、賤不賤值、醜不醜相。何也？下飯也。豈不聞：臭魚爛蝦，送飯冤家。豈不聞：菜不夠，湯來湊。

為求下飯，於是菜宜厚味（太淡便不成）、多汁（乾烤之肉則與飯不甚合）。又下飯欲速，則菜之體塊宜細切、宜劃一（肉及豆乾切絲必與芹菜之細形相當，方宜同炒同熟）。當然，切齊後，諸菜具備，方下鍋同炒，也為了節約燃料。並且趁熱同時端上。這是炒菜之愈臻優良系統後，益發成為中國家常吃飯的不可取代之獨絕形式也。

熱炒，也為了香氣四溢，助長下飯。並且熱炒，也令油不沉凝。油炒之菜冷了，便難吃矣。

嗜熱菜成癮，便從此再也離不開飯桌，再也離不開家園了。安土保守之弊生焉。有許多人斷不願在行走中買一冷三明治當飯吃，便是此喻。

由於不下飯，中國人吃不來生菜沙拉。

西人的南瓜泥湯（以 Moulinex 碾泥器碾出者）也因不適與飯共進，無法收列於中式羹湯門牆。

牛油（butter）、乳酪，亦與米飯不堪相攜同和，故少見於中國飯桌。且看西人炒蛋，習以牛油，中國人便吃不來，何也？乃與飯同嚼，口中唾液甚感不合也。

為了久藏，令四時常備，便有醃菜（雪裏蕻、醬瓜）、乾菜（蘿蔔乾）、風肉（火腿、臘肉）。

然中國人吃臘肉、火腿，並不單吃；而是臘肉少量與時鮮多量同炒，炒蒜苗或炒高麗菜。火腿用來燉湯如「醃篤鮮」（意為醃菜滾燒鮮菜。「篤」在寧滬話裏意為沸燒）。

這些醃、風之菜皆是抹上重鹽而成，為了久藏也為了下飯。

因此中國家庭總是甕缸在地，風肉、鰻鯗懸空。似這些「吃飯的傢伙」隨時在望，便有不速客突然降臨，也能立然備出飯菜。而連下多日大雪，足不出戶，也能餐餐堪飽。當然，這一來安土重遷是必然的了。

吾人今日吃得這樣識味曉菜，動輒口味口味云云，是因米飯之發明；吾人幾百年來吃成如此衰弱，也是因為米飯。

譬以英國人為例。英國人，三明治及野餐之發明者，並且是遠足的實踐者；他們吃的最是簡陋不講究，也能甘於冷吃，卻是較我國人健強。英國人的吃法，使他們更易於獨立、易於離鄉遠行、易於堅忍寂寞荒涼。

米飯與窮國，自然是互成因果。

非洲、阿拉伯的游牧族，身無長物，移動覓食，隨獵隨掘以吃，相較之下，中國人何其倚戀鄉井。

西部牛仔在一天的趕牛之後，露宿而食，錫盤上稀稀的肉泥豆醬，就著雜碎渾湯，所謂「狗娘養湯」（Son-of-a-Bitch Stew），並有黑乾麵包，有時還蘸著咖啡吃。這種食物，習於四菜一湯的飯桌食家如何下得了口；但牛仔飯後，把杯中剩的咖啡往營火隨手一倒，捲起毯子睡覺，次日天亮，飄然而去，卻又是何等瀟脫。

在我的年少時代，平日吃的是四菜一湯下飯，然看的電影卻又皆是這種飄灑不羈的景意；小孩心靈想的不是吃，是那種快意野放；暗想若有那種天涯流浪該是多麼快樂，才不枉人生一場，吃好吃惡哪裏放在心上？

（原載二〇〇三年九月十日《聯合報・副刊》，曾收錄於《窮中談吃》，聯合文學出版）

讚炒飯

二十年前浪跡美國，有一次在朋友家聊天，至夜深，肚子餓了，在冰箱中找剩菜，僅小半盤回鍋肉而已。所謂小半盤，乃三四片肉，兩片豆乾，幾片高麗菜葉，六七莖蒜苗，然醬汁凍成薄薄浮油倒極是可用，便將鍋燒熱，整盤傾入，冷飯亦放入，正好冰箱中有半顆高麗菜，連忙切成絲，丟入。

半夜的如此一盤剩菜炒冷飯，常是天上滋味。有時剩菜實在太少了，不夠，東翻翻西找找，有一小罐冬菜，一小罐蘿蔔乾，亦可派上用場。

米粒在鐵鍋上滾炙，與鍋撞觸一陣，又與空氣相接一陣，終令飯顆表面將要鬆爆開啟，卻又沾附了油之潤膩、裏包了醬料之鹹香滋鮮氣味，這便是炒飯所以受人深愛的無比美味也。

炒飯既將所有的鮮美盡皆入了米飯裏，故不論是蛋炒飯、肉絲炒飯、蝦仁炒飯、蔬菜丁炒飯（如胡蘿蔔、玉米粒、豌豆、青椒丁），終究是為了只專吃這一盤炒成的飯，於是它是不適宜再吃配菜的。且看坊間店裏賣的「排骨蛋炒飯」，蛋炒飯上覆放一片炸排骨，你吃幾口炒飯嚼一口排骨，再吃幾口炒飯，又嚼上一口排骨；即使兩者皆烹製得不錯，但吃起來端的是不能專注於飯之鮮美，反而因費齒嚼去對付排骨，連排骨的彈性與肉香也因口裏含著咀嚼了一半的炒飯而被忽略了。

同樣的，吃炒飯，配著桌前的三、四個蔬菜，也是不適合的。總之一句話，炒飯便只能單吃。

米是炒飯最本質的物件，故炒飯的選米，宜有講求。由於人在吃炒飯時是大口吞咬，不會細嚼慢嚥，故炒飯的米最好不要太費嚼勁，也就是糯米最不適合。很油亮圓鼓又內裏堅韌的米亦不適合；譬似越光米、池上米、美國的國寶米等雖是很優的白飯之米，卻未必是佳良的炒飯之米；若用這些米來炒飯，則需煮時略多擱水，煮熟後，燜得夠，而後再將飯用飯杓掏開掏鬆，傾入更寬廣的容器（如大木桶）令之冷卻並使飯粒各個分開，稍後再去炒，如此便可得好的炒飯。

臺灣的自助餐店喜歡在煮飯時放一瓢沙拉油，使飯熟時顆粒分明，米氣光亮。其實火候好，何需如此？再說米質若優（新米而非陳米），米香應令其自發散透，斷不宜再受任何別物（尤其是油）之氣味籠蔽。

有人說用逆滲透淨水器所濾之水來煮飯，特別香甜。這說的是好米必須好水來煮之例。又最好以老式粗鐵鍋（上覆木頭蓋子，腰間的鐵邊向外橫出用以架放灶上者）慢慢燜煮。並且用柴火。

臺灣已是米的天堂，米備極精潤濡彈，柔膩香澤，但較傾近於壽司口感的糯度；昔年在來米的口味今日已漸屬絕響，嶺南及香港流行的絲苗米在臺不甚可見，而泰國香米在臺灣也嘗不到。嗜香米者往往在僅僅二十公斤的行李限重中從香港帶個五斤泰國香米來。

十多年前爬黃山，上得白鵝嶺，有人賣便當，一吃，竟是乾乾糙糙的米飯，幾口就吃完了。頓時憶起了睽違多年的「在來米」，感慨不已。

六十年代，太多的家庭皆知道這麼一句說法：「炒飯要用在來米。」

在來米較鬆、較粉，相對於蓬萊米的圓糯滑潤，在來米顯得賣相較差，也像是質地較次，但卻是炒飯的良物。

四十年代末，不少自大陸來臺的人士初嘗蓬萊米，甚感驚訝，乃內地不少地方所食之米少有此種滑糯感受。原來蓬萊米是日據時代改良之新品種，以前內地中國人習吃的品種，則是秈米，亦即臺灣所稱在來米。這幾十年吃下來，在來米已成罕有之物，可見所有人在臺灣積年累月生活下來，終生活成如今這種最融渾之結果。仁愛路上那家「中南飯店」（後改成「忠南」），二十年前飯總燒兩鍋，一鍋蓬萊，一鍋在來，令客人任意盛取，十多年未去，不知依然否？

最家常的炒飯，是蛋炒飯。家家皆做，人人皆吃。家中有人餓了，馬上把鍋擱爐上，鍋熱了，倒油，打蛋，投飯，投蔥花，立時一盤香噴噴的蛋炒飯來到面前。

然蛋炒飯亦有講求。先說打蛋。有的在碗裏打蛋，把蛋清蛋黃皆打勻了，再入鍋。亦有直接投蛋入鍋，用鍋鏟把蛋大致搗碎，令蛋白碎屑可見，也令吃時能嘗到大小不一的碎塊口感。

再說炒蛋或炒飯的順序。有的先炒蛋，火不甚大，蛋成糊泥，即迅速加冷飯，若飯乾鬆，與蛋糊一混，常可粒粒米上皆滿沾金黃蛋汁，達到所謂「金裹銀」的效果。

有的先炒飯。鍋中擱極少之油，油熱，調小火，將鬆開之冷飯投入，略炒後，將飯撥至炒鍋外圍，鍋中心留空域，淺擱熟油，投蛋略炒，再與飯同炒。亦能有「金裹銀」之效。

為了不吃油，又為了不辜負好的雞蛋，又想出以下之作法。

取較鬆質之米（如在來米，如泰國香米，如安徽的米，如廣東某些絲苗米），煮至柔緩熟透，一起鍋，燙飯中加入剛下自母雞的新鮮溫蛋，拌之使勻，此時蛋遇熱飯已呈八分熟，然整盤飯猶濕，再傾入適才已燒熱的炒鍋（此鍋上完全不擱油，且已投入蔥花略煸過，並將蔥倒掉，如此這鍋面微有蔥的油辛氣，再倒入蛋拌過的飯，正好除蛋腥氣），用小火，稍翻炒，令飯收乾，卻又不焦，幾十秒後起鍋，最是香雅清爽。

倘此鍋不久前慢火乾焙過松子或芝麻，以此鍋不洗的來炒這飯，因有松子油香氣，更佳。

番茄蛋炒飯。將鍋用小火燒熱，注少量油，油熱後，投極紅熟、切碎的番茄，翻炒它，令其紅醬出現，投蛋，用鍋鏟炒碎，投入冷卻、鬆開的飯，炒一陣，起鍋。此為先炒番茄之法。亦有先炒蛋，略熟，便以鏟盛起，再炒番茄，至紅醬如泥，再投飯，令飯吸紅醬並漸收乾時，再倒入適才炒好的蛋，同炒便成。

流浪美國時，也曾在餐館打過工。有一回在聖路易，幾個同事下了工，去接另一個同行，此人在郊外的「雜碎」店（chop-suey shop）幹活，這類店有時必須開在窮區，如黑人聚落，往往只售外賣（一如快餐）不接堂食。為了安全計，售賣口弄成鐵窗式，像當鋪一樣，以防搶劫。他曾有一觀察，謂：「你知道黑人最欣賞中餐館哪一樣食物？我告訴你，炒飯。尤其是蝦仁炒飯。」

蝦仁炒飯，有如此大的魅力。黑人中愛吃這道食物的，多之又多。不僅僅在窮區雜碎店，高級的餐館亦多人點。他們有一種對蝦仁這種奇鮮之極的口味有其原始體質上之不可抗拒的強需。我們太多同事皆有相同之觀察。

老實說，好吃的蝦仁炒飯是不易在美國吃到的，因美國不用小的河蝦矣。即今日臺灣的老字號佳店的清炒蝦仁、蝦仁炒飯亦不甚能取得小的河蝦矣。然而蝦仁炒飯便硬是需要此種稍微多炒幾下便似將碎的弱質之生卻又麗質天生的小小河蝦。並且費上不少剝蝦人的耐心與工夫，方得成就。七十年代初，猶在信義路東門市場旁的「銀翼」，清炒蝦仁極好，用的自是小河蝦。歲月如梭，早已是歷史了。

很顯然，臺灣也愈來愈文明，文明到有些細瑣牽纏之類食物也只好逐漸犧牲掉了。十年前在杭州，進一家個體戶小館，叫一碗蝦仁麵，三塊五毛，見他從玻璃缸中撈起五、六隻瘦小的活蝦，現剝現烹，霎時麵上桌，雖只有幾隻小蝦仁，幾片筍片，卻鮮美中涵蘊著淡雅。然今日亦不見矣。

江南水鄉密布，最是品嘗河蝦的天堂。今日蘇州觀前街太監弄的「新聚豐」的清炒蝦仁，倒還是用每日現剝的小河蝦來做，倒是難能之珍的佳店好例也。

是的，炒飯，它確實教人沒法抵擋。

（原載二〇〇四年九月三十日《聯合報・副刊》，曾收錄於《窮中談吃》，聯合文學出版）

燒餅

幾乎想說，若不是因為燒餅及其他三兩樣東西，我是可以住在外國的。

這說的是「黃橋燒餅」。圓形，皮沾芝麻，內裹蔥花油酥。味道很近「蟹殼黃」，但沒蟹殼黃那麼酥膩，個子也比蟹殼黃略大而扁。

多半中國孩子皆熟悉這感覺：一口咬下，飽脹的芝麻在齒礪下迸焦裂脆，香氣瀰溢口涎，混嚼著蔥花的清沖氣與層層麵酥的油潤軟溫，何等神仙完足。

寒冬濛濛之早點渴望，必也燒餅乎！它的香、脆、外酥內潤，其色金黃，其形圓滿，含蔥如翠，若加上瓊汁奶白的一碗豆漿，其非早點之神品！然又人人得而吃之，不論老小，不論皇帝叫化子。吃完了，落在盤裏的芝麻，還用手指一粒粒沾起來吃，不肯棄。

老諺語：「吃燒餅，賠唾沫。」不知是否喻「你還嫌呢！」

燒餅，我幾乎想說它是中國的「國點」。有啥東西能像它這樣老人和小孩都愛吃的？它又是一件窮東西，真合中國這繁華的窮國家。看它的形體，圓的；看它的顏色，金黃的，不像白米飯如此純白無雜味，太高潔了；也不像綠色蔬菜，太清素了；而紅色果子太甜豔。它又不是非得在桌上吃的食物，可揣在懷裏走長程，南船北馬，餓了，取出冷吃，也真好。

而燒餅之最最中國，在它的半南不北，既南且北。不像羊肉的土漠之北、油茶的瘴癘西南，那種地域風色鮮明。燒餅實是最宜之南北小吃。

又聯想起，燒餅之最中國，便如棗樹之最中國。以前要訂梅花為國花，這樣高潔意蘊的花做全國普民的國花，實大可不必。至若松樹做中國的國樹，固然蒼勁質樸，然日本也多，也極懂品賞珍惜松姿，韓國也是。又日韓皆是偏北寒國，中國緯度綿長，棗樹則北南皆有，樹姿稀秀，並不自詡高貴，處處皆有，墳崗也長。果實纍多，養人無數。最要者，它有一襲清淡的美，群體的美，平民化的美。

這是題外，再說回燒餅。

現在燒餅攤少了。五、六年前在永和竹林路四十四巷口賣的燒餅，鹼放得太多，餅皮都微微泛青。然三十多年前竹林路口（更近永和路）的燒餅曾是多麼興旺。不過最好吃的，卻是七十年代中期開在對面（單數號碼）巷口（三十九巷之類），只賣下午的那攤。不知幾十年來這幾家相近鋪子互有關聯否？

金山南路一段一五三巷（「阿才的店」巷子）巷口的燒餅攤，如今不做了。原來是一老頭，做的餅極好，八十年代到九十年代中在此，更早幾十年在「陸軍供應司令部」（中正紀念堂前身）外頭賣，再遷來此處，前幾年老頭沒看見了，換成兩個年輕人做，如今全不見了。

還開著的撫遠街三三九號（近日向前移了幾公尺）的早點鋪，前幾年做燒餅的老頭，江蘇皐寧人，所製燒餅極好，還包著些許薑末，除了酥、脆、鬆、潤外，另有微微的辛沖氣，特別提勁。據說這老頭回大陸去了。現在做的是年輕人，味道嘛——對付著吃吧。

也不過幾年工夫，臺北的燒餅景竟有恁大變化。

當然我經過濟南路五十九之一號的豆漿店，經過光復南路四一九巷一一〇號那家早點店，甚至我家附近師大路近羅斯福路的「永和豆漿」，仍會買幾個蟹殼黃吃。

燒餅之式微，在於老人的凋零。燒餅之式微，也在於社會之富裕；做燒餅是一樁苦差使，伸手進泥爐，一塊塊往火熱壁上貼，整個臺灣幾人願做？

黃橋，屬江蘇泰興縣，在揚州以東、江陰以北，不知是怎樣一個所在，竟以燒餅馳名？相信揚名之地必是南京、上海這類通都大邑，而不是本方本土一如嘉興南湖水菱外人必須至當地方能買得。抑是說，大都市的燒餅鋪多是由黃橋人起開的，一如溫州餛飩？

近讀鹽城人沈琢之（沈亞東）文集。沈於民十八（一九二九）任泰興縣公安局黃橋第一分局長，書中所憶，雖不及燒餅，然敘黃橋面積之廣闊、市井之富庶、旅社之華麗、澡堂之宏敞等，堪稱甲於全江蘇省；至若飲食，沈氏只提二事：一、此地嗜吃河豚。二、黃橋之醋極佳，沈謂「遠非人所稱道之鎮江醋所可及。即山西陳醋，亦不是過也」。

揚州大少爺，鎮江小老闆；這兩地近代以精麗吃食名，然江北又散逸著粗放的田農生計，似這種兼粗兼細的城鄉之間，不免產生有趣之吃。好多年前讀儀徵包明叔《抗日時期東南敵後》書中引諺「窮宜陵、富丁溝、小小樊川賽揚州」，他日若遊蘇北，這丁溝、樊川、揚州倒是很想一去。

六十年代胡耐安《遯園雜憶》書中有〈王橋燒餅〉一文，這「王橋」是在南京，民國二十一年至二十五年間，位於國府路靠近東方中學。這燒餅的味道，胡氏盛讚不在話下，但最有趣者，是它的貴。一角錢買兩枚。若是夾火腿為餡，則一角五分錢一枚。以抗戰前物價言，一斤豬肉不過兩角，上夫子廟「六朝居」喝早茶，不過三角錢。可見六十年前就有商家懂得把平民化的東西因手藝佳良而高價販售。

一九九七年中秋在玄武湖舟上賞月，次日匆匆在南京稍作遊覽，竟忘了考察燒餅。整個江蘇省理應有很多燒餅店才是，得俟以另日，不知值得各城各鎮的來它一趟燒餅之旅否？

（原載一九九九年七月十八日《中國時報・人間》，曾收錄於《流浪集》，大塊文化出版）

臺灣的牛肉麵之時代與來歷

常碰上這樣的一種狀況：朋友說起他難以忘懷的那碗牛肉麵，說什麼四十年前臺北復旦橋下光武新村的「老張」，說什麼哇再也吃不到了！那種香，那種鮮，那種過癮……另外亦有朋友說起三十多年前永康公園旁有個老頭，他的牛肉麵怎麼怎麼好，後來攤子頂給別人，自己換到別處開，真是可惜……

是的，大家心中皆有一碗永遠記得卻再也不存的美妙至極口味的牛肉麵。

在臺灣，牛肉麵是這樣的一種文化。在臺灣，牛肉麵是這樣的一種記憶。甚至牛肉麵是這樣的一種時代。沒錯，時代。那時的臺灣，戰後不久，或說，播遷不久。許多東西皆在自然尋求融和；本地與攙入之融和，權宜與互存之融合，故牛肉麵是融合文化的產物。有一點離鄉背井（鄉井原沒那樣一味），又有一點新起爐灶；有一點昔年風味（如豆瓣醬，頗有大後方四川之靈感）卻又有一點就地取材（臺灣的黃牛肉）。

這說的是「紅燒牛肉麵」，完完全全的臺灣在一九四九年後的自然融和後的獨特發明。所謂獨特發明，乃大陸原本無有也。前幾年歷史學家逯耀東寫了一篇考據文章，我恰好未讀到，據朋友轉述，約因五十年代高雄岡山的豆瓣醬與近處的牛肉屠宰之天成搭配，加上老兵們的就地取材巧思，遂創造了今日的渾號「川味牛肉麵」或「紅燒牛肉麵」的原型。

而此獨特發明，其流行之年代，恰有其特別之遭際，便是五十年代末至六十年代末。因為這既是最清貧窮澹的無油水年月，卻又是最思過屠門大嚼的嘗想偶打牙祭，卻心中始終有故國緬懷竟只能寄情於某股香辣的那一段最教人印象深刻之年月也。

便因有這樣一層「精神深寄」之年代因素，從此牛肉麵的打牙祭象徵意義方得深植人心；而「牛肉麵」三字，直到今日仍是人們談吃與心生創業之念時極常聊及的項目，同時又是極具重量的一樁「國吃」。

甚至到了九十年代，我早說過，牛肉麵已是臺灣的「國麵」（一如滷肉飯是臺灣的「國飯」）了。

然則何以是牛肉麵，而不是蹄花麵？在此也不妨講一講。

先說臺北小吃集聚的區塊。當牛肉麵癮癮然在臺北各處角落發跡時，麵攤式的外省小吃聚落頗有一些，但尚無純以牛肉麵聚成一條街者；像所謂「師大旁的牛肉麵」、所謂「桃源街的牛肉麵」等聚落皆興起得比較晚，總要在六十年代中後期以後。至若我小學時，「三軍球場」（即今北一女旁的「介壽公園」）後、公園路兩旁與中山南路所夾（即今國家圖書館與外交部所夾之矮屋巷群）的小吃攤販，賣的便不是牛肉麵。另外延平南路一二一巷，基本上是福州乾麵巷。

為何提蹄花麵呢？乃三十多年前在師大的牛肉麵攤蔚然成街時，主要有兩大口味，一是牛肉，一是蹄花。也就是，當年蹄花麵與牛肉麵是平分秋色的。那時尚沒開出「師大路」，但實是今日師大路的路頭貼著師大圍牆的這一部分。不知當年是否便是龍泉街（須知今日的龍泉街是遷名過去的）之一段？後來師大路開通後，攤子星散，有一家留了下來，做成店面，便成了「大碗公」，最近也收掉了。

蹄花麵在六十年代，亦有「打牙祭」之意象，亦頗教人吃來酣肆；我在十歲左右於「圓山新村」（約當七十年代「碧海山莊」、今日「美國俱樂部」舊址）村口麵攤吃的那一碗蹄花麵教我至今難忘；但何以它後來沒成為國麵而牛肉麵卻脫穎而出呢？

我亦很說不準，但不免揣想，必是一、牛肉是南方原較少吃之肉種，有一種遠距之美，之新奇感。二、蹄花相對言之，是豬肉，無奇也。三、紅燒牛肉麵帶有辣味，微有「鋌而試險」之異國情調，發人無限之浪漫遐想也。

總之，麵攤麵店自六十年代中期後，以「牛肉麵」三字為招牌者，已然多極，亦已成定式；而招牌上書「蹄花麵」者卻不多，江山便此成定局。

如今牛肉麵老饕說的「口味」，依我看，必是六十年代中期至後期（牛肉麵的全盛時期）

臺北各店各攤所共同製出風味之逐漸累積成的一股「記憶」。那時除了師大、桃源街（今仍有「老王」），尚有以補習班學生為主的南陽街與火車站周邊如館前路、漢口街等（今仍有開封街一四巷二號的「劉家」），尚有老電力公司（和平東路）後兩家（今分別遷至潮州街六〇巷五弄口的「林家」與潮州街八二號的「老王」，甚至公賣局後亦有零星（如前不久球場未拆前的「老熊」））等；我個人在六十年代中後期，正唸高中；成功中學對面亦是牛肉麵攤林立，今日我能吃到最接近當年「甜香式的紅燒」而非近二十年大多店家偏於大料雜加之「黑褐」調味者，惟有一家，便是鼎泰豐的「紅牛湯麵」（無牛肉者）。

臺南有所謂的「現宰牛肉」，即每天半夜殺牛，天一亮便在攤上切成瘦肉片，清燙來吃，可說是原味完全呈現的吃法；我每次皆在想，假如用這樣的肉與湯下一碗麵，或是麵片，或是疙瘩，那不知可有多好！當然，這是另一種滋味，它說什麼也不會是我人一逕認定的，有時代風意的、甚至深含播遷文化的、那種牛肉麵。

倘讓我一星期選三碗牛肉麵吃（或推薦外地客人匆匆遊臺者），除了鼎泰豐外，尚有：

「清真式」的牛肉麵。它不算是臺灣之發明，西北（如陝西、甘肅）的回民便是類似的烹法。忠孝東路四段二二三巷四一號的「清真黃牛肉麵館」是其中最佳者。主要是牛血放得淨，湯最清鮮。肉質雖柴，但若能上麵前才自大坨切下，便較潤嫩。此種清真式牛肉麵店的發源地，當在北門口（臺北郵局）。

再便是延平北路三段六〇號騎樓下的「汕頭牛肉麵」。湯極鮮香豐富，卻毫不膩。麵亦下得恰好，尤以肉塊薄小，大口漱漱吮麵，肉自然嚼入，最得暢肆。

此三店最大優處，是吃完最無沉重、膩脹、噁油、悔恨等感受者，看官可別視之等閒，臺灣牛肉麵店千家萬家，能如此者，不多。

（原載二〇〇六年十月十五日《中國時報．生活新聞》，曾收錄於《窮中談吃》，聯合文學出版）

窮家之菜，實最風雅

——說白菜，也及煨麵與春捲

某甲廚藝甚高，有一次要宴客，客人中最主要的，是某乙，便問某乙：「十幾道菜裏面，有兩三樣是蔬菜，你有沒有特別想吃的蔬菜？」某乙說：「我最喜歡的菜，是大白菜，你看看能怎麼把它做成佳餚吧。」

這種類似考試的方式來做菜，其實很有意思。某甲原就了解某乙吃的脾味，兩人亦在許多地方同桌吃過。有一次我也在，還有另外兩三人，那天吃的是煨麵。我事先囑咐店家用薄的寬麵，兩公分寬，擀得較薄，下好撈起，在雞湯裏煨。原本燉雞湯時也下了寧波魚圓（即魚肉刮下來，不摻粉，只與蛋清捏成大型圓子），另外以雞油久燒的白菜，也已燒成菜糊，這時澆在麵上，再把雞絲撒上，擱上幾顆魚圓，便是每人一碗的「雞絲魚圓白菜煨麵」。

這碗麵，大夥吃得高興，每一樣佐料皆有人讚美，並且大家都道這種尺寸的麵條煨起來還真不錯。最有趣的，是某乙認為這整碗裏似在似不在的白菜糊，最教他印象深刻。遂與我一整個晚上大談了很多的白菜話題。我說，不瞞您說，我做為寧波子弟，自小吃大白菜常都是吃爛糊版的。他馬上接口：「對啊，你們的『爛糊肉絲』是名菜啊！」我說，是的是的，但主要是，白菜雖然不是粗澀硬柴之菜，又有其嬌嫩之質，但浙江人從不把它當嬌物，總愛把它燒得爛爛的。而且很奇怪，它即使爛糊了，仍見出它白菜的原本滋味。

接著我又聊，爛糊肉絲，名字雖言肉絲，實則吃的是白菜，肉絲只是配角，並且一盤之中放得甚少。不只吃白菜，並且吃那個糊。也就是，它是一道窮家菜。

為了燒出那個爛糊，最容易呢是勾一點芡。但坊間太白粉啦、地瓜粉啦、菱粉啦，令人不信任了，後來養生意識環保意識強的人不願意買了，有的吃家索性就不勾芡了。這時有的人在燒這菜時，常用的是燉蹄膀時的肉皮湯舀一些進來，於是白菜燒好放微涼，便成糊狀。但要很小心，有時會燒成過腴。

如果一、二十個人吃煨麵，麵鍋裏的麵湯夠濃渾，取一些麵湯（如同是芡）與丟進雞湯的麵裏再煨，則白菜融於其中，便有爛糊感矣。

雞湯煨麵，最不浪費。先燉雞，浸一浸，撈一撈。再浸一浸，再撈一撈，待熟，便將雞取出放冷。冷後將腿部、翅部切下，作白斬雞用。雞頸、脖子，與有些雞皮再丟入湯中繼續燉。雞胸的白肉，也早撈出，便是待會要撕成雞絲的部分。

那些燉在鍋中的部位，為了湯冷時，撈起浮面的黃黃雞油。而炒白菜便用這雞油。撈完油的雞湯，便以之煨麵。

故雞湯也用了，雞油也用了，白切雞也有了，雞絲也能鋪撒在麵上了，故我說，最不浪費。

然吃雞湯煨麵，最好有一碟炸物來配，便是春捲。

各種餡的春捲，都有趣味，都頗好吃，但我個人最久吃不厭者，是大白菜餡的，也就是，幾乎可稱為爛糊肉絲餡的春捲。肉絲的比例，仍然很少，且要切得很細，能帶些肥絲更好。先將肉絲淺醃一下（醬油、糖），放它一放，再用蛋清抓一下，接著入鍋稍炒，取出。再炒大白菜，用雞油最好，用豬油也宜，用植物油也完全沒問題。炒一陣，便可蓋鍋來燜，不久再將肉絲傾入，待熟爛，即成。放冷，亦可放擱網上瀝水，完全冷了，便能包入春捲皮中。

其實，專業的做法，的確會勾一點芡，這能令包時顯得不濕，而到油鍋裏一炸，因為熱，芡又化成水了，一咬，感到湯汁豐腴，最為滿足。

但雞油燒出的白菜糊，瀝了水，包在皮裏去炸，照樣有微微的腴汁，照樣釋放大白菜獨特的傲霜香氣，並且在脆皮的內部竟是如此軟綿綿、香糊糊的菜韻，既不是豆芽菜的那樣脆爽多纖，又不是韭菜的濃烈香勁，是屬於大白菜這種十字花科中最雅馴、最富泰、卻完全不失它最堅貞有個性的氣質。

而它照樣十分和藹的甘於被人家燒成爛糊糊、甚至還矇起來被包在餡裏。這就是大白菜的品德。

吃煨麵時配的這碟春捲，還有一妙，便是可以藉此吃到醋。春捲的脆皮，沾一下山西老陳醋，脆加酸，咬上兩口，再吃一口麵，最是香美。

有人吃麵，喜擱幾滴醋，內行也。而這廂以咬嚼春捲而得此醋韻，更是妙招。

最理想的醋，是二、三十年陳的巴沙米克醋，薄薄一沾，已然老得有些黏稠，而酸中帶些焦糖般的甜味最深蘊。

白菜餡的春捲，炸好後，最好放一放。

放多久？放到送進嘴裏覺得溫度上沒有刺燙之感、而脆皮碰到嘴唇時微感到開始要縮軟的那當兒，最是好吃。乃麵皮脆度猶有，而火氣的暴燥已略減，卻皮的韌勁與麵香正得釋放，這微妙的當兒，最是好吃。以時間算，約六七分鐘最宜。並且油也逐漸收掉了。又更有一種，謂冷了吃亦有其「冷韻」，這亦行家之談，就像吃冷餃子一樣。這只先說春捲這脆皮炸物的先天美味力道，更別說它被牙齒咬斷時白菜和著湯汁直灌入你的舌喉之間那股渾然一氣的菜腴鮮美加上麵皮香脆全部吃進你口裏那一剎那，哇，至高享受也。

大白菜，很多名目，有的說山東大白菜，有的說天津大白菜，亦有說黃芽白，廣東人還常以古時字說「菘」，都是。

米其林的廚師，也挖空心思找食材，不知尋常如大白菜，他們常會怎麼做？

（原載二〇一六年三月七日《今周刊》，曾收錄於《雜寫》，皇冠文化出版）

零碎

餡料

粉絲——我現在甚至要說，粉絲做在餡裏，比在太多地方好吃多了。油豆腐細粉原本就沒啥吃頭。

油條——麵經過油炸，膨起的蜂巢隙室，令人歎見造物之奇。這些巢室便是蘊味耐嚼之最佳餡料。

豆腐——成塊豆腐淺淺的先油煎一下，再搗碎。包在水煎包裏，最與菜葉、蔥，甚至韭菜相合。

蛋——富彈性。

乾的蕃茄丁——或是曬成半乾，或是淺炒過（有時與蛋），有棗的嚼感。

瓠瓜——北方人包入餃子，巧思也。

蔥——加油饃，混入麵糰，便成油酥；是最好的製餅餡料。

Pizza 的覆料

餡料與外烤料兩者倒是質感迥異。芝麻、松子等硬是不宜入濕潤之餡，而白菜等這類十字花科植物，永遠很能融合別的軟汁物料。白菜，與人為善之君子也。

好的外烤物，披薩最能驗之。肧餅上擱松子，很宜，以其富油脂，並形體飽滿厚蘊。芝麻覆於燒餅（大的、小的、方的、圓的）皆宜，擱在披薩上則因太小無甚使勁處。

果物要鋪於披薩上，也有講究。蕃茄必須用太陽曬乾者，一來不會水答答的，二來味道厚實有嚼勁。葡萄乾，說來也適合，最好像吐魯番那兒正在曝曬時取其曬至半乾者來用最宜，一來不太乾，肉質多；二來甜度不致過度蜜膩。茄子若做鋪料，也是好意念，只是要臻佳美，你知道，茄子不是那麼簡單的；需得搬出曹雪芹的方子：茄鯗。

《紅樓夢》四十一回中鳳姐講解給劉姥姥聽：「你把纔下來的茄子把皮刨了，只要淨肉，切成碎丁子，用雞油炸了，再用雞肉脯子合香菌、新筍、蘑菇、五香豆腐乾子、各色乾果子，都切成丁兒，拿雞湯煨乾，將香油一收，外加糟油一拌，盛在瓷罐子裏，嚴封。要吃時拿出來，用炒的雞爪子一拌，就是了。」

披薩上的舖料，松子、棗肉（核取掉）、蒜苔、羊的 Cheese 等，最宜。

水牛的奶

大良雙皮奶，或是薑汁撞奶，強調所用牛奶是水牛之奶。不知是否由於水牛體肌腠理較鬆清於黃牛，而致所產之奶比較香滑不膩之故。

無獨有偶，原本義大利的那波里披薩（即如今的標準版披薩）所用的 mozzarella 起司，也取自水牛的奶。後來渡海到紐約的義大利移民，因沒有水牛的現況考慮，才以乳牛的奶所製之 mozzarella 起司覆撒在披薩上。你在紐約隨處可見的 John's Pizza、Ray's Pizza，花一兩元買一片吃，嚼著起司像扯動口香糖一樣的橡膠感，難吃之外，又看不出擱起司之作用（既無酪之香腴，又沒助添油潤）這款餅物，不吃也罷。又他們有一陋習，將蕃茄醬大量塗上，致出爐的餅，濕答答的，眼看起司的大片乾膠就要與麵餅脫開，說不出的尷尬。

故而內行的披薩店，不擱蕃茄醬，擱曬乾的蕃茄本身；更索性不漫撒 mozzarella 起司，只一小撮一小撮的擱下羊起司，如此至少還把餅弄成像餅的樣子。

不可輕易舉薦餐館

絕不可以為薦了好餐館，自己便是老饕、美食家。以評舉餐館來炫露自己深懂美味，一來已然不謙，二來此種權威常常變化，太不可靠矣。

揚州杜負翁，美食嘗遍，抗戰時期，四川一館子「滋美樓」請贈楹聯，杜便寫了此聯：

　試嘗「滋」味如何，聊飲幾杯，莫醉醺醺忘歲月

慢道「美」中不足，飽餐一頓，須知粒粒盡珠璣

細審此聯，教人隱隱要猜想這館子或許菜做得不怎麼樣。

在臺北，想來亦有館子央求名人、文士等題匾贈聯之事，焉能不審慎？

不吃的東西

菜上雕花（做作，亦往往難看，有時甚至土氣到了噁心地步）。

模擬動物之素菜（根本是惡俗），又常將素材料變成怪異東西，如塑膠般之質感，以求來做成像葷的模樣，委實可怕。

故意取花稍名——因名字之怪，令人疑慮東西之堪吃否。什麼「龍虎鳳」、「孔雀開屏」。

柴魚（因而不吃蚵仔麵線。也有不少的臺式食堂所做日本料理中的味噌湯亦好放）。蝦米（不吃開陽白菜）。蝦皮（少吃韭菜盒子。有在高麗菜中悄悄的放了蝦皮，則我不吃）。味

精。

也漸不吃：皮蛋、培根、火腿。

冬菇（一、湯往往未必鮮，二、常會嘗到「老味」，三、嚼起來如橡皮）。尤其不喜它在餡中，如包子或燒賣。甚至放在肉粽裏我亦不喜。

干貝（理由亦約如右）。

乾魷魚。

蠔油。

和麵時擱入的鹼。有些拉麵因而不吃。涼麵也因有鹼，故吃得少。臺南「度小月」的擔仔麵，倘用的不是油麵，是手打的蕎麥麵或是山西家鄉自製的　麵，那豈不令人更想一天吃個三、四碗？「度小月」的「陳酸式」湯頭，最是獨絕全臺，但用的麵，油麵，太平庸了些。

不易好吃之物

加在小籠包上的蟹黃。或是蟹黃豆腐、蟹黃茄子、蟹黃這個、蟹黃那個等等，皆不好吃。

除了新鮮採自螃蟹殼上，立時來吃，其餘當作料用的蟹黃，皆難吃。

太重的八角味。

勾太多芡的酸辣湯。事實上，凡勾芡，我皆不喜。然有一樣例外，即春卷。春卷的白菜肉絲餡，必須勾芡，炒好放冷，才包。包時因有芡，不至太濕，但在熱油中炸了，一咬，外酥內濕，正是勾芡之大功也。

特別弄些花樣的作法，最終還是不好吃。白菜就白菜，奶油白菜怎麼吃就是不好吃。試過不同地方的幾十次，沒一次好吃過；何也？這兩樣東西硬是不該弄在一道。即使故作考究的加些生薑、高湯、酒，甚至起鍋時還灑上火腿屑，硬是不能吃。

豆腐最難

豆腐就豆腐，釀豆腐也從來沒吃到驚豔的感覺過。不為別的，豆腐裏所夾的東西，不管是肉或蝦，硬是不能和豆腐相得益彰，只是各呈各味，且原先的自家本色也不見了。

豆腐常在心念中被認作好物，然不易好吃。甚至多半很難吃。

然而大家對它的印象，先天上就很好。於是便不細究這一口吃下去的豆腐到底好不好吃。

吃豆腐變成一個概念。點它就是了。於是麻婆豆腐、紅燒豆腐、東江釀豆腐、蝦仁豆腐等等便被叫了上來，接著下筷，放進口裏。好吃不好吃，都就吃吧。

除了京都那種精心對待而製出的「湯豆腐」名舖，或香港大嶼山的大澳某位阿婆以山泉慢工老法製出的豆花，等等這些幾乎驚鴻一瞥的珍物外，豆腐，在現實中已算是「陳腔濫調」的等同字了，然而它的意象，竟還留存在「淡雅」上，亦怪事也。

豆腐的製造，固也是關鍵；連甜不辣攤的油豆腐，雖然皆難吃，然竟也互有差異。南昌路的甜不辣店的豆腐便比不上開封街的甜不辣店，甚至連新生南路聯經書店旁巷子裏的甜不辣攤也比不上。即使皆是進人家的貨，也相差很大。並且，三者皆極難吃。每隔三、五個月，嘴賤了，想吃一碗甜不辣，終還是沒忘掉請老闆把豆腐換成蘿蔔算了。

麵包

臺北在世界大城市中，是麵包做得最差的一個。這方面，顯然臺北最無意國際化。這一來很好，臺北很自幽本土；一來很遜，很不解外人在享用起碼的佳物。

臺灣人喜歡把麵包做成裝飾品，而忽略了它的本質。

四十年前我們小時有一種叫「羅宋麵包」的，橄欖形的、硬硬的，略帶鹹味，如今不見人做了。

六十年代開始，有一種本土自己發明的蔥花麵包，其實很好吃，但愈做愈差。它只要用蔥花、牛油，稍加一些胡椒粉，不加味精，烤得火候恰當，便是很好，尤其剛出爐，最香，底層也最脆。

什麼配什麼

吃完了豬腳、蹄筋、烏參之類黏黏潤潤的食物後，嘴巴甚感滿足，而唇上沾有稠質，此時最想吃的水果，奇怪，是橘子。既不是西瓜、木瓜，也不是草莓、獼猴桃，也不是葡萄、香蕉，就只是橘子最好。

這裏說的西瓜酪，實是西瓜汁。謂其為「酪」，乃只用西瓜的瓜心，最熟最沙的部分，剔掉籽（當然選籽較少較疏的大熟西瓜），以果汁機淺淺打之（易掉籽，乃為了不用濾網也），倒入白瓷碗，上桌，最佳。

吃完鰻魚飯，嘴唇亦有微小的黏膜膜的感覺，此時最想吃的，是「西瓜酪」。

講究的人在家以新式西餐宴請朋友，有時一道一道的上菜，會有個十來道菜，例如海膽過後，又有魚子醬，不久又有鵝肝；如此三道鮮香濃郁的菜過後，必須上一杯蕃茄水（數小時前已將新鮮蕃茄打成醬，放入紗布去滴水），以緩抒厚膩，以清新口齒，不久再續往下吃。

口味之選認

似這樣的吃飯習慣所累積的口味認感，致使有些食物便感不甚相合。如南瓜、紅蘿蔔，富含胡蘿蔔素，然很難單獨成餚。尤其紅蘿蔔，我一直找不到一個方法來做它。而南瓜，西人很多菜及甜點皆用它，我也不知如何待它。南瓜碾泥成湯，西人之家常，一如我們的蘿蔔排骨湯、黃豆芽湯尋常。然中國菜甚少碾泥者，能想到的，似只有芋泥。

也有人青菜蘿蔔下飯熟菜吃慣了，醃的醬吃慣了，不愛吃水果，以其涼隔。即偶一吃，也是營養觀念驅策，非嗜其味也。

又有人不吃白肉，凡肉必紅燒重醬才吃。這種受重醬醞養的口味，遇西人烤牛排（正宗烤法是不抹醬的），則不堪下口。

紐奧良之例

紐奧良的吃，喜歡混雜各料入於一鍋。以求濃郁也。

Gumbo 中的 okra（故稱「filegumbo」），求其濃；jumbalaya 中用麵糰牛油、用火腿醃肉，求其濃；即咖啡中加入乾根萵苣（chicory），亦求其濃也。

食物的酸香氣

牛肉湯中加一整根辣椒。加整個蕃茄。為得一襲酸香氣也。

咖啡豆本身之果酸感。故豆須鮮焙。須現磨、粗磨，最好手磨，令其顆粒迸裂溢出鮮香氣味，倘以冷的泉水（更安全之法是將之經濾淨器）採滴漏法滲濕而泡酵成湯，最是醇香微具果實酸味，入口怡美。

應吃皮殼

體弱，於是更挑取食物。臺北街頭的自助餐店最常聽見的一句話就是「要不要飯」？乃太多女士點了菜後，不點飯。

精米飯常使人飽漲。尤其近年大夥勞力操作較少之後更如是。同樣的一小碗飯，若吃雜糧飯或帶有皮殼的糙米飯，較之一小碗精米飯雖吃時稍費嚼力，但在胃中卻遠比精米飯更不顯得撐漲難受。乃皮殼與粉粒的間距使之在胃腸中更有活潑的推動力，當然更重要的，是皮殼中所含之維他命與其他營養素，更合腸胃全面消受之需。

且看人每吃綠豆仁所製成的綠豆沙湯，便感很實，甚至膩漲；但吃下帶皮殼的綠豆湯卻清順，由此便知。

另有人吃蘋果、吃梨，如不連皮吃，也覺過甜、過酸、或過於撐漲，同為一理。然世上竟有最殺風景事如將蘋果打上蠟者，誠可惡也。

應吃渣滓

有人愛吃泡飯而非稀飯。為了猶有些可嚼之屑塊。

打精力湯打得不甚細，乃有渣可嚼之益也。

蘿蔔糕必須有些絲可嚼，否則不好吃。故考究者，不惟須在米粉裏和入蘿蔔泥漿，尚須加入切絲並稍炒煮過的蘿蔔絲。

紅豆湯要煮得殼不脫落，卻內部的沙又不流溢。

應吃酸澀

年紀越大，越喜歡檸檬皮、金橘、柳丁汁、陳皮這類味道。有時見攤子在搾柳丁汁，連忙貼近站著，像小孩子般聞嗅噴溢在空中的沖香汁氣，頓感無比的興奮。

墨西哥的現買現吃水果攤，你就是買一片西瓜，他也取一片檸檬，擠汁淋在西瓜上，便這麼吃，除潮膩也。

年輕時不怎麼愛吃柚子，覺得苦澀；如今每到秋天，總不放過。愛它的酸，是苦澀之酸，而非橘子的甜中酸，也愛它的穿腸透氣所予人的訊息。廣東廣西盛產佳柚，菜餚中有「柚皮鑲肉」，用的是柚子的白囊，把肉嵌入，吃起來，這白囊有冬瓜般的綿沙清爽。

（原載二〇〇四年十二月十一日《中國時報．人間》，曾收錄於《窮中談吃》，聯合文學出版）

四家歇業小吃店

①廟口十九號滷肉飯

臺灣小吃中若說最本質的、最每日必吃、最全民的，大概是滷肉飯了。它幾乎是臺灣的「國飯」了，如同牛肉麵是臺灣的「國麵」一般。

前些年有些黑道大哥走避大陸，後來回到臺灣，言談中總嘆說：「沒辦法，那裡吃東西不習慣，沒有滷肉飯。」

有人問過我，全臺灣滷肉飯哪一家最好？哇，好大一個問題！自北到南，滷肉飯我不知吃過多少攤，但真要說最好的一攤，不瞞看官您，我答得出來，便是「基隆廟口十九號攤」（晚上才開）。

廟口有多少名店，有人去吃天婦羅，有人吃沙拉船，有人吃咖哩飯，有人吃豆簽羹，有人吃冰；但我去，只是吃十九號攤。我必點滷肉飯（十五元）、高麗菜（二十元）、豬腳湯（四十元，我皆囑「要中段的」），七十五元，正好吃飽，仁三路向裡面的夜市也不逛了，往往轉身沿著海港邊散步至火車站，坐電聯車回臺北。

滷肉飯的肉必須切成小條，肥、瘦、皮皆在那一小條上，澆得白米飯頂，危顫顫抖動方成。切不可用絞肉，絞肉便嘗不到肥肉的晶體，已被絞成油水；也嘗不到瘦肉的彈勁，已被絞成柴渣。這店的滷肉飯，味最和正，很像我們小時候記憶中滷肉飯的那種風味，並且顏色也不太紅，正好不致醬油兮兮的。這樣的飯，配一碟清煮的高麗菜，水答答的，也極合。且別小覷這高麗菜，燒得不油、又微爛卻不甚糊爛，臺灣成千上萬家小店，幾家能夠？而此店便做到我心中的火候。有時我甚至吃完一盤再叫一盤。豬腳湯亦是白煮，清淡卻有嚼頭，我常說即使這店的豬腳在整個廟口亦是最好的。腿肉湯（五十元），亦很好，腿肉切成塊條狀，上層是皮，再帶薄薄肥肉，接著是長條的瘦肉，若請老闆切好，帶乾的回去，亦是下酒良物。

滷肉飯必須吃小碗的，呼嚕呼嚕，幾口吃完。若不夠，再叫一碗。倘叫大碗，奇怪，味道便差了些。這種適宜亞熱帶胃納的小碗風習（尚有臺南擔仔麵等），份量如同點心，是臺灣小吃之特色，亦是優良傳統，想是自福建已然。

如此小小一家攤子，竟是臺式豬肉料理淡白清雋之極好例子，我說不出有多喜歡。老闆姓何，十多年來我僅在一兩次短聊中得知。此店開業三十多年，只開晚上（白天的「光復肉羹」更是六十年老店），一逕偏處幽隅，不甚受人注目，最是那種我慇懃探看的店。我希望他的味道始終保持高水平，也希望我的報導不致干擾他謙沖自處之風格。

地址：基隆市仁三路廟口十九號攤
時間：晚上七時至午夜二、三時
休假：每月休二日，不定期

（原載二〇〇五年十一月七日《商業周刊》，曾收錄於《臺北小吃札記》，皇冠文化出版）

②金華街燒餅油條

六十年代，留美華人返臺，常聊到要吃燒餅油條。不錯，它是當年鄉愁的象徵。近一、二十年，飛機票不顯得那麼貴了，人們返臺也頻了，甚至美國吃燒餅油條的地方也多了，更甚至永和的燒餅油條豆漿根本已不堪再提了，這諸多理由，造成「燒餅油條」這一份昔年鄉愁似乎可以拋開亦無所謂了；然則不可，以下這家您非得嘗嘗。

金華街上（杭州南路口向東走三四家），有一家小舖子，十年前稱「楊記」，如今沒豎招牌了，卻一大早排滿了等燒餅出爐的人群。

這家的燒餅是菱形的那種（有人索性叫「三角餅」），也即是麵勁比較綿膨，不同於油酥（如「永和」）式的。以此餅夾油條，外柔內脆，自古早便是迷人吃法，如士林的「大餅包小餅」，如北京街頭的「煎餅果子」等是。

老楊久不做燒餅了，偶爾炸炸油條。這一陣子，油條也不炸了，自別處批來，卻絲毫不影響燒餅油條的佳味。如今做燒餅的年輕人姓李，做得一手好燒餅，應當說青出於藍。麵揉好，拉成長板，灑蔥花，把麵捲起，擀平。在灑芝麻前，會刷上一層薄薄的麥芽糖漿，故嚼起來鹹中帶甜，微有一絲所謂的「椒鹽」味，一口咬下，唾液完全分泌，便一口一口將它吃完。這是我買了邊走邊吃、還沒到中正紀念堂便把這套燒餅油條不配豆漿又不覺其乾的吃完之個人經驗談。

燒餅油條一項，全臺北這一家稱第一。

杭州南路以東的這一小段金華街，是老式外省小吃的聚集地；有名的「中原饅頭店」、「劉家餃子館」（賣「炒草帽麵」）、「廖家牛肉麵」等在焉。然最有風格的，是這家燒餅油條小舖。何種樣的風格呢？他開的時段很短，一早六點至八點半；有時九點來買，餅已賣光了。若問何不多賣些？唉，每片菱形燒餅須以手伸進熱烘烘火爐去貼，辛苦之極。這位李師傅，本人便甚有風格，看來雖有一身手藝，但原先似乎志不在此，極可能從前務過別業，如今一大早揮汗做餅，莫非暫時砥礪心性，以備後日之遠圖？而老楊從炸油條到不炸，亦必是不令自己太累；再加上另請一助手，如此三人小店，一天只賣三數小時，燒餅只能出個幾爐，卻也服務不少老饕，而所賺實不多，仍一逕開下去，如何不是最有風格的店？幾乎已有武俠小說中所言「風塵中小店」的況味了。

地址：臺北市金華街一一一之六號
時間：早上六點至八點半
休假：周日

（原載二〇〇五年十一月十九日《商業周刊》，曾收錄於《臺北小吃札記》，皇冠文化出版）

③永康街 Truffe One 手工巧克力

永康街近年成了臺北最優雅卻又最享樂的一塊區域，主要是居民與店家自動將身邊環境打理得優質。

今日最優雅的永康街，可由數個元素構成；先是路頭的「鼎泰豐」。再則是「永康公園」，堪稱臺北的社區小公園中最佳範本。再則「回留」素菜館，素饌精美。再則三十一巷的「冶堂」，售優質茶葉，也呈現最具文人氣的茶文物空間。接著向南跨過金華街的「小隱私廚」，初開便每晚排隊。再則七十七號的「發記古董」，室內擺設淡雅，院中盆栽妙手成春，文人與過客常在此喝茶歇腳。

終於，三個月前又多增了一個優雅元素，便是這家 Truffe One（或可譯「松露一號」）手工巧克力店。此店一開，不惟令美食的永康街增加一個收嘴前甜食的完美性，也是我最常鼓倡小店應製最精最窄的食物之最佳楷模。

Truffe One 賣的是「松露巧克力」。指的是形狀像松露，並非松露口味。形狀像松露，其實隱隱有「自然成形」的不規則之意。意即：不是壓模而出者也。

其口味，約保持十二種之多，隨季節更換果餡種類。果餡，是我個人感到在此最享受的部分。尤其是店家正在熬煉芒果或奇異果成果餡時，單單嗅著那種熱帶（或稱熱情）感的強烈沖香並混著密濃之甜稠，便已是極好的芳香療法了。更別說待會輕輕咬下一口這種口味的巧克力時，內中的漿果似的蜜餡，發出幽幽晶光，既涵著微酸，又有些酵香一如醇厚老酒，卻終還是一味老少咸宜的甜物，怎不教人雀躍。

一個售三十五元，如同一杯便宜價格的咖啡，但我與店家聊後發現，何以前面說的「輕輕咬下一口」，乃在於這是善待小小甜食的最應當態度；一來太多人並不需要過多的甜點或糖分，細細的品嘗較重要。二來巧克力是使人開心的撩撥物，三個兩個亦是韻趣盎然，並非像吃飯要吃飽或吃冰淇淋要吃過癮。

Truffe One的口味中，我認為最特別的是「石卓茶」，乃它有高山茶的清香，又不會像日本抹茶無所不在的那種陳腔濫調。再就是「柑橘」，有一絲「九蒸九曬」似的多重熬糖工序；熬完，濾乾，置冷。再熬，再濾，再置冷，如此五至七天，但就是有這樣拗的人（如前幾周我講的熬冬瓜茶的人），喜歡如此製作自己深以為樂趣之事。這樣的永康街，當然會愈發有意思了。臺北就是需得如此，臺灣就是需得如此。

地點：永康街四十五之1號
時間：下午三時至九時
休假：周日與周一

（原載二〇〇六年九月十一日《商業周刊》，曾收錄於《臺北小吃札記》，皇冠文化出版）

④忠孝東路清真黃牛肉麵館

外地客人來到臺北，匆匆一停，若只能有三碗牛肉麵的量，那我會說，其中一碗應是這裡的「清燉牛肉麵」。

若說一碗麵中牛肉湯之香醇、鮮腴、淨清，不雜一絲其他作料味（如豆瓣、花椒、肉桂、沙茶、蕃茄、醬油）；又麵條是手擀的家常麵，大把大把抛入鍋裡，下至透亮滑抖，撈起；這樣的麵放入這樣的湯，在純粹鮮香上，全臺北稱第一。

但牛肉呢？差點忘了提。此店的牛肉是煮熟撈起放乾，再切成薄片；麵下好後，將牛肉片撒進碗裡，一如你在蘭州等西北地方所見的那種吃法。這不免令吃慣了「常態式」牛肉麵的老吃家心生「太柴」之感受，的確也是；但倘細細品嚼，這幾片瘦牛肉實頗有滋味，甚至有點三四十年前的臺式「切仔麵」上擱的三片瘦豬肉或三片炸紅糟肉片那種風情。

這是一家清真館，故它每天所進的牛肉，不惟是本地黃牛，且須專人宰殺，殺後放血，更有教門專人誦經，經此潔淨過程，方可烹食。正因如此，其「清燉牛肉麵」（一百二十元）的湯頭會如此鮮，卻又如此清，放血至徹底也。而牛肉如此瘦柴，卻嚼來絕無渾腥味，亦因放血故。有的行家在吃麵時欲極盡酣肆淋漓，特囑牛肉另擱一盤，只全心大口呼嚕嚕吃麵，肉僅偶挾一片兩片，所剩肉片打包帶走，回家夾入全麥麵包內，灑橄欖油使腴潤，擱蕃茄片與生菜令鮮脆，甚至煎一片半熟蛋皮填入令更豐盛，便成了一個絕佳的牛肉三明治。

亦有「過橋」吃法，即麵、湯、肉三樣分開，讓客人按自己乾吃或湯吃習慣來拌麵挾肉，肉份量也較多，一客兩百元。

牛肉餃子，十個六十元。牛肉餡滿特別，餃子形狀較扁。

再說小菜。共五樣，小黃瓜、蘿蔔絲、涼拌高麗菜、涼拌海帶絲、涼拌豆干片。其中豆干片很特別，是白的，與平常所見有五香膚色者不同，味亦較清。每碟三十元。

料理大檯子上，明置一碗鹽、一碗味精。若不要味精，說一聲便成。

此店座落東區之正中心，少男少女絡繹不絕，有時手上帶著吃了一半的別種肉食便走了進來，麵檯後老伯見之，臉上便有莫大的委屈，怎麼回事呢？噢，原來不潔淨的肉食帶進了門，與他之教門規戒大大相違也。

店亦售紅燒牛肉麵，亦有細粉、泡餅，皆一百二十元。然我吃來吃去，最偏嗜清燉牛肉麵。有一次在友人家小坐，旁有一桌麻將，牌客提起吃點心，問我想吃什麼，道：「就去買附近的清燉牛肉麵吧。我的麵就泡在湯裡，別分開，拎回家時，麵早將牛肉湯裡的油氣全吸進麵裡了，於我最是美味呢。」

地點：臺北市忠孝東路四段二二三巷四十一號

時間：中午十一時半至二時、下午五時至七時半

休假：周日

（原載二〇〇六年二月十三日《商業周刊》，曾收錄於《臺北小吃札記》，皇冠文化出版）

4

養生與打拳

談站椿

廿一世紀最重要的課題，是呼吸。

近日太多朋友皆在談健康，談養生，談保持快樂心情，也談氣功。

氣功的法門極多，但有沒有一種最單調、最原始、最適合所有人、或說 for dummies（給傻瓜）練的功法？

東想西想，想到有一種最不像練功的練功法或許可以合乎。這功法，叫做「站椿」，粗看只像是罰站，然據養生家指出，這是世間最了不起的發明。

有可能將來隨處可見三個人、五個人的在樹下罰站。而家庭中或許出現這樣的對話：「你要出去啊？」「嗯，我到樓下公園裏罰站。」

所有的內家拳皆強調站樁之重要。把樁站好了、站實了、站靜站定了，再微微舉步提手便即是打拳了。太極拳有幾十個招式，但有人主張把起式好好的練好。起式便如同站樁之外加上將手緩緩抬起、再緩緩壓下，手的動作極輕柔，以不干擾站著的樁。至於後來移步如貓行，轉身如擰巾，皆為了離原本站成好好的樁不遠。

那麼，什麼是站樁呢？以姿勢講，不過是兩腳張開與肩同寬，膝微彎，兩手在胸前抱成圓形，垂肩、鬆胯，總之，但求全身放鬆舒服。

以心念講，最好啥念也無，只是站著。以呼吸講，最好不去管它，它自然會呼會吸。

練家子在幾十年盤談拳架之餘的站樁，據說有極多微細精妙的心法。譬似站樁時要將頭往上頂，尾閭往下墜，令整個人伸展成「弓」狀。然後在這張弓上微微開一開，再微微收一收。

近代「意拳」（又名「大成拳」），算是脫胎於董海川、郭雲深的「形意拳」）的創始人王薌齋（一八八五—一九六三）於站樁之闡述，最為精闢：「練習樁法時，形雖不動，而渾身之筋肉氣血與神經以及各種細胞，無不同時工作。」「只要舒適、自然、輕鬆、無力、渾身像躺在水中或空氣中睡覺，就大半成功。」

他又引王國維《人間詞話》中所謂「衣帶漸寬終不悔」，示習者以恆。他說：「堅持百日即有感覺。堅持三、四年，即覺四肢膨脹，手足發熱，有灌鉛之感。」

恆心極是要緊。但即使沒站上百日、沒站上三、四年，已有太多人感到頗強的效果，如身上覺似有蟲爬蟻走，肌肉跳動，腸鳴，放屁，打嗝等現象，這皆是人的內部在追求各器官、各管道之通暢的結果。

這其實也是呼吸一逕追求之事。且看當吾人勉力將手向上高高抬起，一放下，便發現有一口大氣要急急呼了出來；又當你按背後膏肓穴或腰部，亦有一口大氣要深深的呼了出來，這種種便說明：我們身體某些沒有通達或原本滯鈍的經穴，造成呼吸不足；而當它被伸展開或被按壓通了，氣就忙著要往那兒去矣。故伸展筋骨（或如打拳、瑜伽）與按摩，常是練呼吸的前提。而呼吸，又常是逐漸自內部汩汩的沖開經穴與打通筋骨的自然功法。

即此，可知呼吸是身體何等重要又何等幽微精妙的工作啊，吾人怎能不好好珍惜每一口的呼吸呢？

（原載二〇〇九年九月二十二日《聯合報・名人堂》）

太極拳詠懷

四十年前我做高中生時，在學校的國術社裏學了太極拳，也看似頗有興味的打過幾個月。然後就丟下了。但不知為何每十年八年總會興起再打的念頭。卻也沒真實踐。

這幾年想得更頻了。並且經過這漫長的四十年，我發現它有更趨流行之勢。甚至它一逕是最有魅力、最具美感、最富心靈享受的一種運動。

所有的拳術皆迷人，但太極拳是其中最教人會全神盯著看、似又不全看懂、卻最沒法不一直往下研看細探的一種「類舞蹈」。即使不談內力、不談氣，有運動細胞的人打它，依然很美。動作鈍愚、或龍鍾老態的人，打了幾十年，亦有照樣很不富美感者。然兩者同樣的，皆於身心極好。

或許它的這種深蘊之美，這種柔軟又似波浪的飄搖招式，委實太不同於任何運動，也太不同於其他拳術，故有人在最著迷的當兒，即起床見窗外陽光清朗、花紅鳥叫，早已忍不住立即要打。甚至已成了一種癮頭。

愛打成癡的那一段期間，在任何時候任何地方都想手動腳動。甚至聽到有節拍的音樂也想手揮琵琶，摟膝拗步一番。平日公園早上不少練拳者是隨著國樂而一招一式而打的，事實上，搖滾樂的音調與節拍，我個人感覺，更激發人打拳的吸引之力道。

搖滾歌手 Lou Reed，六十年代創辦「絲絨地下室」（Velvet Underground）樂團，前幾年也迷上了太極拳，甚至在演唱會上找了他的中國師傅，自河南陳家溝學藝有成的任廣義，也上場隨著音樂演打拳式。事實上，搖滾樂還頗適合襯配太極拳呢。另就是，看老外打，常有教你更眼睛一亮之驚豔。乃他們有屬於所謂西洋肉體上的自然詮釋，往往是另一番的異曲同工。且說一事，廿多年前在美國，驅車遊經佛蒙特（Vermont）州的一個嬉皮小城 Brattleboro，當晚一小咖啡館有音樂跳舞活動，我去參加，其間見一黑人隨音樂彈動身體，此上彼下，煞是好看；再一細看，原來是他快速的在打「倒攆猴」招式，哇，怎能不好看呢？

便因這好看是有來由的，以是最耐咀嚼。所謂有來由，是它的手足在空氣中游動，而這慢慢的游、慢慢的移，是在體內的氣的引導下而去的；當氣升時，手足往上往外；氣呼出時，則手與足飄飄落下。

我看了幾十年的這種飄飄落下，至今猶不膩，便因這種舞蹈是發自內裏，發自人的體內之氣流。也難怪，即使無法以氣鍛鍊到貫串全身，我仍要說太極拳是最值得練的一項運動。打它的架式，便已是至高的美感、至高的心靈享受。每隔一段時間你想到打它一趟，便是最好的沒有舞蹈編排（choreography）的自然隨心所欲之舞蹈。有時這種招式演練，比練氣更益於身心，乃它的美感之沁入深心，教人更如同要歌讚天地大美一般怡情悅心。

有人打了多年，感到無啥氣動效果，似乎興致低落。其實應以「上癮」的方法來求。如何上癮？便是要不就為它的內氣鼓盪上癮，要不就索性為它的迷人極矣之舞蹈美感上癮。兩者皆讓人受用無窮也。

（原載二〇〇九年十月十七日《聯合報．名人堂》）

淺談養生

要做無謂之事。譬似洗腳。更無謂之事，是兀坐。打坐何難也，兀坐已足。然兀自呆坐，是為了心中無事縈繞，要獲得此種放空狀態，亦可外間閒走，邊走邊張望，此為了分神，也為了忘卻自己。

養生要宣吐感情。觀情感淋漓盡致、盪氣迴腸、熱淚潸下的電影。這常賴經典老片。故家中不妨備些好的老片錄影帶，如《紅菱豔》（*Red Shoes*）、如《北方的南努克》（*Nanook of the North*）、如《單車失竊記》（*Bicycle Thieves*）、《偉大的安柏遜家族》（*The Magnificent Ambersons*），如印度大師薩雅吉・雷的《大路之歌》（*Pather Panchali*）等「阿菩三部曲」。以及諾曼威斯頓（Norman Wisdom）的《小魚吃大魚》或是 Walt Disney 出品的《飛天老爺車》（*The Absent-minded Professor*, 1961）這類令我小時笑到地上打滾的片子。

要談笑終夜。須覓良伴，須天南地北旁徵博引聊趣事，往往是古人事，如陶淵明事蹟、如諸葛亮李白曹雪芹事蹟。如伯牙莊周事蹟、如拿破崙甘地事蹟、如史懷哲、Alexander Skutch事蹟。

總之多談世界見聞、旅行趣事，而莫論眼下時政。一場美麗精采的談天，有時一年也碰不上幾回。有些鮮與人交的族類，更不知談天為何事。友直友諒友多聞，多聞之友易覓乎？

亦可談玄說易論風水。探討經方時方，補土泄火、河間派……派。談些Ann Wigmore、雷久南、莊淑旂。

要打麻將。然須得佳良搭子。須知人生三大樂，妻賢子肖牌又上張（將老諺「人生三大憾，妻不賢子不肖牌不上張」改成）。

要唱歌。且要唱到教自己酣暢的歌，如有的唱〈Muddy Waters〉，有的唱〈The Doors〉，有的唱〈教我如何不想她〉、〈在那遙遠的地方〉，有的唱〈Hey Hey Taxi〉。

或演奏樂器。最好有友伴一同jam。不然也要聆樂，並不妨隨之起舞。

然觀影與聽音樂，最美之境，是不期而遇，而不是自己選放出來，如此更有驚喜之效果。

要不接電話。一天中至少須有兩三小時完全不理會電話。不理會，亦養生一大要務。

要找機會彎腰。能夠幫農人割稻，是最美之事。能像日本阿巴桑跪地上擦地板，亦是最好的養生，同時亦養心。一個小時的擦地板，伸腰翹臀喘氣，便是最好的滌心洗慮。

前說的洗腳，亦為了最簡單的彎腰，為了壓擠那一不小心便偷偷增大的肚子，為了將手多去照拂離自己最遠的雙腳，免其荒蕪。

要找機會在地上爬。人在嬰兒時，有一爬行時期，是嬰兒在成長中最好的心身活動，乃心想往某處，便以身努力爬過去而獲得。此種爬的過程，常因大人過於呵護，不放任他多爬而減量。也因大人急著他學步，或令他騎螃蟹車半滑半走而減少爬量。這皆可惜也。乃他的爬期沒被削短，才使他的脊椎運動飽滿完足，不只是他日後的平衡神經獲完全發育（而沒有暈眩等病），也是他的幹細胞、骨髓等的滋長亦深有好處。

一天中攝取貯存的營養，應在一天的結束時，將之耗使至盡。這也是晚飯要吃得早的道理。

也就是說，既吃那麼多，便用那麼多。或，不用那麼多，便不吃那麼多。

倘不在外間用勞力，便不該吃太營養之物。

睡覺亦是，應是體力耗至竭盡時，否則還不該睡覺。

（原載二〇〇九年五月十六日《聯合報・名人堂》）

5

遠方與近地

在臺北應住哪裏

我生在臺北市。四十多年來這城市的變化不可謂不大，我今所住地方，不是小時候所住者；我的同學、朋友、鄰居今日所住之房，也多半不是昔日之所。有時走在城裏某區某街，指指點點，極多的今昔相去之慨。

臺北變化雖大，但老臺北仍不免用老年代的傳統區段概念來看待它。像基隆路這條臺北東界，曾是一條晦暗昏濁的灰沙滾蕩之路，昔年的十九路公車低沉的荒行其上。路以東，不太像是有朗院亮廳的住家，卻今日昂貴的信義計畫區坐落於此。以前說起虎林街，已是化外之地，如今它的東邊竟還有一片又一片的街道及房屋。

南京東路以北、復興北路以東的這一片東北區，一直有一點飛機場延伸的味道，於我很難凝結出人家的感覺。六十年代初「聯合新村」（南京東路四段一百三十三巷）、「武昌新村」

（南京東路五段一百二十三巷）與稍後的「民生社區」建成，也一度頗有整齊聚落氣象，然往往幾條巷子外的冷街，便有陰灰荒颯之感。即使今日人煙密布，這種氣氛仍在。民生社區如今房價頗高，也頗受市民喜歡，規劃方正，大小公園極多，富錦街的大樹成蔭，街道之相當富優雅角度的彎曲，四樓公寓間的距離，真是多好的一塊住家區塊；但此處是昔年的東北面偏遠角落，離機場已近，也離基隆河灘、上下塔悠、濱江街這類疏水洲域甚近，感覺已在郊外水沼地帶，人煙似顯稀落，故我說的雅馴一節，它在先天的地氣上猶是蘊積不出。

廈門街很好，但近舊貨市場則不佳。近中正橋頭亦不佳。

金門街很好，但太近堤防（或說，水源快速路）便不夠好。

植物園附近不錯，但三元街顯然不宜住家。

像我這樣以昔年地相的傳統角度來選擇臺北住家，能選的區域非常之小。首先，我不會選郊外；什麼汐止啦，東湖啦，新店木柵淡水啦，我未必看得上眼，雖然我還未必住得起。天母、陽明山我是絕對住不起；這還不是說買，是說租。然即使住得起，我多半不是會懂得享受天母、陽明山的那種臺北人。

我那些小時候住在中山北路一段（像什麼幾條通的）、二段巷子裏日本房子或西洋樓的同學們，後來當地生態商業化了（如俱樂部、居酒屋等滿布），他們搬出去，搬至何地呢？有的住到新開發出來的敦化南路、仁愛路、安和路的大樓裏，有的搬到了美國，亦有的更往北便搬到了天母。他們不太可能離開了中山北路反而搬到大龍峒或永吉路或內江街或萬大路，不可能。

曾聽說過有人在林森北路上找住家的嗎？若非在左近工作，一般不會如此。

我也不會住在河邊。臺北的河，原先何其優良的地景，然人早放棄了它。除了清朝時大稻埕及萬華這兩處古老聚落依傍它而生而興，其餘的河畔皆因人懼怕它的氾濫而築起堤防隔絕了它。而其他市內以瑠公圳為主的諸多密布渠道，也因為人與之爭陸而填蓋了它，致使臺北四周天賦好水好流完全無法為臺北人享受身臨。

人在長沙街康定路圓環，或延平北路民生西路附近走走看看，也會覺得氣與光尚屬不錯；然這是舊商區，有許多舊日行業集雜於此，若非此地老居民及打算在此做生意，外人亦不易選這裏住家。西門町與萬華，方圓幾百公尺中，就有老松（六十年代，學生人數破萬，為世界最大小學），西門、福星、中興等大型的小學，可知此區傳統上人口便極度稠密。

傳統的老住宅區仍舊維持大致的情境，雖然有些許截切。泰安街、銅山街、臨沂街、永康街、青田街、潮州街等是何其佳美的住宅巷弄，倘金山街沒有拓寬成金山南路、並向北打通，會更看得出附近聚落的完整感。建國南路沒建成高架前，兩旁亦頗柔靜。復興南路沒建成捷運前，兩旁的住宅區早被打斷。其打斷早在填起河溝、將安東街改名為復興南路與瑞安街那時已然。這當然也是不得已的都市擴張之舉。

老派的臺北住宅區，大約可用學者、公務員、官員的宿舍分布來得出一個頗稱標準典型的概略。不妨隨手舉一些例子，像李國鼎住的泰安街二巷，馬紀壯住的泰安街一巷，朱集禧住的泰安街六巷，孫運璿、紀弦住的濟南路二段，薛光祖住的齊東街五十三巷，梁在平住的臨沂街三巷。像周至柔住的延平南路，高玉樹住的青島西路，吳大猷住的廣州街。像錢思亮、薛人仰住的福州街，方東美住的牯嶺街，俞大維、羅家倫、張寶樹、黃尊秋住的潮州街，薩孟武、虞君質住的羅斯福路一段一百一十九巷。像鍾皎光住的青田街九巷、閻振興住的青田街十一巷，黃君璧、戴粹倫住的溫州街十六巷、臺靜農住的溫州街十八巷、陳奇祿住的溫州街五十二巷，蕭而化住的泰順街三十八巷，陳啟天住的新生南路三段十九巷、洪炎秋住的和平東路一段一百八十三巷、劉先雲住的和平東路二段十八巷，李辰冬、馬白水、謝冰瑩住的和平東路二段一百一十四巷。再如仲肇湘、王章清、溫士源住的晉江街，程滄波、王常裕住的金門街，婁子匡、劉枋住的同安街。齊鐵恨住的和平西路二段四十六巷，王壽康、何凡與林海音住的重慶路三段十二巷及十四巷。再如黃少谷、謝森中、關鏞住的松江路八十五巷，張豐緒住的松江路一〇八巷。再如俞國華、毛松年住的信義路三段一百四十七巷。更別說如今闢為大安路、以前稱仁愛路四段三十五巷所謂「名人巷」所住過的蔣彥士、陶聲洋、劉階平等人士。這些街街巷巷，實能廓指出頗多臺北宜於人居的約略線條。

老臺北習慣以日本房舍做為昔日優勝地貌之估測。復興南路以東，不大有日本房舍（只有日據時不少倉庫、場房），除了像「水晶大廈」前身等幾處日式宅邸外。

今日的大安森林公園，昔年亦無日本房舍。它的北面（如新生南路一段一百六十五巷等）西面（如永康街二十三巷、金華街、青田街等）南面（如和平東路二段十八巷等）及東面（如瑞安街二百五十六巷等）全有排列儼然的日本房舍，何以這一大片土地上沒有？何以它昔年只有零星幾戶閩式紅磚紅瓦杉木梁柱舊宅（如以前信義路三段十四巷、國際學舍的側後方）及稍後建起的眷村（如建華新村、岳廬新村）及小規模圈起的軍營並同凌亂疊成的違章建築？

乃它原是所謂的「不堪地」，也就是荒蔓地、雜堆地、泥澤地，致最後成了亂葬地。既有人葬，便因無人管。一葬再葬，逐漸由人建成「萬善塔」，可放焰口、廣被眾魂。今日林森北路南京東路口的十四、十五號公園，昔年亦是葬地，故東邊的那一片，在國府遷臺後還借租給民間做為「極樂殯儀館」之用。

昔日的雙園區，也就是萬華的南面淡水河轉彎處，地勢低，早年必然是沖積淤土而成的一片地，開發得比較晚，住民想是外地較晚遷來者。青年公園開始規劃時，顯然沒想過把寶興街、長泰街、東園街等巷弄中擠之又擠、亂之又亂的居住景觀做一協調分配的動作。也就是，青年公園太大了，而萬大路與環河南路三段之間的住家則公園綠地極度不夠。倘若有人想買房子，頂多只會買在公園近處，也於是萬大路與環南三段之間只會更惡質化。如果把果菜批發市場遷去青年公園一角，而將市場原址建成公園，如同交換；或將榮民印刷廠與青年公園一角互相換搬，或許也會好些。老實說，青年公園太大了，又太僻處，像我住在金門街的人，五年也未必去到一次。這個公園從無到有，到現在略有年歲，我怎麼看，它都不是一個成功的臺北市內公園。

觀察騎樓，也可知原先之格局。以騎樓之寬窄，可測出此路之舊新。汀州路何以騎樓恁窄，乃原先不是馬路，是「萬新鐵路」（萬華至新店）的軌道，六十年代中期拆軌建路，外地勞工小商遷入營生，故略有三重街市景意。師大路的騎樓亦窄，乃原是龍泉街及曲折小巷，逐漸形成牛肉麵蹄花麵攤市，後才拓成此路，半寬不窄，往往一個紅燈便塞車。濟南路與信義路之間的金山南路亦是拓寬打通所成，騎樓焉能不窄？

延吉街的騎樓亦窄，乃它原本沒有能力寬，昔年只是一條沿著小溪的鄉野小徑，村趣十足。原先是河渠的路，臺北太多了，新生南北路是原先瑠公圳的主渠，大安路、安和路也皆是渠道，如今全到了地下。幾百年前先人千辛萬苦挖的，我們再把它填起來。以前內湖與大直交接處的西湖（「治磐新村」站向南跨過馬路的村里），臨著水岸，有渡船可通往大片的沙洲，也全變成陸地了，沙洲上的磚窯變成房屋了，明水路也迸出來了。最可怕的是「截彎取直」，臺灣能讓寶貴的河水迴轉緩繞的機會原已不多，竟還有人像截短腸子一樣的對待河流，只是為了多搶一點爛地，若建了房子，哪怕將之粉飾成所謂高級住宅區，對自然界稍有水土見識或微有疼惜之念的人，怎麼忍心或放心住在那裏？

（原載一九九九年九月十六日《中國時報・人間》，曾收錄於《水城臺北》，皇冠出版）

永和

——無中生有之鎮

在某一個特殊的年代（像是離亂剛歇、不興不止），會結凝出某一襲特殊的氣氛（像是波盪不定，卻又安寧不見有動靜），而將這種種呈現在一個特殊的邊搭地方（像是倉皇劃出，不城不鄉）；這樣的年代往往短暫，如同權宜，一個不注意，竟自逝去了，而這樣的氣氛與地方也頓時見不著了。

曾經有這樣一個地方，我小時親眼見過。它的時光永遠都像是下午；安靜緩慢、所有人都在睡午覺的下午。它的布局永遠都是彎曲狹窄的一條條不知通往哪裏的巷子；兩旁的牆與牆後的房、樹、與瓦都像是為了圈圍成這些引領人至無覓處的長而彎仄的巷子。它的顏色，永遠都是灰。它的人，永遠只是零零落落，才出現又消失，並且動作很慢，不發出什麼聲音，總像是穿著睡衣、趿著拖鞋，沒特要上哪兒去的模樣。倘站在巷口，只像是目送偶一滑過的賣大餅饅頭的自行車。

真有這樣的一處天堂，在六十年代，叫「永和鎮」。

馬路上的公共汽車或公路局班車皆是舊舊的，揚起的灰塵飄落在尤加利樹的蒼舊葉子上。尤加利樹，那個年代所習用暫時為街路形廓打上樁子之象徵，透露出這裏實是新劃區。而灰塵，與此鎮的本質色根，灰色，來自河邊無盡的沙洲。

這裏見不到根深柢固的大樹（臺北市其實也極少），及樹後的莊嚴古廟宏殿（如臺北龍山寺，大甲鎮瀾宮），見不到舊家園林（如板橋林家花園，新竹鄭用錫北郭園），見不到豪門巨賈（如迪化街，貴德街那種西洋樓），甚至沒有頗具規模的眷村（如臺北的成功新村，四四東、南、西村）。這裏也沒有良田萬頃、阡陌處處，沒有茶山層層、水牛徜徉林野。沒有。有的只是野竹叢，此一撮，彼一撮；只是番薯地，零散的菜畦，疏落的葡萄園，水溝邊的絲瓜棚而已。當然，還有人家，在遺忘的年代間雜建於那些淩亂的角落，用的只是粗簡材料的人家；以是在這裏看不到工整成形的日式宿舍。

是的，人家。便因這些乍然出現的一戶又一戶人家，使永和之所以成形為永和。六十年代，在臺北，任何人都有幾個朋友住在永和，每個小孩都有一二同學家住在那裏。太多的北部人都知悉它的一二名聲，說什麼永和出豆漿、出皮鞋、出美女，甚至說出彈子房、出竹聯幫。

它像是演員金永祥慢推著二十八吋腳踏車在永安市場買菜的那種小鎮。像是江明、馮海這種不算大紅而又樸素自持的六十年代小生可以卜居的小鎮。像是武俠小說家高庸構思奇情打鬥聊寄閒愁的荒澀小地方。也像是電臺主持人包國良穿著汗衫站在安樂路家巷口的家居閒景。作家侯榕生在文化路，陳紀瀅、王藍在竹林路，皆能幽幽的享受收音機傳出的京戲聲。這裏太過粗簡平淡，以是即使有將軍（抗日名將吉星文住在潭墘里）、國大代表等卜居，卻看不見官宅大院的霸嚴氣象。這裏太零散，牆面太斑駁，牆角太生雜草，以是最沒有階級，最小民化。

這裏又最荒疏，矮牆瓦房後零碎的麻將聲，只更顯得不知歲月，更悠慢遠離世事之中心。倘一個人經過了抗戰的顛沛，經過了四九年的迢迢遷徙，頓時覺得老了，只想頹唐的打發衰年歲月，歪躺在藤椅，蹺起二郎腿看看晚報，泡上一杯香片，哼兩句戲，吐他一口xxx痰，打個四圈麻將，那世界上沒有一個地方比得上這裏，永和。倘有小孩想逃家，逃離父親的鞭打，或是在學校被同學毆了，心中有無限的怨苦，想到一處荒涼所在找尋自己海闊天空的夢境，那他能夠找到最好的地方，在那年代，是這裏，永和。

假如在臺北開不成像樣的館子，這裏正是烤烤燒餅、磨磨豆漿以之營生的小地方。甚至只是在湫隘家裏蒸好饅頭裝好木箱蓋好棉被騎上單車沿街叫賣的流動生計之適當小鎮。這裏也是在臺北無法開成診所，只能白天在臺北大醫院應診、晚上在家看看小兒感冒的西醫之小鎮。並且也是未必有中醫執照卻又醫術精湛能夠懸壺濟人的中醫之小鎮。

比之於其他的臺北縣小鎮，永和最晚熟。它不比士林鎮（六十年代士林當然還只是「鎮」一）古風文雅，倚山襟水；也不比三重、新莊之小型工商業蓬勃，人煙稠密；更不比板橋的幅員開展，基業雄厚，頗有縣治氣派。端看通往這三地的橋梁——中山橋、臺北橋、光復橋——便都比永和的中正橋要壯麗得多。

中正橋與它們比，只像是一座便橋，難怪徐鍾珮四十年代的文章〈發現了川端橋〉（中正橋的原名），必須因它小而偏僻的去「發現」。

它甚至不通鐵路，固然沒有士林、板橋古典通衢之重要。也比不上景美、新店因有短程鐵路而顯現都市延伸之意指。更別說永和之無鐵軌顯然是不具產業的表示。

永和便因太多的先天不足，使它得而成為五十年代中期以後的一處奇特天堂。當然，這天堂只維持了近二十年，可以說，到了七十年代中期，原先的永和便丟失了。

永和原來和臺北沒有什麼關係。它原是北行的新店溪打一大彎而廓成的溪旁大洲，溪以東、以北是臺北市。一九三八年川端橋（今中正橋）未建前，溪以南極少人煙，乃它是無垠沙洲，隨時與水爭陸、隨水沉浮。前幾年臺北市水源路、同安街口那一大幢日式木造二層樓房未遭火燬前，可以想像六、七十年前自那樓臺南眺河景與河後遠處平闊無盡的樹草荒景應是何種情味（當然水源路的堤基那時沒有如此高）。倘有所謂的「北部八景」，而又硬要賦予永和一項「網溪泛月」，則自這處日式木造樓臺上當是最可體會。雖然「網溪泛月」之品題多半來自網溪老人楊仲佐（畫家楊三郎之父）本世紀十年代建其別業於今永和博愛街七號位址後養蘭作詩、時與文士酬唱而致。

永和原是中和的北面邊郊。中和是中心，向外向北延伸，遂有荒蕪處的永和。且看主幹永和路、安樂路、中正路等，其門牌皆是由南向北、由小向大。三十年代末建川端橋，先是與臺北之陸地銜接上了，繼而五十年代初又成了臺北市最先考慮又最鄰近的疏散區，（博愛街的「金甌女中」永和分校便是昔年疏散設施之例）遂一變而成臺北市的南邊後院。住永和文化路的人騎自行車到廈門街買一塊草繩紮起的冰塊，路程短到融不出幾滴水來。一九五八年永和自中和鄉析出，自成為一鎮，又因與臺北市僅一橋之隔，其生態趨向及聚落形態頓時改觀，重要的住家房子與商店快速的布撒在近河橋原本淹水不定時的沙洲邊，而不是近中和枋寮左近的原先心臟（且看中和尚有小段的鐵路可知）。於是竹林路、中興街、文化路、勵行街、豫溪街等的黑瓦磚牆平房東一撮西一塊的興建起來，而近中正橋的「溪洲」戲院（永和最老的戲院，已拆，約當今永和中正路交口之址）、「永和」戲院也瓜分了「枋寮」「中和」兩戲院的觀眾。而橋頭的豆漿店、皮鞋店、銀行、診所，甚至私立的幼稚園（「培元」、「竹林」）、小學（「竹林」、「及人」）、中學（「勵行」、「復興美工」）等皆蔚然成立，儼然是一繁華的文教小鎮。

而這小鎮，若以永和路為樹幹，以忠孝街、文化路、仁愛路、信義路、保福路為西枝，以博愛街、竹林路、中興街、豫溪街、大新街為東枝，如此像葉脈一般的張開來看，它有一種新市鎮的簡略與單色，而沒有古舊行業如棺材店、收驚神壇等的詭祕煙香及濃黑暗紅之色。何也？乃永和不是年深月久自然蘊積成形的鎮市，而是人為快速的移住之地。

並且它不是南部人迢迢北徙的勞工打拚之鎮，而是臺北市小民向郊外搬移以求撙節用度的居家之鎮。

這或許也造成永和五、六十年代是一個頗具外省氛味的聚落。

自民國四十七年設鎮以來，戶口統計即顯示，外省籍人口為最高，占百分之六十二，當時有一萬八千餘人，而本省籍人口不過一萬一千人。到了民國五十三年，外省籍人口多達三萬六千餘人，本省籍人口則二萬人而已。

它雖也間有閩南式紅瓦土牆的房舍，如保福路一段三五巷四號的「永福居」等，然委實太少，比任何的臺灣農村小鎮顯得最不閩南感，因為錯綜交融掩蓋了。它又最不日本感，乃它的日本房舍極少、極不成排成列（須知當年臺灣太多城鎮的日式宿舍群、糖廠社區等，人夜晚行於巷弄，完全如行於〈荒城之月〉笛聲氣氛下日本），可見它在日據時代是何其荒涼、何其不受到建設。而它又不全然像一渾然自足的完滿市鎮，倒比較像一個稍大的住宅區，它像是臺北某一頁外省生活的小註腳。

是的，它是臺北瓦房生活的延長。只是它的巷子更小更彎更沒章法，牆更粗簡、牆頭的樹更灰澀、牆後的人聲更沙啞，巷子裏走經的人更顯無精打采、更多的睡衣與拖鞋。它是這麼一個人人以隨便而獲致平等的荒澹村落。

雖是小鎮，它的麵粉用量在傳統的年代往往多過雲林的一個老鎮，譬如說，北港。它的辣椒用量，也可能多於臺南的鹽水。何也？外省人的比例多。

另一特殊現象，是彈子房數量為北縣各鎮最多者（據一九六七年的《臺北縣年鑑》統計，永和有撞球店十六家，而士林鎮僅四家，三芝鄉二家，中和鄉三家，板橋、三峽、三重等全無著錄），不知與外省人多有關係否？

現下回想起來，打彈子，原本未必是外省少年多於本省少年；然而永和的確比其他市鎮的彈子房多上好幾倍，這一來或許與在外省聚落上開設彈子房較易招致生意確實有關，二來與永和是一新開發區、地價便宜、生意新萌亦有關，三來永和原自空無中來，較為散漫多縫隙亦是一因。

彈子房最初多設於中興街。一九六三年，原本大批移居於成功里（今成功路附近）的大陳義胞因建堤防之需，整批遷往西北角的永成里，即大夥慣稱的「新生地」，逐漸開成了一家又一家的價格更廉宜的彈子房。由於它先天的偏僻優勢，在當年學生打彈子猶被嚴禁的歲月，毋寧是更佳的一處巢穴，終使六十年代的新生地成為全臺灣最密集的彈子房首都。

另有一特殊現象，說永和出「竹聯幫」云云，亦可一談。

竹聯幫固然與永和的竹林路有關，然若說永和出太保，則是不正確的。前說的永和原自空無中來，散漫多縫隙，竹林路路底近堤防處，不自禁成為臺北孩子過橋到幽荒罕人之河灘遠郊尋覓心中綠林之假想地也。陳啟禮從來都住在臺北市（金華街）。那時的孩子，行蹤頗遠；坐上公車，轉個兩三趟到郊外，尋常之極。一來大人沒那麼盯管，小孩個個奔來蹦去的玩；二來小孩沒啥玩具沒啥運動設備，只能在外間野地尋奇探勝，消散精力。昔年的竹聯幫，實種種因緣際會逐漸稱叫出來的，雖也有住居永和的一二少年參與，然太多的臺北孩子愛往郊外荒灘廝混；東混西混，日子久了，原本在別處受到當地少年毆打的怨恨終於想自此集結幾個同伴來報復回去。「竹聯幫」便是這麼說著說著、混著混著的成立起來的，一如太多太多在各個地緣區域所立起來的幫派一樣。須知「太保」之來由，常是「戰後症候群」；在戰時心中滿是憤與仇的父親，其所生下的孩子，往往還襲著猶未消散的悍勁蠻意；臺灣的五十、六十年代，街巷裏、校門口、火車上，全見得著眼露凶光、蓄勢待發、隨時準備打架的多之又多少年。老實說，永和的太保並不比臺北多。這有一原因，永和沒有成規模的眷村。既無一個接一個得以滋生「兄弟」義氣的「角頭」式（如本省式村莊角頭、廟壇角頭）的眷村生態，一如臺北、高雄、新竹，故永和本身的太保並沒法太繁多。加以永和的外省族群與本省原居民以及外地移入者，互成穿插平衡，毫無劍拔弩張之勢。算是既最沒有明顯外省川湘魯皖之辣悍眷村風味又最沒有本省雲嘉鹽土粗猛之田莊氣息的兼容臺外、極其平淡疏靜的居家小鎮。永和有一條豫溪街，便取河南（豫）與溪洲（溪）二義合成，乃河南開封人段劍岷與網溪老人楊仲佐合力鼓舞倡建之鎮。

永和先天上又不能是一個工業與農業之鎮，故吸引移居此地者多是住家之民，也相對令永和頗顯公教或甚至文化色彩，像作家便曾有不少；竹林路住的王藍、陳紀瀅（昔年的二十五巷，當是今日的三十九巷）、文化路住的呼嘯（胡秀）、仁愛路住的屠義方、豫溪街的彭品光、穆中南、唐紹華，安樂路的魏希文、亞汀（汪珩生），保福路的夏菁。而畫家也有不少，劉其偉（和平街）、鄧雪峰（竹林路）、楊震夷（竹林路）、李靈伽（光復街）。

住家的小鎮，最是長日長夜寂寂，很像是看長篇小說的最佳家園。我一直有一種感覺，楊念慈的《廢園舊事》、郭良蕙的《遙遠的路》、尼洛的《近鄉情怯》、潘人木的《蓮漪表妹》、甚至瓊瑤的《煙雨濛濛》這些名字，便像是應該在永和這樣的小鎮來窩在棉被裏讀似的。

永和，這睡眼惺忪的天堂；無所謂日，無所謂夜；大河在家後頭不遠處悠悠的流，無日無夜的流；河岸的鵝卵石一動不動，與石間的蘆葦隨風搖曳。

造成它這睡眼惺松天堂的原因，除了其沙洲地形，主要是，時代。永和是典型的五十年代的小鎮。永和的來由，是戰後。戰爭完了，許多人皆累了，想啥事皆不做的歇上一歇、懶上一懶。上一代的人倘想懶上一懶，下一代便有較多的空隙在這無垠荒院奔放其太保式的精力；「新生地」「竹林路」只是最具象徵力的地名而已。

永和的巷子太過安靜，似乎只有腳踏車的煞車聲會是唯一的聲響。永和太過平淡無事，以是一九六二年勵行中學體育教員崔蔭槍殺校長案成為震驚全鎮的大新聞。

有些當年還是小學生的人回憶起那天早上，竹林路上吵吵鬧鬧的，路也不通了，正要上學的學生許多都被堵住了。這也是一樁外省人離鄉背井、同鄉相依、其後又至積隙成怨、積怨成仇而終演成殺人的可悲例子。

據崔蔭向刑警大隊供稱，殺人後先雇計程車至景美，曾在河邊洗臉，休息至中午，再到公館找到一當舖，把毛衣當了，購包子、橘子及香菸至臺大操場吃後休息。終在傍晚回返他所寄居的建國南路二四九巷的友人家。

這河邊洗臉、當舖、買包子到操場吃、寄居友人家，……種種意象，噫，何等荒涼的年代。

寂寞的人永遠都到河邊。

小孩子也愛往河邊去。乃那裏遼闊，那裏可以放浪，那裏最自由不受人管。

永和便是一個沙洲建成之鎮。為了不感受到大河就在近處之威脅，建起了一堵又一堵曲曲迴迴的牆，予人雅馴安定的居家之感。這些無盡的巷子，使永和像是睡著了，五十年代及六十年代。到了七十年代中期，它醒了，從此一切都改觀了。

七十年代中期以後，臺北縣各鄉鎮加速繁榮，永和也成了新式的移民中心，中南部人亦駐紮了進來，使永和開始像三重、新莊、甚至土城、蘆洲式的移民版本了；甚至韓國華僑、泰緬華僑也聚居來此，樓房急速蓋起。二十多年來，商店攤販密集，終成了今日堪稱極其惡質化的永和。六十年代，全世界學生最多的小學是臺北市「老松國校」；彼時的永和猶是好鎮。及永和的「秀朗國小」一躍而升為舉世「最大」的小學，學生有一萬多人，其時，永和已不堪矣。

對永和不熟的人，以為永和只是鬧烘烘的幾條大街及街上的熱鬧商店，全沒想到永和原是小巷王國。像忠孝街、和平街根本就像小巷子。街道太細、巷弄太彎曲，我不相信坊間賣的地圖會有哪一張能將永和繪得完全的。新的《中和市永和市街道圖》連大新街、自強街這樣重要的街道也不標示。

今日這些細小的巷子街道，像是藏起來不要讓人找到似的；人走進竹林路三九巷，進去後又碰到七五巷，又碰到九一巷，接著又碰到博愛街三二巷，這些窄而密、深又彎的巷弄，便是永和昔日的庶民所在空間。至若走到光復街二巷二一、二三、二五、二七、二九號那一排兩層樓排屋，我幾乎要說，這是很「永和的」。沒錯，兩層樓排屋，像中正路六六六巷，像永和路二段四〇五巷，的確是永和極顯明之景。至若老公寓，光復街二號四弄那一圈自成一圍的公寓聚落，是頗六十年代感的。若看四弄十號一樓的小院與欄杆，可想當年倚河生活之雅美。事實上楊仲佐的房子就在旁邊，如今仍留有空門在光復街上。永和路二段二三一巷十八號的那家無招牌燒餅店，倘不是附近鄰居或是我這種外地的無聊瞎闖者，有誰會晃到那裏？而當地人或還未必自永和路這條大馬路向西進入；他可能自文化路六七巷（安和宮）向南進入，可能自信義路一〇四號旁的巷子向東進入，可能自仁愛路四〇巷向北進入。並且每一條皆狹窄到不便走汽車，必須步行或騎車。

事實上，汽車的年代來臨後，永和各處蛛網般小巷子布滿的地理生態早顯得極為困擾。也就是說，倘歡迎汽車年代之來臨，勢必要向昔日的永和結構說再見。

今日的永和，人若走進豫溪街五十七巷八弄，看見尤加利樹及斑駁的矮牆；走到竹林路一一九巷，看見十八弄一號或是二十四號這種巷道繞著平房打一個轉；看見中興街五十二巷一弄與六十八巷交口的那棵大樹；看見安樂路一五七號的閩南式老厝；甚至保福路二段一六五號的「樹德居」及近處仁愛路二〇二巷七號的「懷德居」這兩座可能永和最古的閩南老厝，當會感到一襲很不一樣的永和。

直到今天，永和還是很像燒餅應該烤得很好、豆漿煮得很香、牛雜燉得很濃的一塊小鎮，雖它早已不是。但它的模樣仍很像。我說它是睡眼惺忪之鎮，乃曾經有多少個星期天、多少個寒假暑假，人人像是昨晚都看了五百頁小說然後睡到今天中午起床並不約而同來到巷口找燒餅油條的一個小鎮。真有這樣的天堂，在六十年代，叫永和鎮，只是早已一去不復返了。

我說不出對老永和的無色無事氣氛之懷念，雖然我從來沒住過永和。我對永和的熟悉，源自於小學時便常從臺北轉兩趟公車到朋友家玩，一直玩到高中畢業。我的麻將在永和學的，我的撞球也在永和學的。甚至夏天時的游泳，也多是在永和那一面的新店溪裏游，即使口口聲聲稱說「水源地」。高中時，「樂華」戲院常兩片同映的放二輪洋片，我不知看過多少。看完有時吃一碗「遠香」的牛雜，好不過癮。七十年代初，「國華」戲院跨過中正路對面的空場上，夜晚攤販林立，有一家賣「天津肉餅、粥」，真是好吃。肉餅做成扁的長方形，油煎；粥是白菜碎豬肉粥，老闆是個和氣的胖子。噫，俱往矣。近二十五年來，我很少有機會再去永和，每次經過，匆匆寓目的街景皆很不悅。捷運通車後，今年開春去了幾次，特別在幾處舊日老巷逛來看去，不勝感慨，拉雜寫下這些。

（原載二〇〇〇年五月《聯合文學》，曾收錄於《水城臺北》，皇冠出版）

最美的家園

——美濃

心目中臺灣最美的地方？好難的一個問題。

若說景致最震撼人心、最富臺灣高山險峻奇絕難抵而又美極，我能想到的，便是花蓮太魯閣。

太魯閣自中橫牌坊進入，向西走，先遠望長春祠，不久進入燕子口，最好步行一段，再至九曲洞，最終至天祥。這樣一段風光，堪稱全臺灣最教人驚歎鬼斧神工的絕景，確實不錯，但那是遊經，不是停止；你不能每日如此，不能每個早晨在此散步、每個黃昏在此仰望夕陽。

若說最教我印象深刻，卻又是四時皆在身畔不遠的「桃源家鄉」（注意，不是世外桃源），臺灣何難尋也！倘有，只是一處，高雄的美濃是也。美濃是臺灣少有猶自保持住山村田家最典型舊日版本的一處地方。

美濃便是看景。景，是美濃最足傲人之處；景，亦是我每次一抵美濃便感到心底湧動不能自已的那樣東西。

美濃最美者，一、山如屏風，永在眼簾，不遠不近；二、田如平鏡，永在腳邊，綠蔥蔥的、水汪汪的，一大片布撒開來。遠山與平田，是美濃最完美的組合；山不甚高，亦不甚矮，北面的人頭山（三九〇公尺）、月光山（六四九公尺）、人字石（四〇〇公尺），東北面的尖山（廟後山，四〇一公尺），至若東面，先有東門城樓後方的竹山口（一五六公尺），再有更東的龍肚里以東的月眉山（二九五公尺），如此一座座遠遠近近的山，甚是親切依人，卻又不那麼即不那麼離，尺寸最稱完美。人要是沿著中山路（一八四甲）或是中興路（一八四）自西向東而來，眼中全是山景，卻絕不逼人；山的前面，躺著平平的綠田，因為有田，這樣的山也頓時馴雅了。既有田，田中的莊宅便成了最佳的點景。又美濃的莊宅屋舍，是美濃除了山與田之外，第三樣最教我心動的物事。宅院為紅磚紅瓦，與遠山、水田的油綠恰成對比，亦多了幾分人煙氣，不致太過青澀荒蔓。又美濃的宅屋，並非建築古，而是形制美；且看家家有堂號，煞是好景觀；又每家每戶多是依天成地勢而建，院落常自然形成斜曲的角度，我們自外遊經，流目過去，總感變化無窮，特別是院子前再多一層門闕者，更是豐富好看。若是在鄉下小路隔著水田望去，先有門闕，再有庭，再隱約見到庭後的堂屋，如此田園，如此人家，莫不是人生最嚮往的住居境界？

這便是美濃先天之至美，故我謂：美濃便只是看景。景以外，再不可更添雜項，如美濃粄條，如美濃油紙傘，如擂茶，如藍布衫等等，方不致辜負了體會美景之原旨。

的確，臺灣太多自然極美的地方，皆因人加上某些設施，便不堪起來；美濃街上的庶民享受，如餐店、百貨店，我大致瀏覽一番，不敢多停，看來是乏善可陳。然要細細賞景，卻又是非得住下來不可。住，最好是住在田間的農家改成之旅店，但不知有否？近年全臺灣「民宿」蔚成風潮，據說惡俗如樣品屋者不乏，深願美濃不致如此。老實說，美濃極適經營民宿；若有那種離鎮中心三、五公里的小村小里，將自家宅院改建成乾淨房間數間的小旅館，人能下榻兩三晚上，白天騎自行車四處遨遊，中午返回旅店吃主人自烹的午飯（乃外間吃飯太有問題），略睡一個午覺（南部炎熱，飯後常睏），再登上自行車往深村幽里繼續去探，有時遇上人家，攀談投機，坐下喝茶，話話桑麻，更是美事。

美濃最美是郊外，龍肚里、獅山里、中正湖、廣德里……太多太多小角落，往往柳暗花明。外地的遊客多因美濃的數項名氣（如油紙傘等）忽略了美濃的天成之佳美，而這佳美最宜在各個偏僻的不知名角落被你霎的一下不經意發現，尤其是窄窄巷道一轉，巷後藏有三兩家堂屋，堂屋後還有田，田後竟更有山，豁然開朗，教人幾不相信自己眼睛，不相信全臺灣有這樣一塊家園。

當然，臺灣的鄉下不免有頗多陋習，如樓房亂建、鐵窗滿布、養鴿處處等，美濃也不例外。然賞看美濃，便是要以眼穿透這些人為硬體而看往它的平疇、看往它的遠山、看向它的東門城樓、看向參差起伏的小小菸樓，便這麼眼如垂簾的看，不特別盯著細節，有時更要把握暮靄蒼茫那短暫時刻，看夜幕之前的隱約美濃。

人口，是臺灣城鄉破壞的最大根源。美濃自上世紀七十年代一直維持五萬的人口數，二十一世紀開始，更降低至四萬多人；算是破壞較小的。但「沒落」或「蕭條」的意象，卻在鎮上隨處可見，這亦是臺灣各地皆有的通景。鎮上的「第一戲院」固已不映電影，但能有什麼積極的用途嗎？

開車自杉林鄉南下，由「月光山隧道」出來，如此進入美濃，算是一條新路。平時多採的由旗山進出之路，早已景物熟極。自東南方由屏東高樹鄉跨荖濃溪進入，另有一派風意。若由六龜而來，最得車窗佳景，西有火炎山，東有荖濃溪，顧盼神馳。走著走著，進入新威村，公路在村中彎彎而行，村上街屋隨公路而廓出的弧形線條，是透過車窗最美的眼睛享受。美濃近郊開車，常常有豐富感受；我已多年不開車，幾乎想要有衝動為移居美濃而弄上一部車什麼的。

（原載二〇〇七年十一月《中國時報・人間》，曾收錄於《臺灣重遊》，大塊文化）

東部

東部，被視為臺灣最後一塊淨土。乃它人煙稀少、汙染也少、栽植在淨土上的「池上米」使得全島短時間內開張了千百家「池上飯包」。它的空氣清爽，而陽光強烈，強烈到近乎灼人，使遊人很想待在車中去遠眺那綿延不盡的海岸及山脈，使居民很想待在屋內去遐想那延綿不盡的海岸及山脈。

這份外方人的遠眺與本地人的遐想，在某些年月裏，助長了一種叫「東部意識」的東西。這「東部意識」，朦朧存在於為數未必多的長年根生本地的人，發想於應當不少的有意自外地遷去卻還未成行（不論是墾拓、是出家、是奉獻個才、是退休安居、是做嬉皮優游、或是逃離原先塵囂）的人，實踐於一些為數仍然不多的近年才遷去的有志之士。

多半安居本鄉本土的東部人，只是每天過日子，沒有什麼東部意識。他們吃的蔬菜水果，未必在乎是有機者。他們送小孩上的學校，不怎麼考慮有否森林小學森林中學的優勢。

東部由於過度狹長，造成人的行，先天上就不能是圓圈式而必須是直線延長式。這造成它一來聚落不易凝聚及資源不易發揚，二來它的人民常在行旅中。

外地客自花蓮市過了壽豐、光復、再過了富里、臺東，到了太麻里，這一路行去，是為當然，乃在他是遊覽。然東部人的行程也依然是如此，直線拉長，到了定點後，回程仍是直線拉長，一邊是山一邊是海的一路看回去。外地人一邊看山一邊看海，一趟旅程將東部的佳好整個收得。而本地人若翻來覆去只能看這些似乎有點划不來。

一邊是山一邊是海的固成眼界，老實說不知會不會、不自禁造成常年居停此地之人美則美矣卻又單一的風光心思。

（寫於一九九七年，曾收錄於《臺灣重遊》，大塊文化出版）

冷冷幽景，寂寂魂靈

——瑞典聞見記

有一種地方，或是有一種人，你離開它後，過了些時間，開始想著它，並且覺得它的好；然你在面對它的當下，不曾感覺它有什麼出眾之處。這是很奇怪的。

斯德哥爾摩（Stockholm），我想，是這樣的一個地方。

北方的威尼斯？

很多年前，不知什麼人稱它為「北方的威尼斯」，經過歲月，如今已然成為定謂了。而到過威尼斯並驚歎其水道密匝的旅行者這會兒來到斯德哥爾摩，一見之下，會對「北方威尼斯」此一名號不禁感到失望；心想：「這算是哪一門子的威尼斯，開什麼玩笑？」乃他所乍見的斯城，平平泛泛，橫向打開；雖也有水，卻是平板布撒，水色淺淡，不若威尼斯水道受兩岸宅牆窄窄夾起，水色深釃、水情蕩漾，甚而水味渾腥，襲人卻醉。確然，斯德哥爾摩沒有這份曲徑通幽之美、風情濃郁之馥、低迴淒楚之致。人不會老遠從德國跑來這裏寫它一本《魂斷斯德哥爾摩摩》。

它的水道上，也不會有「剛朵拉」（gondola），不會欸乃一聲，鑽過拱橋。這點連江南的蘇州、甪直、周莊所輕易有的，斯德哥爾摩也獻不出來。

然而斯德哥爾摩究竟是什麼樣一個水城呢？

它的水，是無遠弗屆的水；不同於威尼斯之盡在城裏打圈圈的水。斯城的船是「去」的，威城的船是「繞」的。到底瑞典人自古以來是航行的民族，直到今日，要去某地，總先想，是否用水路。譬如北邊的烏普沙拉（Uppsala）、西格杜那（Sigtuna）、西邊的「皇后宮」（Drottningholm palace，所謂「北方的凡爾賽」）及東南邊的達拉若島（Dalaro），全可以個把鐘點的車程抵達，然旅行指南仍然特別標明「可乘船。夏季。」

這些寬闊的水，西有馬拉倫湖（Malaren），東有波羅的海（Baltic Sea），把城放遠了，把景拉疏了，把橋也擱置平了。故而斯德哥爾摩是個平鋪直敘、水天一色的城。它既不是攀高爬低如重慶、舊金山那樣的天成山城，也不是摩天大樓聳立如紐約、香港如此人為的登峰造極。它其實是最佳的自行車水平滑行看景的城市。

正因這份平、這份疏遠，使這城市怎麼樣也不像能表達出幽怨或激昂，一如威尼斯。在威尼斯，船夫的歌聲飄盪在此一渠彼一溝的這份放情，它不會有。兩百年前卡爾・貝爾曼（Carl Bellman, 1740-1795）作的歌曲，多麼受人喜歡，但人們不會在斯城的水上唱；而不過幾十年歷史的〈歸來吧，蘇連多〉（Torna a Surriento），威尼斯隨時還聽到。

無聲無臭之清淨

別說歌聲了，斯德哥爾摩壓根沒什麼人聲。在城中鬧區，不論是 Ostermalm Hall，或是 Stortorget，或是「國王公園」（Kungstradgarden），或是「皇后街」（Drottninggatan），或是 Stureplan，只要見人在路上打行動電話（這裏是「易利信」的家鄉），從來聽不到他們的聲音。他們是如此的輕聲低語，令人覺得他們是在演練嘴形。瑞典難不成是最適宜的默片之鄉？葛麗泰・嘉寶（Greta Garbo, 1905-1990）在聲片來臨前，似乎更讓我們驚豔些。

並且，斯德哥爾摩也沒有氣味。那條東西走向，在世紀交替時國王奧斯卡二世（Oscar

II）決定建成的可供儀仗遊行的「海濱大道」（Strandvagen），十幾天的遊訪中我每天會來來回回走個十幾次，從沒嗅過什麼「海風野味」。

渡海去到史特林堡（August Strindberg, 1849-1912）百年前靜心寫作的奇門島（Kymendo），原始巨松千章，滿地落葉如縟繡；岩間青苔、樹腳野菇、叢際黃花，卻嗅不到一絲葉腐花香。這是十分奇特的，奇特到令人懷疑瑞典水龍頭裏流出的水是否都像蒸餾水。

名演員厄蘭·尤塞夫頌（Erland Josephson，曾演出柏格曼的《臉》（*The Face*）、《生命的邊緣》（*The Brink of Life*）、《婚姻情景》（*Scenes from a Marriage*）以及俄國導演塔考夫斯基的《犧牲》的臉也是；七十許的老人，白到像是瑞典樺木，我們面面相對而談，相距二、三十公分，只見這張臉也完全是不提出一絲氣味的至清至淨。

小而集中的市中心

大多因公來到這裏的人，下榻好旅館後，在路上走一圈，只見行人稀疏，似是世事寥隔。馬路上滑過的汽車也不那麼急慌，很多是Volvo。大燈始終亮著，即使是白天。樓房平平切齊，看起來不高；乃因他看著它，往往隔著水面。馬路其實也不寬，由於路人少，倒顯得宏敞了。從他的旅館到「皇家話劇院」（Dramaten），到Forex換錢店，到「國王公園」，到「國家美術館」，再跨橋到舊城的「皇宮」（Kungligaslottet），如此走馬看花一圈，不過二十來分鐘。而斯德哥爾摩的大致也差幾掌握了。

接下來他每天的洽公，也不時要經過這類定點，他愈來愈覺得斯城非常集中（其實他心中想的是「小」這個字），集中到根本可以安步當車了。連地下鐵也不是那麼需要；這或也在於地名字母太長，像Ostermalmstorg，或Midsommarkransen，一個不小心，可能誤了站。

安步當車往往閒看到不少事態；例如在Nybrogatan這條街上的麥當勞，居然有一大面的書架，頗令人稱奇。麥當勞，此地不算多，城中心（Norrmalm及Ostermalm）有六家，稍北的斯德哥爾摩大學的北角上有一家，南城（Sadermalm）也不過三家。舊城（Gamla Stan），當然，一家也不會有，一如我們會期望的。再就是鬧街上很多熱狗攤子，最起碼的一種只費十克朗，味道嘛，當然很平庸。還有，城中心也設「公共廁所」，要收費，據說是五克朗。

喜愛步行的旅行者，由西邊的「市政廳」（Stadshuset），到東邊的「史坎森」民俗陳蹟開放博物園；再由北邊的「史特林堡紀念館」，到南邊舊城幾乎可稱為「摸乳巷」的Marten Trotzigs（狹窄處只得九十公分），這些全可以步行來完成。

市政廳，位於國王島（Kungsholmen）的東端尖角上，由建築師Ragnar Osberg（1866-

1945）設計，自一九二三年開幕以來，一直是斯德哥爾摩最重要的地標。既是建於水濱，它不但有所謂的威尼斯式之壯麗，還做到冷凝、典雅，兼具直線條美感的「北歐復興式」（Nordic Renaissance）。它的廳堂宏闊，每年諾貝爾獎大宴便設在這裏；當此時也，瑞典的光華閃耀至最高點。其中有一個廳，整個牆面由一千九百萬塊金片編成的馬賽克，金光閃爍，目為之迷；足可令人歎奇，然你不能事後多想，多想則頓感俗傖之極。

「史坎森」（Skansen，康有為譯成「思間慎」）位於東郊的優雅登島（Djurgarden）上，是一遼闊的露天民俗博物園，起設自一八九一年，將一百多個瑞典各地的歷史民間的建築物移建於此，依天成坡崗地形掩映布開，供人實物遊賞。它的優處更在於建築體與建築體之間的園林之美。

「瓦煞」（Vasa）戰艦博物館，在「史坎森」的西側，是航海大國——瑞典——在一六二八年處女啟航時沒根沒由的沉入海底再在三百三十三年後打撈起來供現代人指手劃腳又談又歎的一則傳奇故事。它絕對是全斯德哥爾摩最熱門的旅遊大點。這個博物館透露瑞典真諦：新式博物館的絕佳概念。海洋考古與古物存新的一絲不苟之精密工程。益智教學與古代傳奇兼熔一爐的商業叫座。

史特林堡紀念館，對於不涉文學的遊客，或不致有興一探，然它所在的「皇后街」，卻是很值觀光，尤以它竟然集中了三、五家舊書店，這在斯城頗為難得。

舊城，是斯德哥爾摩幾百年前的模樣。它的外觀樓宇，為十八世紀形景，而其房基及地窖則為中世紀時築成。兩條平行的古街，Prastgatan 與 Vasterlanggatan，是遊人必經、雅趣小店散布的中心通道。那家所謂開業於一七二二年的老餐館「金色和平」（Den Gyldene Freden），屬於瑞典皇家學院的的產業，樓上的「貝爾曼室」（Bellman Room），據說只提供給皇家學院有重要宴會時使用。詩人歌詠家 Evert Taube 說得好：「數以萬計的大小列島，全部起自於『金色和平』飯館最靠裏面的那張桌子。」

大村莊備而不用

斯德哥爾摩的這分集中、這分小，難怪六十年代初導演英格瑪．柏格曼（Ingmar Bergman, 1918-2007）在接受美國作家詹姆斯．包德溫（James Baldwin）訪問時說：「那壓根兒不是一個都市，那只是一個大點兒的村莊。」

在城中心的幾家有名館子，如 Prinsen，或「歌劇院小館」（Cafe Opera），或是舊城的兩百年老店「金色和平」，斯城居民若是在此與熟人相遇，必定尋常之極。

它的人，互相隔著的距離可以很近，卻又未必同在一處。譬似街上行人，的確有一些，卻走著走著，便不見了。你記不住適才走了些什麼人。

於是它的街道總是很空寬，人行道亦是，橋也是。通往舊城的 Strombrom 橋，我跨過十幾次，每次同在橋上的路人，很少超過三個。

這樣子，當然斯德哥爾摩也就沒什麼特受稱頌的大街，像巴黎的香舍里榭、紐約的百老匯、柏林的菩提樹下，或北京的東西長安街。又斯德哥爾摩雖也有一些廣場，如北城的 Hotorget、Sergelstorg、Ostermalmstorg，南城的 Medborgarplatsen，或舊城的 Stortorget，但皆如聊備一格，沒有人提起它們，像提威尼斯的聖馬可廣場、羅馬的西班牙廣場或巴黎的協和廣場那麼順乎習常。

的確，斯德哥爾摩是一個最先進文明、最設備齊全的「大村莊」。而它的先進，在於備而不用。它的自行車道，又長又好，所經過的風景亦極佳，然滑行其上的自行車總是稀稀疏疏。

它的陽臺，可以是虛設。這是北國，你其實不怎麼有機會佇立陽臺來消受歲月。這裏太冷。這裏不是維洛那（Verona）。

言及村莊，又及一件。外方人一想到瑞典，常想到幾個瑞典的名聲。言汽車，則 Volvo 及 SAAB；言行動電話，則易利信（Ericsson）；網球，則柏格（Bjorn Borg）；電影，則英格瑪．柏格曼，葛麗泰．嘉寶及英格麗．褒曼（Ingrid Bergman, 1915-1982）。玩照相的，會提 Hasselblad；買簡易家具的，會提 IKEA；言食品包裝，則「利樂包」（Tetra Pak）的鋁箔包；等等這類極為突顯的名人或名物，作為對模糊遙遠的瑞典之試圖接近，然這仍只是概念。須知瑞典的幅員為歐洲第四大，其多樣性當然不只是這幾個名字所能概括；然外人沒法繁富瑣細的了解它，至於這一節，它又真像是一個大村莊了。

很可能一直到二十一世紀結束前，它的電話仍可維持七碼。

一空依傍的設計風格

斯德哥爾摩這一都市，是二十世紀感的都市。是將二十世紀初 Jugend（新藝術、青春藝術）風格添加在十九世紀樓宇邊而共同維持規則保守的外觀。它不特作 grandeur（壯麗），一如威尼斯。比較甘於平齊、甚至平板。它多半很謙遜的圍住空間，像它的老電梯（鐵柵拉門式那種）常設在中間，而步梯則繞著它轉，呈螺旋式，步梯的近核心處甚至容不下你的腳板，全為了省空間也。

坐落於北郊 Vasastan（說是北郊，其實也只是幾步路遠）邊上的「市立圖書館」（Stadsbiblioteket），是建築史上的有名例子，其造形是一個方盒子上頂著一個圓筒子，由 Gunnar Asplund（1885-1940）在二十年代設計完成，是為「功能主義」在北歐的先河作品。

不知怎的，這種功能主義的概念，似乎很合瑞典人的美感脾胃，幾十年來，直到今天，瑞典的設計總襲著這一股風意。尤其是用品，一來簡淨，再則有點 funny，卡通味，統成其此一世紀它之美感大致。像一九四二年設計的 Miranda 躺椅，像一九五二年設計的「眼鏡蛇」（Cobra）站立型電話機等，這類例子多得不得了。即使 IKEA 拼裝家具用品也多能見出這種風格習念。

倘若一個朋友說他「添購了一套瑞典家具」，你會很快的在腦中呈現某種近乎荒誕卻又很合於工學的淨冷孤特式樣。

若是一套瑞典咖啡杯，我馬上會猜想它不同於英國式，也不同於日本式。乃在瑞典並沒有一段維多利亞時代的洗禮，故杯器不會那麼雕琢。又瑞典也不似日本的凡事太過重視，如同小題大作，杯器當不會弄得精巧絕倫。果然，一九八六年有一套名稱就叫「斯德哥爾摩」的白瓷咖啡杯被 Karin Bjorkquist 設計出來，它既有北國的細高及雅白，還兼有一分力學上的韌性。

他們崇尚白色，家具固是，原木色的材質不介意裸呈。餐桌上的蠟燭，幾全是白色的，不只是「露西亞節」時家中女兒頭冠上戴著的那幾株白蠟燭而已。

稍稍凝視 Absolut 牌伏特加酒的酒瓶設計（其形有點像點滴瓶，有趣）便知道瑞典設計之求淨求簡求透明之一空依傍、不惜荒誕的種種內蘊。

家庭感的電影工業

在斯德哥爾摩這個「大村莊」上，有一所「皇家話劇院」，多年來培養了太多的戲劇人才，Ingrid Thulin、Max Von Sydow、Bibi Andersson、Liv Ullmann, Erland Josephson、Gunnar Bjorstrand 等只是其中幾個我們熟知的演員罷了。而大導演英格瑪・柏格曼更和皇家話劇院有深厚淵源，甚至在一九六三至一九六六年間擔任首腦。自五十年代以來，他一直產量豐富、攝製快速，並且耗費廉宜。須知他身處小國寡民（全國才八百萬人）、地廣人稀的瑞典，又拍的是藝術片，在市場上照說是很難維續的；然而他做到了。乃在於瑞典始終有一種「家庭式」製造業之互援同濟優良環境傳承。也於是女演員 Bibi Andersson 在五十年代拍的第一部售賣肥皂的電視廣告片，便是由柏格曼所導。

柏格曼反覆的使用這些演員，並且讓這些面孔在全世界被人記住。所有這些戲劇工作人員，其工作與社交，他們吃飯的館子、聊的劇本、度假的小島等等，全構成如一小家庭。

在聊天中，演員 Erland Josephson 說起柏格曼從不旅行。我說他是一個 chamber director（室內導演）。他像是永遠住在布置典雅、窗明地滑的房子裏，又總是在備受呵護的溫暖氣氛中，同時不停的工作。他以工作來對抗室外的風雪嚴寒。

這是又一個寂冷北國的人與天爭之絕佳例子。

柏格曼本人結婚六次，並與名演員 Liv Ullmann 育有一個小孩。可知他的家庭族落自成一個小而豐大的人群集聚。且不說在他出生的烏普沙拉小城（那裏將要成立他的紀念館），在大教堂左近，幾乎人人是他的鄰居。而斯德哥爾摩的「藍鳥」（Fagel Bla）影院（位於 Skeppargatan 六十號）是他童年的觀影所在。他那時住在 Valhallavagen 街，現在住在 Karlaplan。這一切全離皇家話劇院只有五分鐘腳程。

除柏格曼外，我們在臺灣尚知的導演，有 Jan Troell（拍過《The Emigrants》）、Bo Widerberg（拍過《鴛鴦戀（*Elvira Madigan*）》）、還有 Vilgot Sjoman（拍過《I'm Curious（Blue）》）。

另有一人，或可稱為瑞典電影之父的，是維克托・蕭斯托姆（Victor Sjostrom, 1879-1960）。他在一九一七年所導的《罪犯與他的妻子》（*Berg-Ejvind och hans hustru*），在二十世紀初年獨領世界電影史的風騷。一來由於影片的藝術光芒，二來也占了瑞典在一次歐戰時中立的天時之利。

《罪犯與他的妻子》不易在臺灣看到，倒是他在一九二八年所導、由美國女明星麗莉恩・吉許（Lillian Gish）演的《風》（*The Wind*），被翻製成無數的錄影帶。

然蕭斯托姆的臉，才是最令電影學子所熟悉者；幾乎所有的電影史書，皆有他的老年照片，因他演了柏格曼一九五七年的名作《野草莓》。

自憐幽獨

電影的市場小，也就罷了，但它還能銷往國外。書的市場更是窄小。瑞典文的書，出的冊數很少，於是每本售價只好奇高。小小一本書，動輒二、三百克朗，合臺幣上千元。漢學家馬悅然（Goran Malmqvist）近期譯出的巨著《西遊記》，洋洋五大冊，也只能一冊一冊的推出。每一冊的售價約五百克朗，幾近二千臺幣。

它也不像美國英國，有那麼多的地下型刊物、小書、雜冊。它的大學——不論是斯德哥爾摩大學、倫德大學、哥特堡大學或是烏普沙拉大學——及其近處咖啡館的牆面，也不及美國人那麼有密密麻麻的各式招貼。甚至人們在咖啡館的雜聊（small talk，瑞典人所謂的 smaprat）也不那麼瑣碎、不那麼旁徵側引、不那麼表情誇張，一如美國、法國或義大利。瑞典人偶爾有的，是「冷聊」（kallprat），是「死聊」（dodprat）。

談論事情，不那麼故作挑剔來表示自己高明；知識分子不會一提到 ABBA 合唱團便臉上擠起眉頭表示不屑，這和法國人、美國人不同。這也道出了他們的村居性而非市井的街談巷議習俗之一斑。同時也合於前面提到的「備而不用」。我們問瑞典友人，城中有何處好玩；他們只隨口提二三處，總不會特別一一強調各處是怎麼個好。備而不用。

看來瑞典人也不大有呼朋友伴、攀肩搭背的習慣（如法國人的沙龍性，或愛爾蘭、希臘的酒館、碼頭湊伴性）。他們與朋友稍聚一陣，又各自回到自己獨處的境地。

我常懷疑，北國的人與其環境的相應關係是否呈現兩極化：不是大量的在室內，便是大量的在野外。當在室內時，盡其能的看書、工作、織毛衣。當在室外時，盡其能的滑雪、海上航舟、小島上倘佯、森林中打獵。這對於極其市井化的老臺北或老北京那種日夕會進出坊巷胡同多次而一輩子可以完全沒有野外活動是何其的不同啊。

瑞典人也喝酒。典型的瑞典酒叫 Schnapps，釀自於馬鈴薯，頗強烈，可算是伏特加的一種。當兩人舉杯互敬，口稱 Skoll；如同英文的 Cheers，法文的 Á votre santé 或中文的「乾杯」，只是並不須一口飲盡。

瑞典的國土太淨了，太素了，太蕭索清蕪，故你連愁懷也不准有，你不能有小悲小傷隨時抒唱排遣，一如人在威尼斯可以隨做的。於是瑞典人何妨寄情於酒？但奇怪的，他們的酒之消耗量竟然很低；法國人與德國人的消耗量是瑞典人的兩倍。而美國人與英國人則比瑞典人多上百分之五十。

或許瑞典人從小被薰育以像松像樅像樺一樣的成長，不似上海人遇逆境時在黃浦江頭可以嘆息。瑞典人有某種與天地自開始就共存的孤高，他們沒有咸亨酒店那分自吟自醉消日度時，沒有新宿街頭的醉漢倚牆撒尿。

在各處公園、車站角落，也見不著兜售毒品的可疑分子。吸毒一事，詢之於年輕人，他們說瑞典極少。

再說到抽菸。這幾年，各國的禁菸風潮很盛；我們一行中一二菸客在將抵瑞典這北歐先進國之前，已然開始緊張。甚至在阿姆斯特丹的史基浦機場轉機的久候中，不知是否該買些免稅香菸，抑是索性斷了這在北國吸菸之念。

抽菸，它雖不像美國那麼制約森嚴，但也不似中歐南歐那麼隨放。外地人很快注意到一特點，便是餐館、咖啡店、旅館廳堂等處並不在牆上樹「禁菸」牌以為示警，卻又不見有人在抽。於是你不敢也抽。及見有人取菸起吸，再見侍者取來菸灰缸，你方知其實准許。

人們之不抽，實在於一者對公共範圍之盡不侵犯，再者自我約束本就習守。又瑞典的餐館，也多有置菸灰缸者；這菸灰缸的擺法，也有趣，是那種六角形玻璃製、極淺極淺的鍋，完全老派式樣；總是一桌上擺兩個，兩個疊起。這樣的餐館我看見很多。

有一回在哥特堡大學（Goteborg University）承饗晚宴，前段吃著喝著，也聊著，皆沒人取出菸來。酒飯幾巡之後，氣氛愈來愈熱絡，終於有人提問，可否吸菸？主人謂可。這一當兒，先是臺灣一方的菸客取出菸來，隨而瑞典一方的好幾位（竟不是一、二人而已）同好此起彼繼的個個自衣袋深處掏找出原本妥藏並少有取用的皺皺菸盒。至此，人人大吸狂噴起來，如釋重負。瑞典人，這廂看來，是那種冷凝自持，卻實則頗歡迎你豪情熱浪襲掃過來，他也不介意與你共熔一爐者。

大約五十年代以後，外人對瑞典的印象，有所謂的「四個S」，也就是 Socialism（社會主義）、Suicide（自殺）、Spirits（酗酒）、以及 Sex（性）。

這其實是外人對這遙遠北國不禁產生的神祕歸結。社會主義，沒錯；它的社會福利做得細密，人民的賦稅及國家的擔子皆極重。自殺，的確比率也頗高（奇怪，許多天高水深、巨樹密林的佳美清境皆恰是自殺最多之鄉，美國的西雅圖亦是）。飲酒，前面講過了。至於性，固然北歐不止一國崇尚天體開放，而北歐人原本對身體各部分看待之透明化，原是它簡淨文化中很顯然的特色，瑞典在百年來的急速富強，加以兩次歐戰的與砲火無涉，更助長了它極其單一心靈的現代工業先進化。也於是它的裸露身體、它的性愛開放同樣可以一空依傍。注意，它是「單一心靈的」（Single-minded）。而不是情結糾葛的。正因為這種單一心靈之天真，柏格曼在五十年代拍的《夏夜的微笑》（*Sommarnattens leende*）要反其道的來嘲諷男女關係。

孤立於天地，人與天爭

在旅館中無聊，打開電話簿，發現瑞典人的姓名，多沿用山、石、樹、草，像 Bergstrom（山溪）、Bjork（樺）、Ek（橡）、Asplund（白楊樹林）、Alm（榆）、Liljeblad（百合葉子）。而瑞典人，事實上，即是山石樹草，在天地中孤立求生。

他們的身骨高拔，立在那裏，幽獨隔遠。外地人一抵 Arlanda 機場，自小便斗的高高懸起，便可感覺瑞典人的高昂，甚至還加上一股瑞典人的泥於原則。

泥於原則，也呈現於開車。車一發動，大燈必須自動亮起，白天黑夜皆然。又連車燈上也裝置雨刷，乃北地多昏暗光景，索性全國訂定法則共同嚴守。

瑞典的汽車原是靠左行駛，一如英國、日本。《野草莓》電影中仍見如此。直到一九七一年某日，全國同時改成右行，當下全民一起改了過來。

他們的身材雖與美國人高拔相似，卻不像美國人那麼腫，而小女孩也還內斂自立，沒有美國那麼多的 nymphet（小嬌女）。小女孩長成後，也沒有美國那麼多 bimbo（慵懶美人）。瑞典女人比較自甘寒寂，不作興弄出一番撩人樣。英國小說家伊夫林．沃（Evelyn Waugh, 1903-1966，曾著《Brideshed Revisited》等書）在四十年代說過：「她們在社會上以及在性慾上皆能滿足。」典型的瑞典美女英格麗．杜林（Ingrid Thulin），她的美，令人記不住。她的美，是一種不可名狀。

瑞典人的英文真好。並且幾乎人人都好。同時難得的是，沒有什麼本鄉的濃腔。這固然是因為小國之故，人先天上就被賦予要頻於與外相接，不得躲起身體自守荒僻鄉土，一如美國的南方人。

於是任何一個瑞典人皆像是必須透明，他不能不被外界時時看見。他受的教育是如此。而他倘又自恃孤高，日子其實是很累的。

諾貝爾一生已經夠傳奇了，而他一輩子沒有結婚。葛麗泰．嘉寶亦是，甚至更神祕。探險家斯文．赫丁（Sven Hedin, 1865-1952），一輩子裏有太長時光暴露在異國的荒涼漠野上。漢學家高本漢（Bernhard Karlgren, 1889-1978，著有《中國音韻學研究》）潛心所攻之學竟是枯冷的漢語語言學。史特林堡孤僻自雄，丹麥詩人特拉契曼稱他「暴風雨之王」。

它的外間幽景是如此靜謐，會不會人的內心時時要湧動出一番風暴呢？

他們受拂著海風，腳間被掃著落葉，頭頂上始終罩著瞬息變幻的白雲、黑雲、灰雲。他們與小島抗爭、與海逆航、與冰雪搏鬥、與漫長黑夜熬度、與無人之境來自我遣懷，與隨時推移之如洗碧落來頻於接目而致太過絕美終至只能反求諸已而索性了斷自生與那地老天荒同歸於盡。

世界上很少有市民活在像斯德哥爾摩那樣有如此貼近身邊的瑰麗美景的大城市中；臺北

市民看見雨後隔牆的扶桑在滴著一兩點清淚便已欣喜若狂，不去記恨那遍布身周、永除不盡的水泥叢林。東京、北京、加爾各達也是。倫敦、柏林、紐約、羅馬，整日價轟轟隆隆，又何嘗不是？而斯德哥爾摩你只要信步蕩去，十分鐘後，進入 Djurgarden，哪怕只駐足在邊上的 **Kaptensudden**，北望對岸的 Nobelparken 及遠處的 Ladugards-Gardet，這景色已是世界絕勝。這卑微公園未必受人詠題，遊人亦鮮至，卻讓我想想到 Bo Widerberg 在六十年代拍的《鴛鴦戀》中的大樹如蓋、黃草無垠。那一對十九世紀的戀人實在不必逃到丹麥，根本就在 **Kaptensudden** 中自盡，亦足以淒美絕倫了。

若向東，在優雅登島東端的 Thielska 私人美術館，登樓，自小窗去望，恰好是一天然的構圖，框中的斯城一角，包含著大小幾塊零星島嶼，遠遠近近，令人覺得像是自西泠印社望出去的西湖。卻又比西湖更顯清美寂遙。

京都的園林亦很美，杭州的水山小景也是，然皆是悠悠的涵盈著人煙韻味，要不就有一縷道情。而瑞典的園林則呈現全然不同的氣質，它至清至淨，有的，是一份天意。

無怪乎二十世紀初康有為流亡至此也要頻頻嘆其至美，「瑞典百千萬億島，樓臺無數月明中」，「島外有湖湖外島，山中為市市中山」。又謂「瑞典京、士多貢（即斯德哥爾摩）據海島為之，天下所無」，及「愛瑞京士多貢之勝，欲徙宅居之。」

波羅的海上散列的成千島嶼，將斯德哥爾摩附近的水面全勻擺得波平如鏡，如同無限延伸的大湖，大多時候，津浦無人，桅檣參差，雲接寒野，澹煙微茫，間有一陣啼鴉。島上的村落，霜濃路滑，偶見稀疏的 Volvo 車燈蜿蜒遊過。

船聲馬達，蓬蓬進浦，驚起沙禽。有的聲音，只是這些。沒有人聲，即使遠遠見有鮮黃色的夾克晃動。耳中的船聲、水拍岸聲、飛雁聲，意更清絕，目極傷心。

我現下的心境，居然最樂於賞看這種風景，覺得是世上第一等的眼界。甚至《鴛鴦戀》一片用做配樂的莫札特二十一號鋼琴協奏曲，也覺得是搭配瑞典瑰麗美景的最好天籟。

（原載一九九五年十二月十九至二十一日《中國時報．人間》，曾收錄於《理想的下午》，遠流出版）

推理讀者的牛津一瞥

一

英國的全境，只得蕭簡一字。而古往今來英國人無不以之為美，以之為德；安於其中，樂在其中。

即牛津如此雅馴古城，離開人群商店幾十公尺，便見牆海冷冽，長巷幽寂。北京傳統上亦是牆海之城，牆與牆之間是為人穿梭之徑，是為胡同；然北京之牆，是矮牆，牆上有石榴花果含愁帶笑，牆內時有炊煙人聲，渾然安居氣象；牛津這牆海，牆高如城，牆內聲響隔絕，森嚴如禁，人步經此處，不是穿過家園。老舍的《我這一輩子》小說中警察所時時巡走的北京胡同，與同樣中年蒼涼的莫爾斯探長（Inspector Morse）——推理小說家柯林．德克斯特（Colin Dexter）筆下主人翁——所時時開車經過的牛津石路，風味迥然不同。老舍的警察時時探看尋常人家的戶口家居，頗具柴米油鹽人情之常；德克斯特的探長時時探看的，倒像是神與法理這種謀求持平的科學哲學之實證業作。

牛津的牆，圍的是教堂般的學院，牆內種種，外人只能猜度是莊嚴肅穆。若自半掩的古舊木門窺探，只見片面的綠地方場，及方場後的樓牆。這樣的門景，東一處西一處，幾十處，遊人窺之探之，一、兩小時下來，便約略得到一抹牛津的初始印象——沉靜分隔。

這毋寧是十分有趣的。而這抹印象實也是牛津的本色。

當外人推門進入，不管是 Balliol 學院、是 Magdalen 學院、是 Corpus Christi 學院、或是 The Queen's 學院，眼前馬上一亮，不覺一步步巡走於雕壁拱廊與如茵方場之間，不覺時間之靜悄流逝，只是備感這修學境地沁浸人心，一進又一進。

若是不經意走進了 Worcester 學院，一兩個穿梭，竟來到一片林子，古樹參天。再往深處，潭水碧綠，有雁鴨棲息。繞著潭水行去，綠野開闊，又是一片洞天。人在牆外，何曾料到這樣一場見識？

至於從最熱鬧的主街 High Street 走進「植物園」（Botanic Garden——全英最早的植物園），形制古樸，格局嚴正，有一襲荒疏卻端雅的迷人氣質，令人不願須臾離去。它也臨著一條河，恰渥河（Cherwell River），河旁樹影迷離，沿河向南，走沒多遠，竟見一條寬闊砂石步道伸往遠處，便是有名的「寬路」（Broad Walk）。行於「寬路」上，教人不願快走，深怕把它走完，乃路兩旁的遼瀚「草原」太美了。它的美，正是英國特有的蕭簡，無怪 Max Beerbohm 在 *Zuleika Dobson*（1911）一書中要說：「這些草原濕潤的香氣，便即牛津的香氣。……即是牛津的靈氣所在。」他還說他寧願讓英國的其他山川沉到底，也不願令牛津離異這片濛濛佳氣之福地。

誠然不錯，牛津便有這濛濛佳氣，它的草、它的露，薰陶了眾多佳士。

二

然而多半時候，人還是走在牆外的牛津街道上。這些古樸斜曲的街道，在大片的學院用地區隔下顯得狹小不夠用，令人總覺得汽車太多，並且覺得開得太快（每等完一個紅燈，必須迅速開過）。

也因此走在牛津長牆緊夾的街道，總不自禁行色匆匆，譬似行於雨中。鶊・墨里斯（Jan Morris）在一九六五年的 *Oxford* 一書就引過某人說的一句話：「牛津這城市，那兒總是有太多鐘聲在雨中敲得噹噹響。」

人不用看到鐘、不用看到學院內室，只需在街上聽到鐘聲看到院牆，便知道這是個什麼樣的一個城。牛津本色，沉靜分隔。而牛津的雨，更增添這份沉靜分隔。人在這個大型街巷迷宮中走路，三年或是三十年，必然很受襲染這特殊氣氛；一旦沾上了，搞不好倚戀它一輩子。

鐘聲，永遠製造一股氛圍，如同雨。牛津的城中心，叫 Carfax，有人說來自法文的 quatre voies，意謂「四條路」，即由 High St.、Queen St.、Cornmarket St.、及 St. Aldate's 交會構成，四條道路簇擁的高塔稱 Carfax Tower，塔上有鐘，鐘上有兩個機械小人，每十五分鐘（quarter）敲一次鐘，故被稱為「Quarter Boys」。若莫爾斯探長恰在近處經過，聽到鐘聲，或許會低頭看一下錶，對一對時。推理小說，先天上便和時間極有關係，不但要究 whodunit

（誰殺的），也要究 whendunit（何時殺的）。自古以來，推理小說便不能排除時間這個道具或甚至這個主角。

每天晚上 Christ Church 正門的 Tom Tower 上的鐘，七噸重的「大湯姆」（Great Tom）會在九點零五分敲一百零一下。一百零一下是為了喚回一百零一個創校最初學生的數字，而之所以是九點零五分，乃為了牛津比格林威治稍西，於是將宵禁的九點，多移後那稍差的五分鐘。

三

牛津的城市格局雖然冷峻，人煙並不稀疏，甚至它的近郊頗有工業氣象，摩里斯汽車廠（Morris Motors）便在此。當然城中心仍然文化氛圍很重，美術館、劇院、電影院豐富，書店更是多，位於 Bodleian 圖書館與 Sheldonian 劇院對面的 Blackwell's 書店，成立於一八七九年，據稱有十七萬冊存量，亦是外地客的遊逛重點。近年來，牛津的舊書店看來已漸低落，也就是，若你千里迢迢來此以為可以買到選擇豐藏的舊書，失望之情可能不免。單 Blackwell's 這種名聞遐邇的老字號的舊書部已然縮小，除了「凡人文庫」（Everyman's Library）所藏尚豐外，其餘較之尋常小鎮的舊書店未必稍勝。

所有英國城鎮的通景，是酒館（pub），牛津這學術重鎮，也不能免。觀察英國人不能只在馬路上及公園裏，這類地方英國人比較不易呈現多重表情。酒館才是英國人共同的放情客廳。學生去，教授去，三教九流的人去，於是警察辦案也必得去。德克斯特筆下的莫爾斯探長不時要在酒館裏稍停，不論是約人、打探情報、觀察過往人客，或是思考線索，但看來最主要的，是他自己愛喝個兩杯。

於是他活在英國這種酒館處處的北國正是適得其所，並且活在教堂尖塔處處、學院壁壘嚴陣密布這種神聖莊正外表卻人類心靈隨時可能腐化的牛津老城更是適得其所。條頓式的（Teutonic）人性壓抑與爆發，何等確切的場景牛津其是。

《The Silent World of Nicholas Quinn》（《尼古拉斯．昆恩的無聲世界》）寫成於七十年代後期，正是牛津這古城開始鄙俗化之時，路上汽車聲愈來愈大，酒館裏已漸少酒客喧唱〈Come All Ye Tender Ladies〉或〈House Carpenter〉這類蘇格蘭民謠而代之以擴音機傳出的囂鬧的美國搖滾樂，尼克拉斯．昆恩（這名字正巧顯示他的古板）當然不想聽見。他的半聾方得勉強保持一個古遠平靜的牛津，就像我們用攝影機不收音的拍攝下的牛津。

英國傳統強調的「公平競賽」（fair play）既在鄙俗化的七十年代來愈見其消落，生長於林肯郡史坦福（Stamford——倫敦以北二小時車程）清苦家庭的柯林·德克斯特，父親開計程車營生將他們三個小孩拉拔向上，柯林總算考上 Stamford School for Boys 的獎學金，在少年時有幸被授以拉丁文、希臘文及古典這種貧家孩子不易獲得之素養，遂造成他日後小說中於世道不公（如特權、賄賂）之獨特描寫，並且將他的英雄——莫爾斯探長——設置得不僅極其平民階級，甚而有些中低階級的頹唐陋習了。

四

英國原是善於規範的民族，如今舉世所有服務業（如侍者等）所穿的西裝西褲之標準黑色，便是由英國人在十九世紀三十年代後制定形成並傳播於世界各地的準則。

哪國人不騎馬用馬？但馬帽馬褲之制，亦只有英國人方能令其嚴律成模樣。

英國的各種制服，恁是能長久襲用。如今太多的女校仍多戴著端方直硬的西班牙草帽。

這種規範之習，也見於倫敦地鐵靠站時車掌頻頻拉慢聲調所唱的「Mind the Gap!」（「留心月臺隙縫」）；巴黎地鐵也有隙縫，但極少播音提警。又倫敦地鐵上處處是扶手、吊環，防人晃動跌倒；巴黎地鐵裏少有扶手，且完全不設吊環。民族性好規範不好規範於此立判。

然近年來英國的規範也亂了。公共場所的大門，由外入內究竟是拉抑是推，完全沒有準則（這點美國全國一致，由外入內必拉，由內出外必推），倒是頗令外人驚訝。再就是水龍頭究竟是左熱水右冷水或是右熱水左冷水（臺灣全國一致，左熱右冷），居然也極混亂，我幾乎不敢相信。

這種規範的逐漸丟失，看在童年嚴受學校規範（體罰當時是自然不過的事）並總是名列前茅的窮家孩子德克斯特眼中，當然不免會投射在其偵探小說中。尼克拉斯·昆恩看來不是富家出身，應該也是苦學有成，以真才實學謀得工作，並且如德克斯特述說自己求學時一樣，是一個「書呆子」（swot）。

德克斯特小說中的「馬與喇叭」（Horse and Trumpet）酒館，看來充滿各式人等，並多的是中下階層（傳統上，上層社會及矜持淑女仍以上大飯店的酒吧為宜），然踏遍牛津，不見這個名字；有的只是King's Arms，只是Nag's Head，或是那家始於十七世紀的Turf Tavern。與「馬與喇叭」起名意趣相近的還有Eagle & Child（「老鷹與小孩」），Lamb & Flag（「羊與旗」）。酒館中坐的人形形色色，點Morrell's Bitter啤酒的也多的是，卻看不出哪個是莫爾斯。

牛津依然是個清麗的地方，即它的「有頂市場」（Covered Market），貨色鋪擺極有品味，也令人逛看怡然，非荒陋市鎮堪有。

雖然觀光客極多，然它的旅館並不狂野的飆增，城中心的老旅館The Randolph Hotel，建於一八六四年，屬「哥德復興式」，當年頗受文人約翰·羅斯金（John Ruskin）的讚賞，如今其外觀與內部仍保持簡淨形樣，不愧是老派風格。

牛津大致看去，餐館也不怎麼見有奢華者，這點也看出它的好教養，英國教養。然並不意味此地沒有好菜，據行家評說，全英國最好之一的法國館子竟是在東南郊 Great Milton 村的 Manoir aux Quat Saisons，可惜在牛津盤桓的時日太短，只好待以來日了。

（原載一九九八年十月二十九至三十日《中國時報・人間》，曾收錄於《理想的下午》，遠流出版）

花蓮一瞥

花蓮，對太多人而言，是一塊心中的後院。那塊地方遙遠，不緊貼你的呼吸；那塊地方緩慢，不催趕你的效率；但最主要的，那塊地方空淡。

花蓮是全臺灣各縣各鄉裏最不顯地方色彩、最沒有本鄉濃濁氣味的一塊天縱之地。所以說它空淡。

且看它的節慶廟會沒有南部或西海岸的繁文縟節，甚至還沒有北鄰的宜蘭那麼的講求計較。且看它街上的房子建築形式沒有蓋得那麼傳統板眼嚴整森然，人們的住，不太受老形制之約束；也於是六、七十年下來，花蓮人對生活之擺布、對家園及周遭設施也就頗輕鬆淡然，絕不會有臺中人那份成熟的美感中之精益求精。

即使花蓮吃景也很隨和；曾有所謂「花蓮小吃」嗎？可說沒有。花蓮人隨和到連吃也不強求一種花蓮之特殊堅持。它頂多學一個形似便好，既不想開創發明，也不想改良或發揚光大。你去看它的幾十家泡沫紅茶店、看它的咖啡店，其口味總弄得尋常便好，沒特別去騷包變花樣。且看它的牛肉麵（或筒仔米糕、肉圓），絕對弄得不像道地的牛肉麵（因無堅實的傳統板眼），也不像經過巧思改良後的新派牛肉麵（因無挑剔的行家老饕群天天等著店家挖空心思）。

它的吃，也是外地傳來的吃，並打著什麼「臺南阿忠虱目魚粥」（信義街七十三號）、「蘭陽米粉羹」（中正路二八四號，大同市場對面）之類的外地字號。而花蓮人不介意。花蓮人自己到了臺北、臺中、高雄等通都大邑，也不特別設立店號叫花蓮這個、花蓮那個。花蓮仍是很粗疏、很草萊的心胸，不會把事物弄成很專究蘊底的完完善善之設施。花蓮人不會。

花蓮原本應是一處天堂；陽光如火，人們在午後二時的強光下自馬路上不約而同的突然消失，令一座城頓時像是空城，令一條條柏油馬路只是空盪盪的閃著亮光，就像是打好了光準備要拍電影。大馬路上的加油站沒啥車子進來加油，站裏的小弟小妹在那裏打鬧嬉戲，怎不閒得教人發慌，有的熬不住了，打起瞌睡，無憂無事。到了四點半、五點，人們又開始熱絡的在馬路上湧了出來，享受和風醇暢的黃昏。

它的山海天然是如此的顯明，而它的人文風化又是如此的不著深痕，令其民完全活在沒有包袱的一塊新地上，何等輕爽自在！

隨處見得到一縷邊塞風情，予人頗有不受拘管的某一份海天自由。泥衣垢面的原住民勞力者坐在豆漿店裏吃著北方麵食。白髮老榮民騎著滿載磨刀磨鋤頭機具的摩托車，在城鄉之交緩緩經過。馬路上躺著零散的欖仁樹大葉。

火車站與飛機場，往往可見有身孕的少女，服役的軍人，信心滿滿的尼姑，盛裝要出遠門的原住民女子，文化中心請來的文學傳播者等等。

兩個女人相戀，來到這裏，應就是來到天堂。在這裏，社會的約束比較不顯，宗法禮教雖有，但疏空處也頗有。

花蓮的媽媽們有一襲說不出的自由天真，乃她們不似臺南媳婦、宜蘭媳婦那樣舊家規循起來的。她們摩托車騎得比別處多，也比別處怡然。她們瀟灑的打扮自己，卻又不像臺中媽媽那麼刻意飾麗。她們自由的學跳舞、學吃素，或只是把話說得很有新意。

雖同處東海岸，花蓮和宜蘭，先天上極為不同。

宜蘭，在生態上與精神上，實屬人與天爭的北部，一如瑞芳、九份、菁桐、雙溪、基隆。

花蓮，生態及精神上，則是與天浮沉的南部，一如臺東、恆春、四重溪、枋寮、三地門或六龜。

宜蘭總予人「慘澹經營」之感。花蓮則非是。它不特別經營。花蓮只像是寄寓在山海間，這多年來對田野的奈何總是有限。它的家園也馬虎，譬如陽光灼人，應有極多華南式厚牆小窗陰暗房宅，然它未必有。

花蓮人固也愛他們的鄉土，但絕不據鄉排外，他們不介意把自己也弄得像外人。且泛看花蓮一眼，處處充滿外地景、外地人、外地感。譬似人來到這裏，是調派來的，役期到了，便要回去。不管是電力公司，不管是林務局，不管是港務局，不管是水泥廠，或不管是教師、出家人、老榮民、軍人、原住民、逃家的少年少女、私奔的情侶等。

故而那些書店，像是給出差人買些地圖信紙的；那些刻印店，像是給外地人印些名片的；「德利」的豆乾、白梅，與「曾記」的麻糬像是給匆匆過客買了上火車的。

於是，花蓮的設施，總顯得不永恆。它的橋，隨時等著再建。它的木屋，隨時找尋改建的時機而不是不停的刻意整修或拉皮美容。

花蓮，還是那句話，空淡。我每次只能淡淡的看它一眼，竟然從不厭煩。

（寫於一九九九年十月十四日，曾收錄於《臺灣重遊》，大塊文化出版）

京都的水

這個城市讓我最佩服的同時也最羨慕的，是它的所有水流皆有來歷，也皆有下落。這見出人類最崇高的寬容心。

也是人類對於自然界尊敬之顯現。

事情是這樣的。某次在上賀茂神社，見山坡下一泓小水，只是土泥之間撮起的一條凹槽，像是山上樹林間蒸出的一股濕潤，卻也涓涓而流，附近是曲水流觴的演習地，心想：這撮小澗怎麼也留著它？後來出了神社，往南看逛明神川左近社家，再一想，搞不好適才所見的小水，最終亦流入這條漂亮的川裏。接著在上賀茂小學附近人家胡走，發現小河一忽兒在巷道中流走，一忽兒又竄入人家院子中，不久又竄出來。這要是在臺灣，人們為了自家少沾因水而來的麻煩或許早就把它截掉或者壓根兒就不令之進家院來。但日本人不會。這是何等講理的地方啊。不禁憶起黑澤明的《椿三十郎》片中便有一溪穿過兩家的畫面，上一家的落花，下一家可在溪中見到。

另就是，在三条通、四条通近木屋町通，有一條高瀨川，它離東面的平行大河鴨川，相隔沒幾步路，若是在臺北，我們早把它覆蓋了，或填了，只留鴨川這條主河，如此高瀨川上的水泥便平白多出了許多陸面。但這是臺灣人的便宜算盤，京都人硬是不如此。

乃我來自一個將水胡意遮蓋、胡意斬斷、胡意填埋、胡意截彎取直的城市，來抵京都，見此流水的自然天堂，深有感觸也。

修學院離宮南面有音羽川。曼殊院與詩仙堂之間有一乘寺川。下鴨神社東面有一條泉川。化野念佛寺東面的瀨戶川，向下匯入桂川。

南禪寺旁的「水路閣」，及琵琶湖疏水道，這條水渠大約向西便是沿著岡崎公園南緣那條，甚至也是向南成了白川往祇園而去。

由於河流多，京都的地勢之稍顯起伏，便自看出來了。甚至太多的佳景也因之產生，像祇園的白川，特別是流經白川南通在新橋與巽橋附近，無論日景、夜景，甚至雨景、雪景皆是無與倫比之美。

哲學之道所沿之水渠亦美。那麼多的讓水經過之路徑，於是有那麼多的水畔、那麼多依水畔而栽的花樹、那麼多依水畔而行的戀人與沿著水側而奔的慢跑者，更別說那些順河面輕輕拂送而來的佳氣與逐它而棲的飛鳥了。

除了河流，京都的池塘亦留得很多。嵯峨野大覺寺旁的大澤池是我滿愛去的地方。向東尚有廣澤池。上賀茂東面的深泥池，再東的國立京都國際會館旁的寶寶池。嵐山野宮神社西面的小倉池。

更別說寺院中精心打理的池塘了，像金閣寺的鏡湖池、龍安寺的鏡容池、天龍寺的曹源池等。這些水，不管大的小的，皆是京都的寶貝，但也是克服無盡的麻煩換來的。

又京都不少寺院、神社的湧泉亦見出這個城市的得天獨厚。這些泉水，往往來自千百里外高山的源頭，經過出縫地底東走西繞，終於在某個泉眼底下湧了出來。這些泉水，如今猶大多還湧出，令參拜者舀上一瓢，淨淨手、漱漱口，也清一清他的心。

泉水之不枯竭，也在於遠處高山林野之悉心保護。觀察泉水之繼續湧出，亦可查知千百里外的生態是否遭受破壞。

京都周邊，山並不高，卻川上的水勢恁豐沛，可見它的山上植被做得極好。城內的吉田山，僅一〇五米；修學院的横山，僅一四三米；船岡山僅一一二米，清水寺所在的清水山僅二四三米。城外的山，像北面的鞍馬山，五一三米；東北面的比叡山，算是最高了，也只八四八米。

相較於臺北，郊外陽明山便超過一千米，其餘重重疊疊小山不知凡幾，但卻沒見幾條河流，何者，便是將自然界的水，人為地做了一些了斷。

曾經我站在鴨川邊，見流水淙淙，何等的清澈涼冽，川上時有飛鳥佇停，準備覓食。川的兩岸，有幾撮人散坐石上，與我一樣享受著這空靈卻又流暢的無盡延伸野外。從那一刻起，我愛上了京都的河川。後來我更發現了上游的賀茂川，尤其是出雲路橋西端北面那一段，常單獨一人在那佇停不走，甚至藉著野餐的名義在那裏多賴一賴，像是偷偷躲避似的選此私密角落。

京都去了一二十次後，有時寺院亦不忙著進了，名街（二年坂、三年坂）雅巷（石塀小路、上七軒）亦不非走不可了，名館名所名店也可去可不去後，我發覺我總是找藉口往河邊而去。河邊，為什麼？難道是小時候逃學最嚮往的一處夢想場景？抑是年齒漸有後，於空閒開曠既稍具野意卻又不算偏離人煙的戶外大荒最感深獲己心乎？

（原載二〇一二年一月《明日風尚》，曾收錄於《門外漢的京都》簡體版，廣西師範大學出版）

一條觀看臺北的最佳公車路線

——235路

看臺北，最好的，是步行。但不可能每個地方都步行。再就是搭計程車；我常先至外地賓客下榻的旅店接了他們，坐上一輛計程車，先去圓山飯店，囑司機停五分鐘，領賓客進大廳參觀、攝影，再登二樓看牆上老照片以稍悉圓山飯店歷史。再上車，沿中山北路向南行，左右指指點點，何處是大同公司，何處是國賓大飯店，何處是臺北光點。到了東門，右轉凱達格蘭大道，看總統府。右行重慶南路，謂這是昔年書店一條街。右轉襄陽路，看土地銀行，也看博物館，與二二八公園，再看臺大醫院。

將臺北的城市中心在車上看過一眼，再驅車至他們約好的定點，如吃飯或購物，往往車資不過三百多元，我會說，這是很便捷有效的計程車式觀光。

另外，亦可搭公車。最好的一條路線，是235路。

235，東起國父紀念館，西至新莊。但觀光，則只需向西坐到西門市場（成都路），無須跨越淡水河。

235為什麼最好？因它最具代表性。它包含東區，包含一部分南區（南昌街），再加上博愛特區（總統府）與西門町。這幾個區塊大約已是臺北市最重要、也最應該受外人快速初窺的模樣。

帶外人由西看到東，看官可曾想過，選哪條路來走？忠孝東路太繁榮，信義路修捷運，近十年，路挖得幾乎走不通。仁愛路椰樹成蔭，不錯，然而是單行道。和平東路仍是最宜之路，並且文化最深厚。

235路走的，便是和平東路。讓我們自捷運古亭站起始，向東走一遭。電力公司那幢木造樓，六十年代圍繞著它的零星牛肉麵攤子，成為當時老饕聞香的幽巷分布。更甭提師大牆邊

（如今開成了師大路）的牛肉麵一家接一家的攤子群了。再就是師大。除了校園古樹，附近裱畫店、文具店頗多。橫巷如麗水街、潮州街等，日本房子仍保持一些。

再向東，「溫州街口」站，近處有青田街、泰順街，當然也有溫州街，皆是散步的好街巷。

過了新生南路，則有「大安森林公園」站。新生南路，是昔年的瑠公圳，五十年代，河旁建了不少教堂；聖家堂、衛理堂、真理堂、懷恩堂。回教亦有清真寺。

向東，龍門國中站與國北教大實小站。後者是老校，原有相當漂亮的日據時校舍。跨過復興南路，有「國北教大」站，亦是老校。下一站「臥龍街」，這街是清朝時通往六張犁山坡邊的一條古道（乃附近皆是沼澤、水田、土岡等不通人行之荒野）。

向東過了敦化南路不久，便要向北進入安和路。安和路開始，便稍微有一點「東區」之風情。所謂東區，是這卅年才成形的臺北新地塊，相對於早即商業化卻逐漸老舊的西區而言。

安和路上，有遠企、立人小學、文昌街口等小地標。過了信義路、仁愛路，則更是東區的中心了。這時左面的誠品書店已進入眼簾。在敦化南路右轉，再右轉進忠孝東路，這是東區最熱鬧的街道，大樓的招牌顯示出不少整容的診所。過了阿波羅大廈、觀光局二站，其間有橫街兩條，一稱二一六巷，一稱延吉街，皆可將來下車逛逛。

接著右轉光復南路，便是國父紀念館站。原車繼續開，走一小段仁愛路，在仁愛圓環回轉，然後在仁愛國中邊牆右轉向南進入安和路，按原路往回走。

現在再從古亭捷運站向西來走。跨羅斯福路後不久，即向北走上南昌路，這是南區的主街。它西面的平行一條街，是當年舊書攤林立的牯嶺街。過了橫向的福州街、寧波西街、南海路，即來抵公賣局。這亦是老建築，亦是老臺北的地標。當跨愛國西路時，可曉外地客人左手邊是總統官邸，正面是南門。

公園路走一段，左轉貴陽街，則左側是一女中，臺灣最傑出的女子高中，右側是介壽公園，昔年則是三軍球場。這一段貴陽街，平常少有人自行驅車走經，算是冷僻極矣，卻又極居城市之核心，能經此，可稱有趣。再前行，右前方是總統府，不久右轉入博愛路，則可見總統府的後背。直至衡陽路左轉，衡陽路與博愛路交口，可說是臺北市這一百年來的中心。衡陽路向西，左邊桃源街有牛肉麵與大餛飩，右邊延平南路走不遠有中山堂。

跨過了中華路，進入成都路，車停在西門市場，便是我們235的觀光終站。這裏便是西門町，有太多可去步行探索之點。

這樣的一條路線，透過車窗，便可看到太多的新舊臺北，移動的看，稍縱即逝的看。沒看真切的，也且先算了。亦不妨多乘一兩回，可在車上先看熟了，而後在其中幾處定點下車，散步逛看一陣，隨時上車再移動來看。

有時招待朋友，先幫他備好一張悠遊卡，再告訴他一、兩條公車路線，便可讓他獲得最真切又最行雲流水的觀光了。

（原載二〇一二年六月二十七日《聯合報・名人堂》，曾收錄於《臺北游藝》，皇冠文化出版）

6 講武又講俠

小論金庸之文學

武俠小說由來久矣。然大多讀者習視之為末藝小技、旁門左道。曩昔論者曾將還珠樓主、朱貞木、不肖生、王度廬、鄭證因等武俠作家互相驗較，謂為各擅勝場；又有謂金庸之出，則集大成矣。與其言金庸集前人之大成，何如說其新闢一戶牖也。

金庸之武俠書，於寫情、述景、敘事、言志，皆能匠心獨運，自成一格。寫情則人物性格栩栩如生，即小兒女情態亦躍然紙上。述景則中國古時之花木泉石、莊園林墅，莫不優雅有致，宜得其所。敘事則迂迴變幻、層層懸疑，間以穿插返溯，讀來令人心搖神奪，廢寢忘食。言志則小說家之文化素養及民族背負得以淋漓而傾，時而乘風破浪，時而登高望遠，洋洋灑灑，適足激勵人心，亦足以振聾發聵。而讀者閱來，更隱隱生砥礪心，而一股歷史興亡之悲涼感，湧塞胸中。至若金庸學識之廣博、歷練之深刻，乃至醫卜星相、琴棋書畫，在在於文字中繁華述及，引人入勝，發人以思古幽情；然則這「思古幽情」，並非做皇帝、求富貴，實乃某種自由恬淡的生活志趣。端看其筆下主人翁俱各瀟灑俐落，以天地為逆旅，不為利誘，不為強權屈。若有，頂多是為情所苦、為人事所困、為俗累所糾纏。而他們皆有披荊斬棘之能毅，將身前葛蔓，使之析然條然。從此坦坦蕩蕩，浪跡四方。

武俠小說是中國民間之通俗文學。以其通俗，故有其大困難。鄙劣之武俠作家常自薄，遂胡意而寫，終至怪力亂神、荒誕不經，而為正統文學所屏棄。然則「正統文學」何有哉？本來無有。金庸的武俠，實乃近三十年來通俗文學中之奇書；既能療消遣讀者之癮需，又能與所謂「正統文學」相抗衡而一無慚色，至有文學家、大學教授等亦熟讀其書而不疲，言談間猶常提其筆下人物如丘處機、郭靖、黃藥師、小龍女、楊過、張無忌等一如賈寶玉、林黛玉、宋江、武松等之於中國人之耳熟能詳。

而金庸所以不同於一般武俠作家，乃其作品之完整性、人情感、敘述法、藝術味等皆有高妙之處，實非泛泛之武俠作家可比擬。江湖作家之虎頭蛇尾、自相矛盾，筆下人物滿口胡言、情節展敘常不知所云，比之於金庸，不可同日語。亦有以武俠小說故作其推理哲學之表達，書中人物僅為穿上衣服之意見；此意見又為作者自己之圓說，讀來令人隔閡枯燥而少氣味。至若意欲托古喻今者，更因本人習養之不堪，兩不得其情矣。凡此等等，常令武俠小說之特有意趣，沖然盡失。

金庸之作品，其最大特色，若得簡言以蔽，則為寓文化於技擊，而將中國人數千年來之生活心得一絲絲滲入其武俠小說中。其用字遣詞，隨手拈來，各適其意，娓娓而道，柔和順暢。白話文之簡潔精確足可為文家式。

雖即金庸是名報人、歷史學者、社論家、收藏家，或有助於其武俠著作，然亦未必也；金庸之文學，以今日看來，實不假外求，亦無須挾各式名銜、背景而愈重也。其文體早已卓然自立。今日我國人得以讀此特殊文體，誠足珍惜。而金庸作品之涵於當代中國文學範疇，亦屬理所當然。

（原載一九七九年九月五日《出版與讀書》第廿三期，曾收錄於《讀金庸偶得》，遠流出版）

武俠小說的寫法

近代武俠小說這一形式，不知在何人手裏發明定形？眾人心中認定的標準版本，不知哪一本書可以稱得上？

至少「山上習藝」情節是要的。「古洞療傷」亦是美的，又且十分武俠。「千里尋親」、「萬里尋仇」、「循圖索寶」等常是故事的經線，「客棧遇敵」、「舟中逢故」等則是經線中必要的頓點。

「幾大門派」如華山派、青城派、恆山派、崆峒派、崑崙派……之創設，頗稱機巧，不知出自何人。尤以丐幫之編入最令我們小孩子叫絕。丐幫弟子又以身上所負袋子多少來表示身份高低，這編設簡直妙極了。

「武林盟主」之設，就不見得很理想。沒有一本書將這節弄得安妥像樣的。這一任的盟主，如何交棒給下一任？是被推翻的嗎？抑是不經過鬥爭而轉移？這種種，幾乎太難說得通。倘若武林盟主是武林諸多門派、諸多高手中公認武功最高（或權勢最大、能耐最巨）者，然後大夥共同推舉，這豈不有點要造反的意味，乃現實中的帝王焉能容許？

書中人物，最好全是布衣，最好全在風塵江湖；亦即凡出現官府裝扮或「披袍秉笏」題材，馬上令當年我們這些小孩子受不了。為什麼？不甚知道。就像六十年代凡聽到國樂或看到國畫中的「漢宮春曉」題材便有一種受不了。

難道說，我人心中的武俠小說，就只能是「在野」景意，毫不能攜帶「在朝」形狀？

後來我隱隱想通了，原來我和我的同輩之所以不喜官衙場景，乃因它與武俠小說先天上原該多涵的村野酒旗、竹籬茅舍等所謂「江湖」意境太也不合矣。這也就像凡有背負布袋的丐幫情事，則立然受我們眼睛一亮、精神抖擻。

書中時代的問題。看來必在宋元明清之中。但若不明講，卻又言之成理，並且只知是「古代」，看來最理想。倘真要據實於宋朝或清朝，「披袍秉笏」意象不免隱隱欲出。

在野與在古，是大夥不約而同期之於武俠小說之事。且看寫書者之所起名，伴霞樓主、武陵樵子、南湘野叟等，絕無車馬喧騰的京朝氣象。再看書中的地名，什麼武功山、武當山、仙霞嶺、幕阜山、點蒼山、崆峒山、伏牛山、終南山、大別山等，我們小時讀來，會以為中國的山嶽是為武林人物起的。至少這些美不勝收飄逸之極名字的山嶽，絕對是武功高強之人最佳的棲息地，凡俗之人如何能攀？這一些我們尚懵懂於中國史地之前便已不時寓目的地名，令我們寄遙遠的憧憬。憧憬其氣氛；仙道的氣氛、俠客的氣氛，而不是在乎它地土的沃瘠與物產的富缺。

此類山名不自禁令人生武功遠高之聯想，亦中國之優勢也。美國的山名似不易取作武書中深山練功場景也。

再說武俠小說中的優生學潛意識。上一代武功卓絕，下一代較易練成高藝。金庸小說之例不甚多舉。潘光旦的《中國伶人之血緣研究》亦能舉出。楊小樓之絕藝（遺傳自楊月樓），余叔岩（遺傳自余三勝）。並且隔代遺傳亦顯。最著者為譚鑫培之子譚小培，藝不如何，然小培子譚富英則較出色。

事實上，練武確實關乎體質，即所謂根骨云云，君不見小說中老怪好不容易找到一個年輕小子，東端詳西端詳，真想收他為徒，這是何者？天生一副練武好材料也。而好的體質確實會往下遺傳，許多門派的往下延續也在於他所流有的好血統。

何人寫武俠？武俠小說有強烈的歷史意識（即使不點明何朝何代）與風土地域意識（即使不點明是何省何縣、北方南方），故寫書者往往先天上比較貼近此種情態。八十年代初，我在臺北曾採訪問過好一些武俠作家，他們有人聊到，謂幾乎全是外省人，像秦紅這樣的本省作家，可說是極特殊之例子。

又武俠寫作最好有一些國故的底子。書畫名家江兆申早年尤未任職故宮博物館前，曾任教職，課餘也寫武俠小說，算是補貼家用。他能擅此，主要他胸中詩書飽滿，文筆不凡。

何人看武俠？這亦是很楚河漢界之問題。六、七十年代時的青年，可以觀其氣質而猜測此人看或不看武俠。而今日在機場候機室見中壯年人亦可猜他是否帶有武俠小說登機。有些臉不由你不猜他看武俠小說！雖然不一定對。

武俠小說的主旨究是何者？是否有一兩句話可以道出。將近三十年前，曾訪問諸葛青雲，他將武俠小說之旨寫成一副對句，謂「英雄肝膽，兒女情長」。

武俠寫作，亦能透露出作者的性格。王度廬的《燕市俠伶》幾乎可稱為武俠版的《駱駝祥子》，乃王氏之性格，亦微有一絲老舍式之悲愴。

設境於古代，為求距離感也。人物多選僧道，以與尋常市井區隔也。

便因有那些武當山的絕壁、少林寺的屋頂、客棧的紙窗、山洞中的機關門、門內的古棺或地上坐化的白骨、棺中的祕笈或壁上的圖形，武俠人物便可高來高去、飛簷走壁，倒掛金鉤、濕指破窗、洞中造化、參壁練功。

太多的武俠小說寫得荒誕不經，卻總有極多讀者，何也？乃讀者只求在一古意古趣之環境中自我徜徉，無視於小說情節之合情合理合美否。

為求自我徜徉，則任何一本武俠皆取來埋首。看完再找另外一套。問他何人所寫，及寫些什麼，往往不能答出。也無意追索。

這是極為有趣事例。

它如同只提供一些媒介物，如少林寺、客棧、判官筆、小樹林子、道途、武功祕笈、大山大河、幽谷洞穴，而讀者自己便能浸淫組織似的。

乃多半的武俠小說第三回與第八回牛頭對不上馬嘴，而結尾時太多先前鋪設之事壓根不收拾了。

讀的人與寫的人共同有一奇妙的默契。非得經過讀者之「自我徜徉」，此書似乎尚未創作完成。

故而武俠小說最後留存下來的，皆不是它放諸四海皆行的故事梗概，而是它的「古意」、「武趣」。先說古意、武趣。譬以當年升學壓力大，學子受壓於六藝兼學，最能體會「練功」二字之概念。如今我的同儕皆步入中年，有時某些早年受習的藝業項目，往往再拿出來操使玩賞，如書法、籃球、吉他、打拳、登山、自行車等，有時候順口比喻昔日受習的藝業今日猶得熟稔，則笑贊「功夫沒有擱下」這類小說聲口。至若今日媒體常用的「廢其武功」來喻將政治人權力擱置或轉移，此等例子也不乏。

故事梗概，何其有趣之事，然於武俠小說求之則頗尷尬。倘將許多長篇武俠小說寫成情節大要，應有可能比原著更為有趣。

以我為例，亦不是每本書皆能讀完。甚至為了保障此書多往下讀些，常只能取決於書的開頭。有的先引一首詩。這是古法，習於章回小說者很能傾愛這種正文前先有飾句，一如村莊前先有大樹、或社區前先有牌樓，陵墓前先有翁仲、華表等等之義。

往往首頁幾十個字，便決定了人的想讀與否。至少我是如此。

四十年前（如今已久沒看武俠），我在租書店翻閱過古龍書的開頭不下數十次，卻從來沒決定選定一本來讀，致使至今沒讀過古龍小說，豈不惜哉，說來慚愧。其原因，或就在於它的開頭令我覺得不夠古味。

不肖生《江湖奇俠傳》開頭便道：「從長沙小吳門出城，向東走去，一過了苦竹坳，便遠遠地望見一座高山，直聳雲表……」，還珠樓主《北海屠龍記》開頭道：「離徽州北門二十餘里，過了二十里舖，再往西折……山則黃山白嶽，矗然入望；水則績臨二溪，一葦可航……」

這兩書皆因開頭吸引我而展書，然皆沒讀完。更別說太多書因開頭之毫無古趣或文字鄙陋，當下便放棄了。

（原載二〇〇〇年四月六日《中國時報・人間》，曾收錄於《臺北游藝》，皇冠文化出版）

金庸的武藝社會的規矩與習例

金庸的武藝社會，大體言之，已稱得上一個成熟的社會。「成熟」二字，謂其中的成員已深刻了解在此社會裏如何生存與活動，並行之有年，又此社會確有其獨特性，而這獨特性——武功——已發展至相當高度，使得社會裏每一分子皆能約定俗成的對之重視、並以之互相交通。

假若它不是一個成熟的社會，那意味著它還有可能被尋常社會消化掉，而武藝社會的特別蹤影便瞧不出來。例如有一羣人在莊稼之餘舞舞拳腳、練練板凳，到了廟會或重要節慶時擺起擂臺比武，假如這些武功低微之極，而又只是少數人在田事之餘才得以學武，那麼這種「不成熟」便不能自己成為一個武藝社會，也不能不被尋常社會所涵蓋消化。

《天龍八部》中若是沒有「北喬峯，南慕容」，沒有大理段家六脈神劍，沒有逍遙派、星宿派各項絕技神功，而只有馬五德這樣的「業餘」人物，那麼仍然是尋常社會的故事，而不成其為武藝小說了。

故而成熟的武藝社會，自必有成熟高超的武功發展，而這又賴於相當多數的成員視練武用武為身前要務，同時眾武人又逐漸推展出一套規矩及習例，而這規矩習例又是大夥兒自然遵行不替的。

武人的生活方式下節會講到，先敘武藝社會的規矩及習例。

金庸武藝社會的大致規矩與習例約有：

甲、不可偷學別人武功

「偷師竊藝，乃是武林中的大忌，比偷竊財物更為人痛恨百倍。」（《飛狐外傳》頁七。

編按：以下所引書目及頁碼，皆根據遠流出版《金庸作品集》一九九六年版。）連原非身處武藝社會、卻因形勢被誤拉而入其中的狗雜種（石中堅）也曉得：「偷學人家武功，甚是不該。」（《俠客行》頁二八四）

乙、長幼有序，尊卑分明

「白萬劍道：『……咱們武林中人，講究輩分大小。犯上作亂，人人得而誅之。常言道得好：一日為師，終身作父。……武功再強，難道能將普天下尊卑之分、師門之義，一手便都抹煞了麼？』」（《俠客行》頁一八四）

各門各派中師徒輩分極其嚴格，做弟子的，必須尊師；而師弟必須敬重師兄。做師長的，遇有弟子犯了門規，重的可以取其性命或廢其武功，輕則可以罰他面壁、趕出門牆、打斷肢骨。令狐冲給師父岳不羣趕出華山門牆，而馮默風更讓黃藥師打斷了腿，兩人皆因違犯師門規矩。張召重給紅花會捉住，交予他大師兄馬真處置，張召重卻害得馬真慘死，似這種弒殺師兄之罪，難逃武林公憤。黃藥師晚年收程英為徒，程英便自然而然與黃蓉平輩了。郭芙的武功由黃蓉所授，按理應喚程英「師叔」。雖然兩人年歲相近，卻因輩分規限之嚴，端的是不能逾越。胡斐就曾說過：「我們中只管入門先後，不管年紀大小。」（《飛狐外傳》頁四三三）便因輩份縛人甚矣，國人在市肆之間、戲臺之上，總喜歡讓人家叫爺爺，稱爹爹。而楊過、韋小寶繞著彎兒罵人，也還不是想做人家老子？令狐冲給終為輩分所繫，饒有萬丈豪情，總是纏手縛腳，還不得自家身。而他又不甘拘偽於禮法，以至每一步涉行江湖，皆冒殺身大險。那些要殺他而後快的人，哪一個不是他該叫師伯師叔的？端的是名門正派弟子最最苦不堪言。

大凡格囿愈嚴，人愈思突破而出。武藝社會既有這套禮教，武藝小說正好派上用場，金庸之書，於禮教之不以為然，讀者想必多所見之。

丙、男女平等

「因為座中都是武林人士，也不必有男女之別。」（《飛狐外傳》頁九四）男子能習武練功，女子亦能。武功高低，但看才智努力及遭際，並不在於性別。男子能遊於江湖、宿於旅店，女子亦如是。若身陷不便處境，男女皆能忍受穴居露宿、茹毛飲血之苦。男子能出手殺人，女子亦得取人性命。英雄救美固在所多有，文弱女子以智計救出堂堂鬚眉者，更是司空見慣。男子未必洗練沉穩、機變世故，女子亦不盡是足不出戶、難悟江湖險詐。

丁、老少平行

在某一意義上，金庸書中，老少可得平行，乃武藝社會裏武功最易為人先行考慮；武功人人得而練之，聞道有先後，術業有專攻，年少者勤於演練，功夫未必不如老人。老而不苦修，雖老亦奚以為？是故少年有時可作老者之師。韋小寶足可教導八十多歲的澄觀，澄觀亦樂於受教，「既有這位晦字輩的小高僧來指點迷津，不由得驚喜交集，敬仰之心更是油然而生。」（《鹿鼎記》頁九二四）除武技外，德業、智能亦是同樣為武林羣豪所講求。相形之下，年紀最是不足一提。

武人往往沒有年齡之念。或許是武功練高了，年歲雖老身體卻依然壯健，另外一個原因便是在武藝社會中年齡並不必然構成他們的優勢或劣勢。許多老太婆和戀人或冤家吵起嘴來，與年輕人相較毫不遜色，如丁不四與史小翠。而周伯通再遇瑛姑，像少年一般靦腆。

戊、武人最好面子

「阿綉道：『武林人士大都甚是好名。一個成名人物給你打傷了，倒也沒什麼，但如敗在你的手下，他往往比死還要難過。因此比武較量之時，最好給人留有餘地。』」（《俠客行》頁二九六）武人的面子皆因武功而來，有驚人藝業者，自然得享盛名。盛名得來不易，乃因練功是苦差事，又非一蹴可幾。故而名氣自須捨命維護。

「學武之士，除了修養特深的高手之外，決計不肯甘居人後。何況此日與會之人都是一派之長，平素均是自尊自大慣了，就說自己名心淡泊，不喜和人爭競，但所執掌的這門派的威望卻決不能墮了。只要這晚在會中失手，本門中成千成百的弟子今後在江湖上都要抬不起頭來，自己回到本門之中，又怎有面目見人？只怕這掌門人也當不下去了。」（《飛狐外傳》頁六一二）好名之人往往正是有心人。岳不羣便因為好盛名、好追求更體面的境界，不惜使詐弄權、偽善虛飾，最後雖落得一敗塗地，卻也是煞費苦心了。

己、武人最重信義

武藝社會自有其道德觀。大致上與尋常社會之要求相當接近。其中最特別的一件，乃武藝社會最重信義。

吾人早知武林是一尖銳化、擴大化的社會，一件事情在尋常社會裏沒有什麼效果，在武藝社會裏往往掀起大風大浪。因此尋常社會之人固然也須講信守義，但有時環境等因素不湊，做不到便也罷了。武藝社會卻不是「說罷便罷」。既說之，則須成之，任你有天大的困難，也得挾命以赴。故許多老於武林世故之人在發誓時或允諾時，皆在字面上極力做下機巧，以求閃躲那不日之重罰。

《天龍八部》中的第三大惡人南海鱷神岳老三便因一言既出，只得向他的意中徒兒段譽叩頭拜師，反做了段譽之徒。可見武林之人為了信義，即使由優勢改為劣勢，也說不得只好如此了。

何以武藝社會極言信義？乃暗暗流溢這麼一個意思：武人盡皆練功，以達到將身前各事各物一一克服。既有功夫，則許多尋常社會之人不堪達成之事，武人行來常輕而易舉。武人之守信，便如對自己功夫之期許與驗證。因此，信義之講守與武功之高下，常成正比，而無有武人會認為自己功夫不如人，自須往信義上竭力完成。

此事既明，則武人之好面子，爭強鬥勝，皆可以並喻而曉了。

庚、正邪對立

武藝社會中，正邪對立。所謂「正邪對立」，實是正派不容邪教，而邪教卻還容得下正派。正派人士視邪教為毒蛇猛獸，致有邪教之稱。邪教本身原不會稱自己為邪。像黃藥師甘稱自己為「東邪」，係反其意而用之，愈發以此來攻人也。

邪教對於正派，乃我行我素，河水不犯井水便是。正派卻又不同，你即使不犯我，我還是要剷除你，乃因你為禍武林，甚而為禍文林，若不將你收拾平服，便枉為學武之人了。

在金庸書中，「正邪不兩立」似乎未必是武藝社會之永恆常態。在金庸筆意裏，也隱隱想將武人的正邪之分，作一個勸服。要不然，只須有一個惡人在夜裏做奸邪事，那些以廓清正道為職志的武當七俠便須有一人當夜不能睡覺。張三丰活了一大把年紀，自然善體門下弟子終年行俠之勞（有時行俠行到連師父生日都差點兒趕不回來），便說了一句公道話：「別自居名門正派，把旁人都瞧得小了。這正邪兩字，原本難分。」

將相爭互吵的正邪兩方拉扯開來，金庸這和事佬也忒費苦心了，有時還須犧牲好端端的人命。張翠山和殷素素這一對璧人就為此而死。楊過和小龍女便也因此分離一十六載。令狐冲與任盈盈終雖結合，卻歷盡多少身心煎熬。郭靖與「小妖女」黃蓉結成夫妻，其間的千山萬水，作者跋涉起來，想必腰痠腿腫。

名門正派的男子與邪教女子相遇而至結合，是金庸小說中極顯著的一個安排。其作用之一，便是「使正與邪結成親家」，從此不分你我，不分彼此。

要能正邪不分彼此，則必須正派先行讓步；何也？因為原先是正派不願容下邪派，邪派的名稱也是正派給的。這當口，金庸又得往邪派那廂多靠近一點，以將其劣勢扳回一些；張翠山自恃正派，起初對殷素素相當不屑，而殷素素對他卻一往情深，處處容忍，處處為他著想。任盈盈對令狐冲何嘗不是如此？令狐冲剛愎自用、食正不化，任盈盈茹苦含辛，始終沒有怨言。讀者閱來，早已站在「小妖女」這邊，而對名門正派多有責難了。邪派既有這諸般好處，那麼正派便不能再得理不饒人了。

正派自說其正、自話其正，一如俠義之人自道其俠義，同樣讓人看不過去。於是金庸在《倚天屠龍記》三六五頁、三六六頁中將「名門正派」四字各提一次，語氣裏隱隱有嘲諷之意。

殷素素道：「……卻沒想到名門正派的弟子行事跟他們邪教大不相同。……」（頁三六五）

只見鐵琴先生何太冲年紀也不甚老，身穿黃衫，神情甚是飄逸，氣象沖和，儼然是名

門正派的一代宗主。（頁三六六）

在武藝社會中創設正邪對立的狀態，再將這對立狀態加以調停，在在是吃力的工作。於是可知武藝社會之建築，的確是一件繁重的大學問、大工程。

辛、師擇徒，徒擇師

「要知武林之中，徒固擇師，師亦擇徒。要遇上一位武學深湛的明師固是不易，但要收一個聰明穎悟、勤勉好學的徒弟，也非有極好的機緣不可。」（《飛狐外傳》頁六二九）

師徒之互相擇取至如此慎重地步，為了什麼？自然是為了武功。武功在武藝社會中不自禁的成為最最緊要之事，一如它在武藝小說中具有本質之地位。

幾乎所有武藝社會的習例皆對應於武功。譬似武功是一中樞，向四面八方發散，構成一幅含有各項措施的武藝社會之網。又好比武功是丹田，是氣海，各種武林事態是奇經，是八脈，氣息得以全身遊走，盡其大小周天。

（曾收錄於《讀金庸偶得》，遠流出版）

二三女子情形

女子，所以沒在前節「人物情形」中多敘，便為了在此「愛情本事」中穿插來敘。愛情在金庸故事裏具有重大地位，而女子在愛情中更具有牽一髮而動全身的尊崇要素。女子的聰明智慧與女子的恣意殘暴，共同造就了其在愛情中的作用。「女子」這件道具，在愛情中的作用，其恣意殘暴可以造成衝突，其聰明智慧則可有批評的作用。

以恣意殘暴造成衝突，興起情海風波，例子可說比比皆是，無庸再作多敘。而批評的作用，則常以顯現男子的猶疑不決、婆婆媽媽；更有甚者，可以諷刺男子的虛偽於死固觀念，及不夠勇敢果斷。確然，男子的偉岸，在女子的面前真是有搖搖欲墜之勢。或者抽象的說，理智在感情之前，似將趨向崩潰。

聰明、活潑、刁鑽、機伶，是許多金庸書中女子的特色。像《飛狐外傳》中的袁紫衣（圓性）在福康安府，言詞咄咄，先發制人，將湯沛陷個百口莫辯，宛然是韋小寶伎倆中的一部分。《天龍八部》中阿朱的善體人意、想事周全，就別說她的才藝（如易容術）如何高超，即是人已是聰明之極。《俠客行》中阿綉教導狗雜種不少武林事故，《笑傲江湖》中任盈盈凡事先為令狐冲設想，《倚天屠龍記》中趙敏不但深思熟慮，而且敏感富洞察力，終能洗清殺害殷離這件冤枉。聰明機智的女子多不勝數。現在且來說說最具代表性的女子——黃蓉。

黃蓉的慧黠，是有名的，所謂「女諸葛」便是。她的慧黠一面，書中敘之詳矣，且說說她的其他部分。

黃蓉雖生於桃花島絕世所在，仍一俗女也。其聰明無匹，亦無非是俗世計較下之聰明。在《神鵰俠侶》中，她想勸小龍女不可與楊過結合，以免壞了師徒名分，從此無臉面以對天下英雄，將受別人一輩子瞧不起。

> 小龍女微笑道：「別人瞧我不起，那打什麼緊？」
> 黃蓉又是一怔，……心想似她這般超羣拔類的人物，原不能拘以世俗之見，但轉念又想起丈夫對楊過愛護之深，關顧之切。（頁五六六）

黃蓉如此聰敏之人，聽了小龍女的話居然會「一怔」，然後還會「轉念又想」，想的無非是些世俗意念，可見黃蓉是一俗女。

黃蓉固為俗女，於俗子郭靖青眼有加，終至結為夫妻。而黃藥師孤僻絕俗，於靖蓉結婚後，不願與他們同住一起，享那清福，遂飄然離開桃花島，自己一人胡意浪遊。《射鵰英雄傳》一書歷年來膾炙人口，自有不少讀者為郭黃二人心儀不止；由此益見武藝小說所言之超凡入絕事如黃藥師一類人物，皆向來不多著筆墨、僅為襯筆而已；大眾化的事端、大眾化的人物、大眾化的遭際，如郭黃之例，方為主筆。

但黃蓉做少女時，原不是如此的；做了人妻子母後，竟然改變恁大。在絕情谷的大廳中，見慈恩（裘千仞）要將小郭襄弄死，竟能立然披下長髮，裝鬼弄玄，讀來令人對她誠感心驚。黃蓉之對郭靖好，有一點練功練累了，至此想偷一份懶，少動一些腦筋的況味。嫁郭靖後，便凡兩人之間事不用操心，然一遇上家門以外之事，便立時又精明起來；好似郭靖是一件寶，擁有它後極其定心，但一遇上外頭事或人，便一種不安感、一種動物自然的警覺心又生了出來。只須看黃蓉在《神鵰》中所有出現的場面，皆可見到她憂心忡忡，不可稍歇。她是勞碌命，郭靖是憨福人。

且再看看另一個女子——駱冰。

《書劍恩仇錄》前四回盡是俠義故事，大小戰鬥多而激烈，中間卻夾了個有個性的女子；她的個性在這些激戰裏非但沒有給遮掩掉，反而愈發顯揚出來。駱冰與她丈夫文泰來兩人性情一般，俱是明白白、傻乎乎的一根直腸子。他們既已是朝廷欽犯，不會絞盡腦汁、想法逃命，卻在三道溝安通客棧裏和差人打完架後，又關上房門像是沒事一般。童兆和以一生人闖進她房裏，言語輕薄，她似乎也沒多加防著。要是在金庸其他書中，女主人翁早舉刀砍了過去。後來童兆和雖受了文泰來點穴擊背，打出門外，卻再伴著鏢局同夥登門道歉，駱冰開門時似乎沒什麼怒色。再加上鏢局人說了幾句好話，捧了她又捧她丈夫，她居然還笑了。

金庸人物身在險地，照例更加小心，便是見到陌生人，也皆留意是否與對頭有關。駱冰倒好，對人全沒防範心。即使在鐵膽莊失了丈夫（文泰來名喚泰來，說不得要受否極之苦），和十四弟余魚同露宿野地，還會夢見和丈夫擁抱親嘴。這又是心地坦蕩、疏於防範的表徵。待駱冰從睡夢中驚醒，知曉接吻者是余魚同，自然將他罵了一頓；可是余魚同一片真情癡心，駱冰瞧著又覺不忍，竟說要幫他找一位才貌雙全的好姑娘，「說罷『嗤』的一笑，拍馬走了。」心地何等寬闊。寬闊得有點空洞了。

或許就因文駱二人一向缺乏防範心，童兆和之跟蹤才能得遂。駱冰有一種天塌下來也不會受驚的吉人福心。

可笑駱冰以一女子加入紅花會，廁身江湖，卻毫無江湖警惕；加以其父也是江湖大盜，她出身如此，尚沒有風塵機防，可見性情早已生就，自來便是這樣，也不必強求了。

其後，陳家洛號令眾人分成幾撥去搭救文泰來，駱冰與周仲英父女同在一隊。她在途中雖然心繫丈夫安危，不時愁眉難展，卻也不時在笑談中說要給周綺做媒，幫她找個好郎君。凡事有一後又有再，便讓人忽然間印象深刻起來。駱冰怎麼恁地喜歡幫人做媒？展書至此，頓覺金庸真把駱冰寫活了。須知喜歡為人做媒的女子，總是開朗活潑，不避小羞；套句臺島俗語，有點「三八」是也。

駱冰另一件三八之舉，便是衛春華激她去盜徐天宏周綺二人新婚之夜洞房裏的衣服，想使徐周二人次晨起不得床，駱冰也竟然一口答應。她真是有趣。

（曾收錄於《讀金庸偶得》，遠流出版）

武俠小說及其世代

此書寫於一九八一、八二年間。十六年光陰流射何迅也。

今日回想，這十六年來居然沒有再看過什麼武俠小說；而承遠景沈登恩先生相邀寫書前，竟也有六七年之長只一心耽注搖滾樂、電影及現代小說之喪志而久丟失了武俠小說之癖愛。由此看來，我的武俠興致年代或竟只是少年時期？

一個時代有一個時代的本色文藝。可以說從五十年代中一直到六十年代末，算是臺灣武俠小說的黃金年代。

一個地域有一個地域的本色文藝。我的童年與少年時期的臺灣，是一個看武俠小說的地方。

倘有一天，你在花蓮或臺東某一小鎮下了火車，只見那裏很多木柱磚牆的房子，青少年穿著汗衫，趿著木拖板，站在巷口講話；若還有那種情景，若還有那樣地方，便我等可以回到讀武俠的年代了。

在五十年代末六十年代初期與中期的臺灣，不僅是大街小巷有小說出租店，有古意盎然的筆名如武陵樵子、南湘野叟、古如風、秋夢痕、柳殘陽、雲中岳，有興人思古幽情的書名如《江湖夜雨十年燈》、《紅袖青衫》、《古瑟哀絃》、《一劍光寒十四州》，也正好少年子弟多的是被頻於戰亂、遷徙流離、憤鬱經年的父親生育下來而致易於桀驁不馴、勇於鬥狠，以是成為所謂的「太保」。而市鎮的生活阡陌，即以臺北為例，每走幾百公尺，便可能有一幫眾聚點；什麼「四海」「竹聯」「海盜」「血盟」「飛鷹」「龍虎鳳」等幫派，甚至成功新村、松基一村、四四南村、正義東村等，這類同質背景聚落也可以是外村人的龍潭虎穴。

那個年代，是一個「當時」靜止不動的年代，像是人可以按自己的意識活在他心想的古時莽野。一段戰事稍歇、市景百無聊賴、人心一籌莫展的苦悶年歲裏，於是對武俠小說這套不涉眼前、無關宏旨有一份寄情，或是說對恍恍高世有一片悠然遠想。

什麼樣的人在讀呢？必是對「中國」略有認識或略有聽聞之人；不管他是早先得之於廟臺前的歌仔戲、得之於巷口小店的小人圖畫、得之於圓牌上的封神榜故事，或者在學堂裏受習過幾篇中國古文、幾章中國史地……等等。

有著什麼樣的情緒之人會樂於去讀呢？或許也可歸納出來：一、在現實社會中，有一絲「逸出」之念者。如課考繁重的學子；如他是理工科的專業人才，卻常有公忙之餘想如何如何者。二、癡人。一逕在追尋某種能矢志凝情之事或物的人。三、尋常的信而好古者。

於是那些好閒來泡茶、蹺腳看報、揮扇吟戲、燃菸吞霧、圍桌雀戰、兩人對弈、月下獨酌、夏夜乘涼、談古論今……等等之人會去讀它。

韜光隱晦者讀它，抱殘守闕者讀它。

並且，昔日歲月端的是極其容許這類生活調調。

於是在區公所送公文的，或是在機關做門房的，學校裏的工友，看管腳踏車的，皆可以是名正言順的讀武俠小說者。

甚至你看一個人，會想，「他是個看武俠的。」往往這種感覺硬是很準。

什麼樣的人寫武俠小說呢？

文學系歷史系的教授們沒怎麼聽說過有寫武俠小說的；陳世驤沒寫，夏濟安沒寫。

不少寫武俠小說的，常是學歷不甚高者，甚至很年少便勇敢率爾下筆的。

柳殘陽開始寫時，只是高中生，他那時一個學生寫書所賺的稿費比他父親校級軍官的餉還要高。

五十年代中期，寫一部二十來冊的武俠小說，據說可以買一幢樓房。太多的武俠作家，他之所寫，依據的不是深厚的國學知識，依據的不是透徹的文學理論，依據的未必是洗練的人生見解或世故的人情經驗；他們還來不及找取依據便自下筆寫了。

或許他們靠的也是讀前人的類似原型便已躍躍然要試著說自己的話、講自己的故事。很可能臥龍生寫《風塵俠隱》或《飛燕驚龍》，是來自於讀還珠樓主的《蜀山劍俠傳》而自己有感要抒，而終至寫成一本武俠小說。

武俠故事中多有受朋友之託而致自己受累之情節，譬似司馬遷李陵事蹟，然武俠作家未必詳讀過《史記》、《漢書》，未必讀過〈太史公自序〉或〈報任少卿書〉。

小說人物常意興風發，豪情萬丈，「當其欣於所遇，曾不知老之將至」「禮豈為我輩設也！」「夜大雪，眠覺，開室，命酌酒，四望皎然，因起彷徨，詠左思招隱詩」往往如魏晉人物，然武俠作家也未必詳讀過《世說新語》。

武俠作家熟讀的，亦不外是中國傳統孩子詳悉的《七俠五義》，是《彭公案》，是《水滸傳》，是《三國演義》。

武俠小說之功能或其大矣，然武俠作家未必自知之。我人幼童即自紛紜武俠書中感知人生之滄桑，感知那些個「江山留勝跡，我輩復登臨」，感知那些個「古者富貴而名磨滅，不可勝記；惟倜儻非常之人稱為」等等等等，此皆可汨汨得自閱書之潛移默化過程，此皆可在十二三歲之幼已竟其功，非特要研索自孟浩然司馬遷之名山經典。此不能不說是武俠小說之固有中國人世教育之巨力也。

當我們上了中學，讀馬致遠〈天淨沙〉元曲：「枯藤老樹昏鴉……古道西風瘦馬……斷腸人在天涯」；感覺親近，感覺就像是寫給我們的，然我們何嘗懂得什麼是「斷腸人」，什麼是「天涯」。我們孩子硬是懂得，來自何處，武俠小說也。

武俠小說，使太多的臺灣孩子對遙遠的中國，及中國的歷史，產生概念。可以說，武俠小說在某一層次上，扮演中國歷史的輔助教材之角色。

今日不少人迷上了佛學、設立了道場，未必全是飽讀佛經，往往是早歲薰染自武俠小說。而電影、電視中之佛門風格，動輒稱「貧僧」「施主」「老衲」，動輒宣唱「阿彌陀佛」「善哉善哉」；你道是他從哪兒學來，佛書乎？寺院叢林親見乎？自然不是。他揣學自武俠小說。

我的同代之士在多年後（如八十、九十年代）會有穿上現代唐裝的，開辦書院或私塾的，愛上喝茶、說什麼壺中天地的，擺設明清桌凳的，四處看山買林野的……等，皆不自禁有一絲早年參借自武俠小說之潛蘊意念。

及至少年，我們不只看武俠小說，甚至也迷於武藝。所有孩子都談問過這樣的問題：世界上到底有沒有輕功？到底有沒有掌風？有沒有點穴、金鐘罩、鐵布衫？任督二脈打通後便百毒不侵嗎？

迷於武藝，兼而迷於武藝的真人傳奇，由是一些名字如韓慶堂、劉雲樵、常東昇、鄭曼青等當年渡臺的活生生「練家子」自然不會不耳聞。

重慶南路上書店的武藝書，如萬籟聲的《武術匯宗》、金恩忠的《國術名人錄》、徐哲東的《國技論略》、孫祿堂的《拳意述真》等不免要去探看。

甚至明朝大將戚繼光的《紀效新書》，甚至那更似體操而少武打意趣的《八段錦》、《五禽戲》，竟也樂以輕涉寓目。

其中尤以太極拳的書籍翻看最多，楊澄甫的《太極拳體用全書》，陳炎林（陳公）的《太極拳刀劍桿散手合編》，陳微明的《太極拳問答》，吳志青的《太極正宗》等。隱隱有「即使不以之打人，也是好養生」之想。

不少我的同輩曾在中學大學時練過拳的，日後到了歐洲、美國留學，還常在巴黎、羅馬、舊金山的公園裏演練八卦、太極。

實因中國小孩和武藝原就有不能脫卻的先天關係；我國孩子的童年嬉戲是「鬥劍」，一如美國孩子的是「牛仔與紅蕃」。

而武打招式的名目，如鷂子翻身、鯉魚打挺、金雞獨立、白蛇吐信、黑虎出洞等早就是孩子們自然的國學詞語。

至於臺灣孩子在嬉鬧時所說的「月（葉）下偷桃」「桃下有毛」，更是他們在頑謔中自行加創的逸招。

今日，據說更多的X世代、Y世代少年男女加入閱書（應說「翫賞」）之列，迷上了武俠小說，迷上了金庸小說。其所採擷欣賞角度，又更飛翔奔逸，隨興所至。

他們看武俠，像是純粹看其抽析出來的意趣，不太特去在意背景或歷史。而武藝者，更非他們趣意所在。六十年代孩子於武藝史傳承中所尊崇的姬隆風、董海川、李洛能、郭雲深、李存義、程廷華、大刀王五、霍元甲等今日孩子未之聽聞姓名，實乃「雖不能上山學藝，心嚮往也」的視武學為真有實事之念。今日孩子視武俠書中的武藝或有一絲如電玩中傀儡踢打之安置。

另就是，他們很健康的、很文明選擇的、挑上了武俠小說這件娛翫，譬似挑一只他所偏好的電子雞。而不是三十年前我們看武俠小說時的，或是襲著慚愧的一絲竊意，或是長得就像是「看武俠的」那種不甚健康、不甚文明、或根本就有些陰晦氣息的慘綠模樣。

老時代裏，對於機械文明半知半解、又期盼能掌控一齒半輪之利便，遂有武俠小說中「機關」之無限遐想。而於宇宙現象之撲朔難明，至有《紫電青霜》一類之小說書名。今日少年早於《星際迷航》、《異形》、《二〇〇一太空漫遊》之類電影多所洗禮，倘以還珠樓主《蜀山劍俠傳》中電光石火情節瀏覽眼前，哪裏會有興味？

單單「電光石火」四字，即使在三十多年前我做小孩時，也早就不能有驚異的感覺了。

以前孩子看的漫畫，只會看它的故事，不會以漫畫中人的表情與口氣來用在真實生活中。當然，以前葉宏甲、陳定國、徐錫麟、陳海虹、林大松、劉興欽、黃鶯等人所繪的情節中也沒有如今漫畫人物中所亟須宣吐的濃強自我。

以前的漫畫中對白，甚至沒有語氣。

今日孩子在泡沫紅茶店的聲口、撒嬌，或在補習班街、西門町、東區商圈的種種馬路上的打情罵俏，如她們說：「老公！」「我哪有？」「你怎麼知道？」……等等，俱是自日本卡通、自黃子佼電視、自漫畫、自這個配音無所不在的「遊樂園式」城市中點滴薰養學仿而來。以前孩子看武俠，常需躲在被窩裏偷看，如今孩子壓根把書攤在客廳茶几上，不在乎父母看到與否。

昔年因避世而好讀武俠之人，今日卻不讀了。他們讀的是最最切近世事的政治新聞。他們在公園裏、餐館中、大廈管理員的櫃檯後大談與他們年紀相仿的郝柏村、李登輝、宋楚瑜、陳水扁怎麼樣怎麼樣，甚至對三十年前原本相當隔膜不便的對岸也能大發議論，出口成理；說江澤民如何，說朱鎔基又如何。

金庸所著十餘部武俠，寫人物情態，則栩栩如在眼前；寫故事，則奇中有致；以其體制完整，起束周全，堪稱近代武俠小說集大成者。然其引進臺灣過程，亦頗周折。七十年代初，先有盜版以《萍蹤俠影錄》書名掩代《射鵰英雄傳》、後有以《小白龍》書名掩代《鹿鼎記》，悄悄流通於租書店。七十年代末，遠景出版社公開引進後，全臺讀者遂為之風靡。

然金庸之洋洋說部，其實寫於五十年代中至七十年代初，那個年代原也是臺灣讀與寫武俠小說的高峰年代。只是當年臺灣讀者因書禁而緣慳一面。

六十年代中，我還是個初中學生，偶因機緣得閱香港武史出版社所出的《天龍八部》。黃色封面，共三十五冊。每冊一百頁，含四回，每回之前有插圖一幅。當時一口氣讀完，只覺文筆典雅、學養深厚，女主人翁王玉燕（新版改為「王語嫣」）美麗脫俗教人不捨，卻不知作者金庸是誰。其最感印象深刻者，是蕭峰死義之壯懷激烈，痛人肺腑。當時便隱隱覺得：臺灣的武俠小說中找不到壯烈如此者。

誠然，一時代有一時代之文藝情牽，還珠的時代也無有壯懷激烈如此者。民國十九年的張恨水其於北洋軍閥時代所情牽志繫者，遂有《啼笑因緣》。魯迅於民國十二年，則寫有《阿Q正傳》。

以今日看去，一九四九年後，莫非金庸算得上一南渡文人，如易君左、南宮博、徐訏、盧溢芳等是，南渡至「漢賊不兩立」之念極強的當年香港（且看昔年在港有筆名「鐵嶺遺民」之類，可臆其人心繫舊家山）。

香港受高山橫斷於北，自幽自足於嶺南一隅；幾百年來中原頻歷戰亂滄桑，變之又變，香港猶得一逕抱守宋明古制；且看長洲太平清醮「搶包山」風俗即內地深鄉亦已絕見。而黃大仙廟前販售香燭者，多有喚「容姑香檔」「張三姐香檔」「笑姐」「歡姐」「謝珍姐」等。

中原的語言又幾經熔煉、統一，刪繁化簡；而香港人仍自操使著古音古語如「著數」「生性」「心水」「沙塵」，即連商家牆上仍貼著「嚴拿高買」「面斥不雅」古老警語。

正因四九年後，人遭世變，香港市面不免彌漫愁雲慘霧；維多利亞港裏常有人跳海，木屋區不時遭火失所，而徐訏會去寫〈手槍〉，趙滋蕃寫《半下流社會》，杜若寫《同是天涯淪落人》此等黑白片似的社會寫實小說。而香港乃一眼前求實社會，沙千夢小說《長巷》之懷鄉愁舊書作，在惶惶香港濟得甚事？金庸當此境氛，感慨既深，世情相逼，又出以武俠小說這股非常筆墨，焉得不情節壯懷激烈如此者也。

金庸長於情節描寫及人物刻畫，而地理途程之著墨較少。地理風土之細節似不是他專意之處。他的人物若於一鎮邂逅，繼而要往一遠處參與另一大事，其中途程雖迢迢千里，卻只受他一兩句話帶過，馬上便剪接至「情節場景」；可以說是戲劇的處理法。

至於王度廬，若寫到北方山丘，如《風雨雙龍劍》中會寫及「聽到羣山之後有轟隆隆的滾蕩之聲，以為快要臨近黃河；再行不久，才發現適才所聞原來是馬隊奔騰之洶洶聲浪。」這類近乎田野實況之呈露。

另外像還珠樓主會在書中（似是《雲海爭奇記》）寫到某一人物在深山野林覓徑而行，苦於不得出；不經意的帶到一筆：「及見這山現出一角寺廟，始敢揣想離人煙應當不遠……」

王度廬、還珠樓主大約是飽於遊行四方之人，其書中這類好似親身聞見之描寫令我這都市孩子心生嚮往。然他們的書我多半沒有看完。不知是否因其結構不求緊接一貫。而金庸小說，我本本看至結尾。

六十年代所讀的臥龍生、諸葛青雲、司馬翎、孫玉鑫等人所寫武俠，竟完全不能記憶其中本事。僅能約略記著《玉釵盟》中有「徐元平夜探少林寺」，再來如何，完全記不得矣。而金庸故事人物我總能大多記憶。

金庸書固情節之豐繁多變，又可抽絲成縷，井然不亂；其最受人樂道者，為人物。今日讀者讀王度盧筆下的玉嬌龍，沒啥深刻感應，只覺她是性情暴躁一介北方土妹。然同屬清季女子，同處北方，《書劍恩仇錄》中駱冰則活潑如在眼前，有真情，有人味。

金庸之書所以凌越各家者，一言以蔽，動人也。以其書中凡有情處，必深情也。洪都百鍊生所謂，其感情愈深者，其哭泣愈痛。

今日金庸小說甚至供應新世代少年男女多重的用途。感情受挫的少女在二十四小時泡沫紅茶店深夜打工，手臂上猶留有菸頭烙燙的誓疤，皮包裏還存著些安非他命，店裏播著鄭秀文或張惠妹的歌曲，而她的桌上可以放著一本《神鵰俠侶》。她在閱書之落花飄萍、多舛孤淒命途中幽然自傷，並也同時因傷於小龍女本事而聊慰自己苦痛些許。看著看著，隨手取茶桌上餐紙撳一撳清淚，擤一擤熱涕，便又可再走上工作崗位矣。

新的世代有新的對武俠小說的即興採擷。而他們所採者，竟然不容易是別的武俠作家，而比較是金庸。

將來除了漫畫中將武俠人物自由造型外，甚而服裝設計家也以金庸人物做為打扮的原型；如以黃蓉為模特兒，以霍青桐、以藍鳳凰、以小龍女、以南海鱷神等，沒有什麼不可能。

時光荏苒，我心中的武俠小說年代大約成為「往事」了。

可以說，今日新新人類所看待武俠小說之眼界，是屬現代；我的同輩所看待武俠小說之眼界，則為遠去的古代了。

（原載一九九八年四月二十七、二十八日《中國時報・人間》，曾收錄於《讀金庸偶得》，遠流出版）

武藝小說這種類型的文學觀

甲、不重寫實

概略言之，武藝小說是重意念而不重細節，講風格而不究實理的。

譬如在人物刻劃方面，主特色之呈露（此特色常含括全人類的通性而使其尖銳突出），不講求個體身心之自然物理展現。在金庸小說中若描述一個女子美，便寥寥幾筆，直說其美，也就顯示了她美。至於她美在何處，是哪一種美（纖弱美、莊嚴美、騷浪美、母性大地美……），俱可不提了。

又武藝小說之描寫，乃是注重事，不注重物；注重情，不注重景。

情節便是所謂的「事」，角色便是所謂的「物」。角色在金庸書中雖也重要，卻緊隨情節而行，金庸並不特意以大片篇幅來詳究某角色之習慣、態勢、形貌及實質變化。

事和物不同之處，又可以這樣講：物是純然客觀，如同一件身邊東西；事則是與主有關，已然附在心上。打個比方，「物」是沒有唸過佛的錫箔，「事」是唸過佛的錫箔。

又以演戲為喻，在戲臺上演什麼戲比較要緊，穿什麼戲服倒沒什麼關係。這「戲服」便是物，而「戲情」便是事。

金庸在書中甚少細細描寫背景及環境，倒是背景環境中特出的突物、怪狀、奇樣及蹊蹺，他會使出濃重筆墨去娓娓寫來。這些怪狀蹊蹺便是所謂的「情」，背景及環境便是所謂的「景」。例如山水雖為主人公不斷經過，卻甚少為他們注目，反是山上有一奇穴或林內有羣毒蛇，則文章從此生焉。又旅店、酒館雖是武林羣豪必經之所，卻一點不受人注目；倒是這些店館裏的木造樓梯，由於常要被內功深厚的腳踐踏斷裂，自然要多出些鋒頭了。木造樓梯便是「情」，旅店酒館便如只是字義，而拿來當「景」擺用。

金庸若描寫一場武人的聚會，常會將此會之目的、武人之心態，及會中生發之事故說得詳盡備至，卻對於桌椅之顏色、大夥兒相見之禮數、氣候之晴陰甚少著墨。前者便是所謂的事與情，後者則是物與景。

《倚天屠龍記》中說胡青牛之相貌，只說「神清骨秀」。我人讀來，自不知胡青牛生就什麼臉目，長得多高多矮。並且在讀武藝小說的習慣裏也不會進而想像、進而深究。何也？乃金庸無意令讀者多究胡青牛本身之事，僅令讀者注意情節。「胡青牛」三字僅在情節中提供一句名稱，不是呈現一幅圖像。這份設置，我人可解釋為一種絕對的文學上之作法，而不事電影上或雕刻上或音樂上之兼用。這份設置所遵行的道德觀——將是後節會詳論的——是「單一調的」、「平面的」。

因此，武藝小說的「寫實觀」，只是示人以形狀大略，使之討求其真，而非將「真」置於讀者面前。

倘若真要將「真」實呈出來，亦有所不能也。任何作品，由於篇幅之限、傳達之限，創作人只能宣趣，觀賞人亦僅求會心而已。若要鉅細靡遺、詳盡備至，永遠也做不到。凡世上偉大藝家，其所創作之素材，未必盡合吾人過往經歷，亦未必直指吾人所見之事，若其胸懷得為吾人揣度，其氣度得為吾人佩服，則許多支點細節雖沒為其提及，吾人亦能大約猜出。譬以男女平等之要、專制之害，許多文家皆未有指直而論；然觀其筆觸，度其心意，則此二點亦必包矣。

武藝小說常以吾人心中多年生活後纍纍結就之觀念果實，品嘗咀嚼，吐其子出其核而當另一情態之實貌。此實貌雖非讀者眼下平日之實貌，亦可受人感動也。

武藝小說中人物亦是尋常人物，一如武藝社會亦是尋常社會。所不同者，乃在於兩者皆已「練過功」了。故武藝小說的寫實觀是練過功的寫實觀；正如前面所說，它是誇大後、尖銳化後、化妝後的寫實。武功高強的武人，仍是尋常父母所生。子與父之不同，便在於「寫實」之轉化。

武藝小說雖不重寫實，卻也不是象徵小說、超現實小說、幻想小說，甚至不宜說它是寫意小說。它是另一形態下的寫實小說。

看武藝小說，既不可以真實人間世事來衡比，亦不可以幻象寓言來證意。以真實來看，則不能見其超逸於文字外之深意；以象喻來讀，必不為真情實事感動以至入其究竟、及醒後如歷大千世界而興浩嘆。

雖然我人可把「練功」當成武藝小說中一個極重要的象徵，說它能將人生許多事體或明或暗的喻示出來；然而要注意一點，練功在武藝小說原本就有，它是一樁事實，不僅象徵而已。

乙、設境於古代，託身於歷史

武藝小說講的，概為發生於古時之事。古代是小說故事的背景。讀者看武藝小說，也早就把它當成是看一樁古時之事。將背景放在古代，是武藝小說很重要的一個文學觀。

如果將背景放在現代，是否可以？可以是可以，然那就不成其為「武藝小說」了，就像前頭所說的「缺少氣味」，而成為另一形式下的作品。武藝小說所以要設其場景於古代，乃是和其「練功本質」相為呼應、互成因果的。古代科技機械之發展未臻昌明，故人力之竭盡施使，便構成眾望所歸之一德。練功本質即是在於人力上之努力，若在手槍、飛機充斥的時代中穿插著身負武功之人，這種小說決計不是我人心中堪可認想的武藝小說。

設境於古代，又分兩種作法：一是不言明何朝何代，一是言明某朝某代。

不言明朝代的武藝小說，通常連「從前，在古時候」這類字眼也不寫在書裏；它賴以讓人知道是古代這點，除了書中人物的生活方式，除了讀者原本對武藝小說的印象外，還有一個極為重要的因素，便是文字。

文字是使人對於情境掌握的最基本要素。如同傘兵被空投至一不知名山谷，惟有從山裏農夫的口音來掌握對這地域的猜測。

小說不表明朝代，這種作法，透露出幾種情形：一、人物不被確定生在哪個時節，只知似乎從前有這麼一個人。二、他處於哪個典章制度下，以及他穿戴何樣服帽並不重要，只知他是做古事、著古裝便是了。

表明朝代背景的小說，則顯示如下的情形：一、人物確在某一時代，這形成他在歷史上確有其人。如郭靖是南宋時人，韋小寶是清朝康熙時人。二、也於是郭靖與韋小寶所作所遇，應該全合於南宋與清朝時代之事。

通常不表明朝代的小說，似可比較自由，如同科幻小說不說明是發生在公元何年，甚至不說明發生在哪個星球、哪種人類之上。但它也同時少了許多可以援引的歷史實跡。少了實在事跡，往往給有些讀者一種不願採信、無由依循的感受。甚至有些讀者對「不真實」的事體表示拒絕感動。

表明朝代的小說，照理說，許多事物皆有了依據，並且有了古時的素材做為豐飾，應該可以彌補前述小說的缺失才是。然則個中問題仍不僅是如此單純而已。

先說讀者對於「寫實感受」的問題。

是否武藝小說有了真實歷史背景，讀者便比較能認可？比較會為其所感？又是否沒有歷史背景的武藝小說便不被讀者所深心相許？

真真未必也。「讀者」又意味著什麼呢？讀者所要求的「真實」是一團模糊的東西，是一件他自己也說不上來的物事。

前面說到類型作品的真實，是改動過的真實；即使那些標榜寫實的作品，亦不能盡呈真實，只求差幾近之，只是一個概構。

因此，武藝小說——無論有或沒有真實背景——並不在「寫實」上設法博取讀者對它的興趣及重視。

小說一旦涉及史事，便隱然有將小說所述種種往真實上去秤衡之勢；這便是欲放棄小說自有之真實，而追求小說以外之真實也。

然則歷史便是真實乎？

通常，以歷史來呈現吾人過往活動，僅能致其犖犖大者，而我人讀史時所興感嘆，亦在乎自身的想像；乃在歷史所敘不過簡短斷章，人生之所有不堪盡載。

歷史究竟是什麼？而小說藝術究竟又是什麼呢？

歷史者，不斷之投資也，盼有朝一日能總而收穫，然那一日總是無限期的順延。藝術者，今日有酒今日醉也，不故示回顧與前瞻。故歷史重研求、貴索隱，而藝術主頓悟。歷史可因循，藝術無須承襲也。

歷史乃依時推發，藝術可瞬間齊生。歷史不避良窳，好惡兼容，是佛光普照。藝術自己盼成一個佳處，但求去蕪存菁，是迴光返照。

歷史是「人事有代謝，往來成古今」，藝術是「羊公碑字在，讀罷淚沾襟」。

武藝小說中有關脈穴、內力、拳招、刀法等描寫，是其小說本身洞天中的「真實」，這是自家特產；而歷史則是舶來品，是「外來和尚」。外來和尚所唸經文若為讀者樂於聽取，則自家經文或有不足之虞。

小說家以其一字一句為一磚一牆，殷殷建造其理念之國。於現實之眼下世界不敢存託付意之作家，自不願將現今世人常掛口舌之字句，輕移於修築齊整之理念國裏。甚而以其所創乃無中生有之境，猶須不避艱辛而使上無中生有之字——自創另境，自鑄新詞，古今中外，亦曾有得——至若既現親手難觸之恍惚昔境，則必使古遠朦茫之字。

文字與其國度之關聯重要既知，便可明欲造就何種模樣之國，當必覓何種模樣之字。

金庸既現古時歷史情境，便自然而然使用那史筆概記之文字。文字之事，稍後還會再詳，眼下仍只商榷歷史援用的問題。

曹雪芹謂：「歷來野史的朝代，無非假借漢唐的名色，莫如我石頭所記，不借此套，只按自己的事體情理，反倒新鮮別致。」

真實為眾人所共有，歷史亦為眾人所共有，小說既是著書者孑身一人以己意孤心搜求文字而建成之理念國，此國之法度體制自無意以外邦之例作衡，亦不願由外人料理自家事也。小說作者有如國王，那絡繹得覽此書的眾多讀者則如國中各部理政人員，兩者齊心合力步步措施此一理念國也。

金庸小說除《笑傲江湖》、《俠客行》外，餘皆言及歷史。書中武功等之描寫，固其新鮮別致的自家事體，而書中於人物事況之呈露，卻取材於歷史；似這樣一個理念國，自難避免他人以外邦之例作衡矣。

援用歷史固有其方便之處，一如前面所述；而援用歷史之不便及不必，亦已然可獲明瞭。兩者權衡之下，金庸仍大抵採取援用歷史一策，此可見金庸於這兩不得全之真實觀下所暫且偏採之途徑。同時我人或也由此可說金庸小說創作觀之第一重點，當不在於「真實觀」、「境地建造」、「理念國」云云，而在於某種別樣物事。

再次申明，此處種種全然不涉及優劣之議；須知類型作品原不能面面俱到，某一面的特別突出，與某一面的稍加擱抑，皆是類型作品必會遭遇到的有限作法。

丙、史筆概記的文字

倘若以我為例，金庸小說最最引起我興趣之處，端在文字。我讀金庸文字以求其旨，大約一如有人讀其情節以求其旨。對我而言，金庸的文字方為其思想。故事是他的言教，文字是他的身教。

單看金庸文字，平易順暢，卻不俗薄浮動，每一句恰如其分，不肥不瘦；造句鑲詞頗精確洗練，幾難令人易其一字。雖然若就整個大骨架看來（如就情節上看或就敘述上看），許多解說句段或許未必合宜，甚而有可刪之虞。

金庸文字的起與承、上接與下行，自有一股優雅柔適的態勢，有其篤定的旋律，閱者於眼下收來，感到極其親和，頗願隨之前往。

至於前而往之，竟是向何處去呢？這便是一大斟酌點。文字行了一陣，總不時遇上突兀所在。便須使這突兀不致壞了文字本願，卻又能令這突兀的其餘好處猶得保存，即算是寫書了。

突兀是什麼？包括不同長短搭配的另一羣文字、不同調性的標點符號、陌生的新來意圖、驚人的爆發情節等。

突兀過了一個，有一稍平。繼而又生突兀。總要到書至尾盡，突兀才算全數擺平。突兀便如同文字的考驗關卡，但看文字怎麼與它打成協調的交道。及於此，又想到：文字是作者所發，突兀又是作者所設；作者於弔詭寫作人生裏，時而左右互擊，時而左右相合，起起伏伏，高來低去，總要將這一切安出個定境，似乎才得心下稍寧。寫作藝術或許便是如此。

突兀既要在書終方得擺平，那麼，究竟是何樣物事使得一本書推進至書終？必然是那稱做「立意」的物事。

一本以文字做為立意的書，自是無所謂「終結」，亦無所謂「起頭」。它可在書的任何一處中途來做為它的開始，也可在書的任何一處中途做為它的結束。它不受別樣東西來立意，只受自己立意。

倘若文字要受別的物事來推進，直到終點才得休停，這種情況下，文字說不得在書中要疲於奔命一番。

金庸武藝小說的立意，當然，不在文字。至於在什麼，盼在後面慢慢尋索，現下先說「史筆概記」這種文字風格。

綜合前面在「不重寫實」一節中所提的重意念不重細節、講風格不究實理、主特色之呈露不主科學之合理，以及注重事注重情不注重物不注重景，這些種種特色，而形之於文字之上，便形成了我所謂的「史筆概記」之風格。

「概記」二字，是說其作法乃一筆總抹，令其形似意及便可。這作法造成一種遙遠、不明、不確然的「約略之態」。同時，常會用上許多成言固語。例如說「美豔不可方物」，令人猶然不能確切理解其美豔是如何一種美豔；這使得讀者在遍讀金庸十多部書裏幾百個人物之後仍不能得知他們是何相貌。當然，愈無從得其確切相貌，愈可自作想像。這是文字特有的一種表現形式，與攝影的特質不同。籠統的舉一例子來說，「堅貞」可比做文字的表現法，「雪中梅花」則如同照相之表現法。

「史筆」二字，是說其記錄方式。將眾多武人的所有「懺悔過程」記錄下來，並且將各項武藝事態如事料大典般的記錄下來。且舉一例說明。金庸提到書中人名，必連名帶姓而出，不會只提名不提姓；像「常遇春站起身來，將張無忌負在背上」這段文字，不會寫成「遇春站起身來，將無忌負在背上」。這和有些作家只提名不提姓的作法不同。那些只提名不提姓的作家大概為圖省卻字數，以姓氏為不甚必需之物，致有此舉。但這造成一種如同作者和筆下人物親暱相熟的讀後效果。金庸所以不厭繁複仍然連名帶姓寫來，必有其自家見解。便是：以史筆將武人之總行狀作一記錄。

須知金庸書中人物何其之多，人物出場後在場上的時間又何其之久，要能一逕不略提其名，若非有另一要求凌壓其上，實可能令作者生出異心，嘗試省略。

這凌壓於上的要求，便是「敘事之公平」了。亦即：先求交代事體周全詳盡，而後才顧及美感等事。

人物姓名之多次提及，就小說之整體進行而言，是不美的、不合藝術的，但為了這敘事上公平周全，於是只好陳事重於陳美了。

便因這種「史筆概記」的文字，使得許多讀者讀金庸小說，感覺其用字和另外一些小說的用字是顯著的不同。比較之下，會對金庸的文字產生「古風」的印象。

這裏講的「史筆」，主要言其紀錄，並非講其描述歷史；因為金庸雖援用歷史，卻使之附屬於其小說之下，小說是主，歷史是僕。也於是楊過得以殺了蒙哥，韋小寶得以欺淩吳三桂。

金庸的文字，既有文言簡潔而意在字外之優，又有白話平易而陳事明確之長，兩者經過匠心的融合後，致使他寫長篇大書得以如此耐看。

丁、固定工具的使用

金庸的描寫既為史錄式的概寫法，故而許多事情的描繪，皆用上固定字眼。

在描繪人物情態上——說到羞愧，總是「臉上一紅」。說到震驚，總是「全身一震，跳了起來」。說到懼怕，便「打了個冷戰」。說到氣勢偉壯，屹立不動，便「淵停嶽峙」。說到凝於處境，便「形格勢禁」。說到肌肉結實，必是「盤根虯結」。

在描繪人物說話上——常「笑道」、「點頭道」、「皺眉道」、「哽咽道」、「凜然道」、「朗聲說道」、「低聲道」、「正色道」、「尖聲道」等等。

在描繪武功打鬥上——常「鼻梁中拳，鼻血長流」、「功力深厚，震得虎口隱隱生疼欲裂」。

以上所舉，便是固定字眼之例。

何以固定字眼恁多？乃因有固定事態也。譬似一個家庭總是烹調固定菜餚，乃因這家人有固定的口味便是。固定事態便是指金庸小說中之事件、人情、變化狀況等總不外如此一套也。其小說轉來繞去，仍隱隱有「萬變不離其宗」之寫作意旨也。

拈用固定字眼，照說應不是智舉，並讓人感到新意不足；甚至有的讀者還會為了「打了個冷戰」、「全身一震，跳了起來」來詬病這情態描寫很難與實相符。然而事實上讀慣了武藝小說的讀者，似乎並不以此為忤，他們通常瀏覽書頁字行極快極速，對「笑道」或「冷笑道」這類字眼，一瞬即過，在腦筋裏只閃了一閃印象，便又往下奔去了。

奔往何處？奔往故事之發展也。

文學家總希望能使上不相同的文字，以求避免重複。若不得已要使上相同的文字，必是因為情節相同之故。若要改變重複之文字，必先改變重複之情節。如今情節未改，便顯示情節之受作者重視乃在文字之上。嗟乎，奈何情節恁苛，令文字如此勞頓？

此處所說的「情節」，是指小的事件，如「鼻梁中拳」一類。大的故事性之類情節，後面還會講到。

拈用固定字眼，雖然有其不智之處，卻也有其富意念之處。一來固定字眼往往比較精簡，如「凜然道」，如「淵停嶽峙」，以精簡字而得取讀者立時之理會，是其方便之處。二來固定字眼可以充分呈顯該種類型的特色。特殊的類型總有其特殊的利具。請以平劇為例。

平劇是類型藝術，自有其獨特手段，故而什麼臉譜是什麼意指，什麼感情做什麼動作，何時吊毛，何時倒殭屍，在在皆有一套安置。然這也是「有限」的類型表現法中不得已之行事；乃在平劇只有一個臺子，這臺子須負擔千百件故事，伶角亦是活人，耳口手腳的氣力有限；以伶人表演於舞臺上，只能於有限中，盡其所有，表現無限。

武藝小說是類型作品，它的有限表現法自不在少。似這些固定字眼之使用，便成為它這種類型的一件風格。「風格」二字，本含有「限制」之意。又我人常說某人「風格如何如何」，便已然將他的優點缺點盡皆含括了進去。

除開「固定字眼」外，尚有另外的固定工具，如固定的敘述法、固定的主題，甚至還有固定的情節等。以平劇為例，其主題中常有的「披袍秉笏」、「忠臣孝子」等意旨，便是援用固定。而武藝小說以「俠義」為固定主題，更是明顯例子。

且看一個「固定敘述法」的例子。

殷天正、鐵冠道人、說不得等人不約而同的一齊叫了出來：「這是移禍江東的毒

計！」（《倚天屠龍記》頁九四九）

似這樣「一齊叫了出來」，若究之事實，可說極難有此可能，於是這「一齊」云云，乃指他們心中皆有此想，卻不是嘴裏吐出相同的話。然而何以如此寫呢？乃擺明這引號中的言語並非實態之敘描，而是意傳也。這也隱隱透顯一點：不畏讀者對「寫實」之質詢，只一意以為讀者自可理會也。

因此，金庸武藝小說中引號裏的話語，皆不須當它是真人生活裏的口說對白，僅須視之為全然眼觀下的文字；它們只傳達意思，不傳達腔調、聲量、情態等立體物事。這些立體物事若有，是讀者於想像中自家揣摩而得的彷彿之物，並不是作者主要的著筆之處。

這種寫法形成的寫實觀，與某種將每一式情態皆細細刻繪的寫實觀不同。

當然，金庸這種寫法，在有些相同寫作觀的作家筆下，或許會將對白減至最低；盡量不寫對白，只重敘述。中國古時行文不用標點，亦不多用對白；即使用對白，也似乎不像人物真去開口說話，而只像是幫敘述者敘述，如同用人物的口來說全知者的話一般。

至於「固定情節」之例，在金庸書中也是有的，即如前面所說的人物的「為情所苦」、「為人願死」等是。

大抵而言，金庸於情節之構思及推展，應無意令其固定，反企求變中再變；即使如此，卻也不時呈露出「固定」這件特色。

「固定工具」之使用，有時未必只求利便，亦未必只求表現特色；它有時還為了達到其絕對性，達到其原型之用。

例如用「沉吟道」三字來描繪某一說話神態，經過多次的斟酌，終決定惟有用這三字最為合宜，又最為精確簡練，此時，便是所謂的「達到絕對性」。

「達到原型之用」，如「為情所苦」這件情節，常是苦於意中人心繫別人；似這樣一種「為情所苦」，它所以被金庸前仆後繼的常加用來，便在於它如同是愛情中的一件「原型」（archetype）。也即是：愛情故事固然多而富變，然在金庸武藝小說的意趣中，這些多變的愛情各貌不是主要事，倒是「為情所苦」這件原型，是可以不避常提的。

職是之故，固定工具乃是類型作品為了保持並發揚它的特有意趣，才設計及濾選出一些濃縮的如「符號」之類物事。從固定工具之使用中，可以看出該種類型作品的藝術理論。武藝小說在類型評估下一如平劇；冥冥中有其藝術理論存焉。而理論本身之取捨偏好，固有其特殊之處；例如平劇即非偏取其主題以為其類型之重要意趣，故觀看平劇當無須就主題特加索究興味也。

固定工具一詞，並非意味著任何材具將之固定的使用、重複經常的使用，便成其為「固定工具」。「固定工具」也有好壞之分。其好與壞之鑑定，便在於前面所說的精練確切、獨特絕對等質素。曉乎此，壞的固定工具便不能算是「固定工具」。

戊、在敍述時作者與讀者不避互見

金庸小說中，常進行一樁情節至某一重要處時，忽地煞住，不往下寫完解盡，又去進行別件事情之敘述；而這處未解之情，將在後面再行呈現。如《神鵰俠侶》中楊過正要被郭芙一刀砍下時，書文便此打住，換敘另事，直到後文才令觀者得知楊過竟已少了一臂。

這種寫法，與某一場戲將完、須得另換一場之寫法是不同的；後者常習以「一夜無話」或「兩人自此情濃愛切，自不必表，且說」來轉換場景，此乃是一場之結束，必得再接下一場，可稱為自然順序的承接。前者則是對自然秩序之重新再組。後者是陳演性的，前者是安排性的。後者是客體形勢如此的，前者則是主體意欲如此的。

又如同我人看電影，畫面中有兩人在屋內說話，說到某一要緊事時，甲湊身過去在乙的耳旁輕聲說：「……如此……如此。」觀眾看來若覺奇怪，會想：適才你們二人說話的音量正常，這時幹麼如此？屋內本只你們二人，即使是祕密，也沒旁人得聞啊！這例子也同前述一般，由客體陳演一霎時轉為主體提示。當這二人說悄悄話時，正如導演在此刻提示觀眾：「現下且不忙知道這個祕密，後頭等著瞧。」這個祕密不是他們二人不講，是導演叫他們不講的。

在《倚天屠龍記》第四三九頁中：

> 常遇春於是將如何保護周子旺的兒子逃命，如何為蒙古官兵追捕而得張三丰相救等情一一說了。

照理，前面胡青牛問，常遇春皆答，但他卻不是用言語答，而是作者提示讀者他如何將這番話說畢傳到。也即是：原本讀者正在注意書中二人客體的對話，此刻作者卻一下闖了進來，將這客體形勢轉變為主體之提示。又譬如路邊有兩人在大聲爭吵，路人皆停下來旁觀，觀看了一陣，這兩人突然息口，站在那廂不動，卻有另一路人跳進場去，向旁觀眾人說：「他們是如何……如何。」說畢又跳開，這兩人又繼續爭吵，而路人再繼續旁觀。

這種情形好似這兩人之爭吵是在幕前，但卻由那個後來跳進場去的人在幕後編派；旁觀路人在看時，只是在幕前看，並不知幕後情形。結果那人一跳出來說話，旁觀者自此方知尚有幕後。

這種交代事體之法，便隱隱有讓讀者介入幕後之意。這種寫法，是一種什麼意趣呢？便是不避作者與讀者之互見也。一如說書人在館子裏與聽書人一地相見也。這種「兩不相避」寫法的小說，近時已漸不多用矣；近時對於小說之要求，似常在於完全令讀者在陌生之客位上去看一件新鮮事之生於眼前。

己、單一調的美感要求

「兩不相避」的寫法，是打開天窗說亮話的寫法。沒有一件事不可以明言，而明言之後又不怕讀者失卻對曖昧這份魅力的攝取。

新派之呈現客體的寫法，可以引讀者自己進入陌生、新鮮、未知之境地，而感受一種驚奇訝異的樂趣，終至獲得一份原先未可預期之魅力。

「呈現客體」的作品，好用隱喻、烘托，常迂迴呈顯實體現象令觀者身歷其境自獲感受。「兩不相避」的作品，好用明喻、直陳，常將某一現象不言本只言用的表達出來令觀者理會。

「呈現客體」的寫法，所要求之魅力，概為陌生之新。「兩不相避」所要者，概為常新之新。兩者之魅力所在不同。舉以籠統例子來說，觀電影常為追索陌生之新，故觀賞前不宜先閱本事說明書；觀平劇則求品賞常新之新，演至中途進場以及一戲看過多次，仍常興味盎然。

若以西洋繪畫及音樂擬之於「呈現客體」的作品，以中國繪畫及平劇擬之於「兩不相避」的作品，則或可得下列之大略說法：

西洋繪畫講求光影烘托、層次景深、立體透視等事，西洋音樂也講求高低音之間層相配、前後對和等事。中國繪畫講求明白呈現平面之景，不特作烘托，也不深究立體透視；中國的平劇，其角色大多須吊嗓子演唱，音色以窄高、空淨、清越為其德，不以「低音」（bass）轉其音域使之深厚，為美感要求。

故歸納而後可說，前者的美感要求是立體的、多重調的、相對的；後者的美感要求是平面的、單一調的（mono）、絕對的。

單一調的作品，表面看來，雖沒有多重調的作品來得富變化、富追索之深廣層次，卻也未必沒有它特優之處。其特優之處，若得簡言以蔽，便是其每一單個獨立體盡皆完美、永恆、絕對，而合之而成一件不厭不懈的雋永作品。以中國繪畫言，一幅不著色的平沙短橋圖，它以簡單、平板之外貌竟能立其千古之雋永或也未可知，何以然？除開意境、胸懷等道德觀外，畫上的每一筆劃、每一結合皆可能達臻完美絕對，而不可以他物代，以致可令人百品不厭，常加尋味。

單一調的藝術觀，亦可由中國書法帖中的「集字」得明。「集字」自應集那書寫完好之字，集而合之，而後拓之，更能感到每一字皆是距離更遠，卻更是站得峻立，神挺氣聳，也因此更雋永耐看。至於整體看去，全頁上的字何嘗不連貫？

中國建築亦是由許多單個獨立體集合而成。每一單個獨立體皆自成天地。如一個四合院的大宅子裏，有許多自具屋頂牆壁、自具固定朝向的房子，這每一房子便是一單個獨立體。這單個獨立體乍看似乎呆板，合數十座單個獨立體照說會有「放大呆板」的可能，然而卻未必如此，鳥瞰或遠望一個工整的四合院，往往極其耐看、極其精雅而又極其壯觀。

在文字上言，字字各個完善獨立，句句各個完善獨立，段段各個完善獨立，而字與字之間又能意念相連，句與句、段與段又能綿續成章，這才是最高的文學之美。這種此字無意為彼字附庸，此句不願為彼句作嫁的文學觀，其實是古意；拿早期的藝術與晚近作品一比，可看出這顯著的特色。

金庸小說雖然含括許多手法設置，是一綜合作品，卻在行文中依然透露出有稟承單一調的藝術觀之況味。

若非對金庸文字有特別的興趣、有特別的注意，通常一個讀者於金庸小說的主要印象，會是情節及人物占著最大部分。也正因為情節及人物先坐上重要交椅，金庸的文字即使要維持本願，要達到單一調的美感要求，也已然不能純粹得之，更何況「單一調」只是金庸行文中幾乎近似之況，尚有「多重調」也是金庸小說中不時施使之技法。也於是我有金庸小說是綜合作品之說。

我讀一部書，自由文字開始；開卷幾十個字往往便能引我決定是否要走入那片情境。故引我入情境者，是文字，而非情節。我人讀《聊齋》，篇首寥寥十來字便能將氣氛、色調滲發出來，而情節尚不知在幾遠之處。我嘗想讀一本盡是柔適文字的大書，書中不涉任何所謂的情節，書行極為雅暢泰然，而文字中自有其漸高漸低、豐富變化，書至尾終，仍令人盼望此書永不歇止。雖然此書有讀完之時，卻可令人隨時自中翻開一頁，又津津讀起，其中所見竟又在在感到新奇不疲。這樣的書，近時似無人寫，即求之於遊記一類書，也竟然突兀重重，充斥著如同情節一般的聳人耳目之事件，柔適一詞完全不可得矣。我近時觀看電影，亦有此傾向，故風景地理之紀錄片常較恩怨衝突之劇情片更為合我暫時興味。然有些風景紀錄片故加上柔美音樂以求折人，則又弄成另一義了。

金庸文字的潛力，即證諸當前所謂正統文學，亦未有遜色。其實「正統文學」何有哉？原本沒有。便因金庸文字潛蘊豐富，非可等閒，此我所以不避囉嗦　寫下眾多拉雜的以上種種。

（曾收錄於《讀金庸偶得》，遠流出版）

7 玩物與品美

玩古最癡，玩古何幸

年前於中壢雲南聚落嘗小吃，見一人家門聯，「四季有花春富貴；一生無事小神仙」，讀之佇步，悠然神往。噫，一生無事，千萬人中，得一人乎？

人一生奔忙何者？來來往往，汲汲營營，不可稍停。但有一歇腳處，即樹下石旁，便感無限清涼，真不願立然就道，心忖：再賴一會兒多好。多半之人不久又登途，續往前行。此中若有於其人生一瞬稍作停思者，不免興出好些個零瑣念頭。

便這等零瑣雜念，積存胸中，時深月久，揮發成某種從事，其中一項，謂之玩古。

倏忽已是二十一世紀，國人積前數十年勤奮業作，社會稱富，好古者更加樂於擁物。三五月夜，良朋來家，出酒治菜，把杯言歡。大暢酣飽，隨又上茶，茶過數盅，延至另室，開箱取物，展看己所珍藏，摩弄研討，斷朝代，道興廢，真樂之至矣。

大凡人之沉浸古器，隱隱然有其先天前世召喚之不得不之勢，一旦觸探，便深牽繫入之。如言天性，不待學而知、知而喜、喜而癡迷也。好古，亦隱有拋斬世腥棄絕繁華之志，偶於几前摩賞，但覺古硯解語、梅瓶知心也。

社會既富，傖俗之人蒐買古物不免以之妝點家廳，以之炫誇朋友，以之應酬賓客，甚而以之儲值保財也。清雅之人博看詳討，為蒐得一器，愛不釋手，雨破天青，邢越汝定，雖由人造，終成天物，常自詡為解人，大有人生得一知己足矣之慨。以古器映照自家品味，而自己原是此器之知音，便他人蓄此，亦是不得正主。其癡概有如此。

俗雅二者之玩古，相異固如是；然愛其斑爛錦繡、年浸月淬之古氣舊趣美致，則其一也。

玩古最賴有癡。癡者原不乏，苛惡社會桎枷了他；癡者原多有，窮狠世界障蔽了他。癡者固有，於玩古最見其極；嘗見有人每於靜夜，心神俱閒，取古器於櫥籠，一一陳列几榻，展之觀之不足，繼以手握之，指甲輕摳之，放大鏡窺覘之，張口呵潤之；隨又重新排陣，如校閱兵士，看一回，歎讚一回；燃香煙吸吐，神往也；取檳榔嚼咬，發高昂情也；斟茶湯漱吞，解渴熱也；更有篩烈酒下喉，盡酣肆之心也；播放搖滾音樂，振其波盪不盡淋漓快意也。當此一刻，顧盼生姿，游心太玄，塵土肚腸為之浣盡。所列諸器，其年代固稱宋元明清，然於他，不過與古人通聲氣耳。此以一人與諸器訂交，但求遨遊古人大塊也。遇閱古甚廣者，可徹夜談；若對傖父，何妨珍祕不出。其癡也如此。

人之大患，在於有我；上天有好生之德，遂發派我人奔忙庸碌於外間萬務，使之得一忘我。世務紛紜，人之心神終要覓一棲息處，否之空空渺渺，最是難堪，大有不可如何之日深嘆。當此時者，最宜也玩古。佳友往還，古籍映求，須得有他；長日清談，寒宵兀坐，亦賴有他。賞心也，瀹性也。而玩古者，最宜也喪志。不喪志，何知有志？有志而不偶喪，不可確此志之當否固立。

值此腥風穢雨濁世，則癡人愈發要癡，愈發要抱殘守缺。不癡若何，莫非有益。有益復何？終做了無益之事。

（原載二〇〇四年六月七日《中國時報・人間》，曾收錄於《流浪集》，大塊文化出版）

奇境只在咫尺，惟賞玩可得之

觀古人山水畫，每喜見崇山峻嶺之中，稍得清曠處，一小屋，屋前隙地，微有人影，多半高士一，小童一；高士枯坐，小童俯首茶鐺爐灶間。

眼光繼續尋覓，則屋旁不遠，有溪流，上擱短橋。橋上偶有人，即有亦僅一，或負樵或騎驢，斷不至多。如此構圖，乃表達人之楔嵌深邃山野最宜最美之境也。

倘為風雨之日，樹頭低壓，橋上樵夫彎身急行。若值大雪，則遠山皚皚，而橋上蹇驢提蹄不前如凝，防冰滑也。

無論風雪，無論平日，總之，此山水畫者，即尋丈巨幅，千岩萬壑，遠瀑近泉，蒼莽極矣。而人，永遠就那麼一二個；屋，永遠就那麼一小蓬；橋，永遠就那麼一薄板；何以如此？

為了以最微乎其微之人、微乎其微之物演出於宇宙之舞臺，以之搭和無窮之自然也。

又此種山水畫，唐宋元明，何止千紙萬葉，所繪不外是層巒疊嶂、曲水長林，建物則亭橋茅舍，人物必漁樵耕讀，何千篇一律之泥也。構圖如此，固涉個人藝事有高下之別，然於迷人題旨之深愛不捨則千年一也。

此題旨何？便是吾人於深山茂林、幽幽造化之無盡止嚮往也。

觀山水畫如此，永不令人厭倦，細審其中山徑人跡、水源村墟，心神為之引領，靈臺清空，一塵不染，廓然有世外之想，不啻古人所謂煙雲供養矣。

然此畫圖中之境，恒在峻山峭谷，人究竟如何去得？難矣哉。即便去到，亦不免想：可得在那間小小草屋歇一會兒腳？此小屋者，見之於畫上，門牆固有，卻恒不見屋內景狀、何器何物；益發引人一窺之興。

只好以古畫中平地屋舍求索之，君不見唐六如、文待詔、祁彪佳等名家原本多有寫及。

幸有此等畫作，不啻將深山茅屋特寫放大，屋內椅凳几案，歷歷布陳；爐上茶、窗前花、壁間太湖石，盡收了吾人眼底，直教吾人做了屋內賓客，坐臥其間矣。

近十來年，我與三二佳友亦常思於佳山勝水之旁覓一園地，構築草堂，春晨秋夕，徜徉其中。歷覽名山大川、小村僻鄉不知凡幾，然終無成。實踐之難也。

無怪乎極多之人僅得於城市高樓家中刨木斬竹闢一書齋雅室以求差幾近之而已。

而此摩天樓上雅室，自低處車水馬龍路面望之，亦只見小窗昏晦，隱約似閉，一如古畫千山萬樹中點景草屋，無由窺屋內景態、何器何物，亦引人無限遐思。

便此一節，正現代城市人最可自行發創之舞臺。既無人見過真戲、無人讀過劇本，你欲如何搬演皆成。要者不過古時文士歸結之所謂徑欲仄、橋欲小、牆欲矮、階欲平、石欲怪、山欲出雲等等那一套也，主要在於如何與大塊相唱和罷了。此便是藝術之生活也，亦諳合老子「人法地天，道法自然」之真諦。

至若人居簷下，恒處斗室，亦是一派別式山水；君豈不見，光欲微昏，窗欲有格，壁欲毛黃，榻欲其高不過若干，奇石之立不可過於危殆，花器不宜過妍，屏風不宜過分開展，案上小物不可過雜，既有筆硯，則筆山筆筒或在案上不遠處，此時切不可再置他物，如摺扇拂塵鼻煙壺香爐茶碗等宛如一骨董攤子。更忌案上擱二顆鐵球，文靜氣頓然擾壞矣。

室內既各物宜得其所，又必宜得其數，則可知榻再怎麼亦不可多於一件；古琴亦只一，畫桌一，禪椅一；循此，則凳不過二三，若再添一二，必不可同式；曉於此，則客人之數亦自然受限；且看文家常謂之「良朋二三」，可知二三之人最是恰好搭配如此清齋雅室之理想數也。

而室中清坐，烹茶談心，各客取用身前杯盞，撫看手邊文卷器物，時立時坐，物換器移，大抵只在數方寸之間，而竹雕木刻石鑿土塑諸多形器無不悉備；此何嘗不是人遊移於山樹紛紜之宇宙，一如畫中情景？當此時也，人埋首良久，凝神審物，燭暈漸弱，辰光向晚，但有一聲輕輕賞歎贊詠，宛然一幅年邁騷人墨士「家家酒」。

游藝若此，亦如於斗室中踏雪尋梅，與千里跋涉於大畫中深山林壑無異也。

古人將萬物賦形，因狀制宜，實源自窮澹山家於身旁林野之採擷，亦原本耕樵之人看眺宇宙之眼界。今人於文房中撫筆筒如遇山中樹癭、賞硯臺如探石洞紋理、拄藤杖如窺幽谷老蔓，實隱隱然與外間深邃難抵處相倚相偎相對談心也。亦是不教自然須臾遠離也。

有謂雕蟲小道壯夫不為。此小道者，奧義存焉，請言其詳。若非形之怪巧、雕之精絕、質之纖密、色之迷目，人何能醉心凝神至不得自拔，一如投身大山巨水間竟自拋忘了我身？散於屋內諸多文玩，此一彼二，隨手取來，指膚間撫猜紋刻，繼而審其光澤，嗅其木香，特陶情養心滌慮遠俗最妙之物，亦醫壽延齡之無上妙劑，人能得此，真無量福緣也。噫，天地萬象，皆勞造化一番布置，何處不是造物者斧痕？人固渺小，焉得不能隨時隨處取一角而消受乎？

（原載二〇一二年三月二十一日《時代周報》，曾收錄於《臺北游藝》，皇冠文化出版）

京都的長牆

京都另一最大風景資產（除了山門），是長牆。人依傍著它踽踽行走，似永走之不盡，此種寬銀幕畫面，是世上最美的景。而自己這當兒的沿牆漫步，得此厚堵為屏，心中為之篤定，非同於跋行曠野荒原之空泛無憑藉也，即此一刻，正是最暢意卻又最幽清的情境。便因這無數堵的牆、直統統的到底、卻一轉折又是重新的無盡，便教西方千百雄麗城鎮無法與京都頏頡，也令京都在氣氛上堪稱舉世最獨一無二的城市。

牆之延伸，廓出了路徑的模樣。愈是土屑樸厚、悠悠無盡的牆，愈將一條原本無奇的路塑成了古意盎然的絕佳幽徑。而這樣的牆路，不僅自己走來愉悅，即觀看其他路人（如躬背的老嫗，如打傘的少女，如騎車的學子）沿牆經過，亦是教人興奮莫名的好景。

牆之佳處，常不在白日，而在夜裏。乃此刻光線微弱，人僅須得那依稀之意。牆之佳處，也常在雨中。夜晚與雨中，恰也正是閒雜人最不見之時，也正是門外漢如我最喜出沒之時。

我於牆之喜愛，極可能來自幼年臺灣各處皆是日式規劃下的巷牆，加上兒時看日本劍道片、忍術片，戲中人總在黑夜牆下殺鬥，時而沿牆追打，突一轉入巷子，又遇伏兵，接著再殺。這些牆，竟然是那麼多驚險劇情的托襯屏障，何等的天成，何等的神筆！當年心道：日本怎麼會有如許多的長牆？這樣牆曲牆折、牆夾來牆夾去的所構成之迷宮，教人夜晚怎麼敢走路呢？而要是犯了仇家，如何能逃過他的圍堵呢？

如今，這些幼年銀幕上所見的牆，竟已可以撫在我的手下、賞歎在我的佇足中、並讓我無盡的沿著它緩緩蕩步。

日本夜晚，有一種極其特殊的氣氛；即我們小時候自電影已然有此印象。而此特殊氣氛，主要來自日本之建築與市街格局。

小時候見一曲名，謂〈荒城之月〉，心道：極合也。壓根便將日本長牆、日本屋瓦、甚至夜色、甚至日本淒淒笛聲等等霎的呼喚出來。

牆之美，常在於泥色單素無華，也在於一道到底、不嵌柱分段。名所的牆，未必雅美於尋常家牆，乃它常常修葺也。小津安二郎的《彼岸花》，有一、兩個京都鏡頭，並不用在名寺名景上，但眼尖的京都迷，仍可見出是高臺寺左近寧寧之道與其旁的石塀小路。如何看出？乃垣牆莊美也。

寧寧之道，不愧是東山最典雅的一條小路，尤其深夜行走，更是清麗醉人。那些下榻附近旅館（如元奈古、松春、花樂、川太郎、祇園佐の、京の宿の坂上等）之人，深夜散步回家，那種感覺，教我羨慕。此處的牆瓦人家，最把京都佳良日子呼喚出來。豈不見料理店稱高臺寺閒人者？與寧寧之道平行的西面一條路，是否叫下河原，有名店美濃幸、鍵善良房等，亦是值得漫步。此二路之間夾的石塀小路，更是不可忽略。

京都之夜，常常教人不捨。不惟牆美，不惟月清，更有一原因，是日本的治安極好，你在別的國家不夜遊的，在此也禁不住往外探看一下。

嵯峨野充滿著寧靜的牆，不論是寺院或人家。大覺寺、清涼寺與落柿舍附近，多的是好牆。最主要的，此處人煙較稀落。

方廣寺的「石垣」，是雄偉的牆。三十三間堂大殿的某一面側牆肅穆精美，木窗緊閉，綿長完整，每年舉行一次射箭比賽，這面長牆，最是好看。我嘗想，電影若以之入景，必極典麗；果然內田吐夢一九六四年《宮本武藏　一乘寺の決鬥》用到了這面牆。

山科的醍醐寺，買門票入寺，沒啥意思，但它的牆，倒是頗值散步。

東福寺則不同，不但寺內好看，寺外的牆亦是最絕。臥雲橋北面走到南面，由同聚院走到芬陀院，再走到光明院，無盡的牆，無盡的牆，無盡的年代。紅葉的季節，人人湧進寺內，在通天橋附近歎賞楓紅，而我竟沿著這些沒來由的牆像迷了路般的走著，待想起還有紅葉要看，竟然天色已暗了。

冬日，天黑得早，在一保堂附近的寺町通逛街，幾家店進出，乍的已天黑了，有時還飄起了小雨，向北走著走著，發現自己竟沿著京都御所的長牆而行，哇，多好的風景，平日在炎陽下，它是多麼教人不耐。

深夜在先斗町、木屋町喝酒後出來，感到這些小街窄巷燈火人家喧囂不已，很是沒趣，此時突然令自己沿著御所的牆或是二条城的牆散步，最是有良夜之歎。

金戒光明寺與真如堂之間，散列著無數寺院，如西雲院、松林院、龍光院、永運院等，在這些高高低低，坡階起伏的院與院所夾之牆海中漫步，頗有一襲尋尋覓覓、曲徑通玄之感受。此區可說是白川通西面的高坡之遊覽；白川通以東，則是哲學之道平地水畔之遊覽。兩者情調不同，可以互參交錯來玩。

最美的牆景，莫非奈良二月堂走下來，往大湯屋方向，下坡處的幾面院牆，那股泥黃，那份曲折角度，那種永遠不見閒人之寧靜，而我何其幸運竟然在此經過。

（曾收錄於《門外漢的京都》，遠流出版）

下雨天的京都

在京都遊賞，遇雨，有的人會惱，心想：怎麼恁的倒楣！實則雨天之京都有許多另外的優處。很可能龍安寺的「石庭」便只有你一人獨坐慢慢欣賞。

有一次我在京都正好碰上颱風，整整兩天雨下個不停，即使打傘，幾個鐘頭後鞋子便全濕，在任何一處景點，皆因泡在濕襪中的腳極度不舒服弄得人不知如何是好，但有一刻我正好在嵯峨野大覺寺旁的大澤池畔名古曾瀧跡旁的正方木亭子裏，四處無一人，池中的鴨群也上岸歇著，空氣是如此的鮮新青翠，這一刻，天地何等靜好，橫豎我也樂得坐在凳榻上等雨，竟不覺得有何不耐。

雨天，屬於寂人。這時候，太多景物都沒有人跟你搶了。路，你可以慢慢地走。巷子，長長一條，迎面無自行車與你錯身。河邊，沒別的人佇足，顯得河水的潺潺聲響更清晰，水上仙鶴見只你一人，也視你為知音。碎石子的路面，也因雨水之凝籠，走起來不那麼遊移了。若雨實在太大，每一腳踩下，會壓出一凹小水槽，這時你真希望有一雙魚市場人穿的橡膠套鞋，再加一頂寬大的傘，便何處也皆去得了。

雨中的車站最不宜停留，乃他們把來來往往的狼狽相定要教你收進眼裏。他們露出對雨的不耐，並且趕著避開。

然而雨也的確透露某種意指，如天色向晚，隱隱催促你是否該動身了。奈良公園在雨中，多麼好的地方，但你總覺得天色漸暗了，也確實真暗了，雖然表上只是下午三點，但人都走了，鹿群也各自找地方棲了起來，像是真散場了。

這種時候，是旅行中最大的騙局，斷不可中了它的道兒。我正在東大寺東緣、二月堂的西緣，也幾乎覺得該滾了，該讓這低垂的夜幕拉上了；然而我偏偏沒走，還賴了一下，不想十多分鐘後，雨突然小了，更奇的是，遠處的天空劃出了亮光，如同雨霽後會出現的金輪（京都、奈良的天光最富於變幻這種清亮的佳色），而遠遠的東大寺外頭似還有一二團晚來的遊眾，心情又暖了起來，我想真應該找個地方坐下來，像友明堂骨董店，喝一碗主人看似隨手打出卻味至典正的抹茶，也好驅一驅潮氣呢。

（曾收錄於《門外漢的京都》，遠流出版）

8

美國與公路

美國旅行與舊車天堂

旅行美國，最好玩的不是城市，是路途。賞玩路途最好的方法，不是火車；因停靠不能隨興、路線死板、價錢昂貴，以及最主要的，車窗玻璃老化曲扭，模糊到飛逝流景也看不清。昔年的鐵路大國竟有窘狀如此。

以汽車馳遊公路，才是好的玩法。這又分幾種：

巴士——原是最正宗的長途遊法。因它車穩身高，可極目四望，心曠神怡，常不自禁悠然遠想。且不自掌方向盤，心思無須專注於車行。然而這二十年的灰狗及 Trailways 兩家巴士已不合於此處說的遊法，最主要的是它們走州際（interstate）公路，看不到幽景。除非乘坐像「綠龜」（Green Tortoise）這類嬉皮巴士，由西岸至東岸。五千公里路途灰狗三天開到，它則要七到十天。中途選景點停下埋鍋造飯，乘客分工。飯後或游泳河濱或沐浴溫泉。繼而登程一段，夜晚或宿野地或睡車上（乘客早自備妥睡袋）。便這樣每天走走停停的駛抵終點。

「綠龜」在八十年代中期已然萎縮，班次不多，並須電話預訂，如今是否還有，我不知道。六、七十年代這類嬉皮巴士尚值高峰，許多州城皆有，據說上車時有的還會分發大麻，令你可臻名副其實的 tripping（幻遊）。那時車上的搖滾樂配合著窗外的遠山，一切是那麼的美，那麼的柔慢；大夥的交談，是那麼的富有哲理；甚至鄰座遞過來的餅乾或巧克力，也是那麼的香甜。

這類嬉皮巴士，全用的是舊車；機關單位打下來的、老舊校車打下來的等等，極其便宜。故開得較慢（以免過度驅策），時常停歇（以免因適才爬山而致過熱），並且多半採走傳統公路及鄉道（一為風景，一為節省過橋費）。

停的點選有河灣或溫泉者，為了可以嬉戲外，有人或可釣魚以充待會兒的食物，也為了一舉解決這幾天的洗澡問題。有些停點是因有「農民市場」（farmer's market）或果園，可以廉價採購果菜。至於埋鍋所造出的飯菜，要吃者事先登記，每人一兩塊錢。據說味道還不錯，比小鎮的簡餐要略勝。並且便宜。吃些什麼？西部牛仔菜之改良版。也就是有點墨西哥豆泥、有點煎香腸、牛油青豆攪炒米飯、粗獷式沙拉、什菜大湯等。在野地上多人圍食，老實說，應是滿好吃的。

真正的橫跨美國、無止境的東南西北遨遊，則必須自己開車。惟有開著自己的車，適才錯過的奇景，才能掉頭去看。極其偏僻卻又極珍貴的節慶、風俗，甚至只是古老的趕集，才能柳暗花明的抵達看到。更別說長途驅車後受星光、蟲聲等天成氣氛長時籠罩下所凝生出的一股孤獨卻又靜好的自我感，是火車、巴士、飛機等交通工具皆無法得臻的。

當然，長時間（一個月、半年）的獨駛一車，隨處停歇，也是最能消散原先精神上之專注，其實是一劑治療良方。它也有一麻煩，便是假若迷上了這種漂泊不定的生涯，往往回返不了正軌的體制。

外地人下了飛機，想好好看看偌大的美國，以一兩個月什麼的，最好是買輛舊車，由這一岸開往那一岸，開他個幾萬哩。

以舊車旅行，六十年代至八十年代末這三十年間是黃金年代。請略言之。六十年代的美國車以尺寸比例（引擎之夠力與車體之不甚特重）與價格之便宜，堪稱汽車史上最難得佳良之期。也於是你在七十年代中期至八十年代末期去買六十年代的美國舊車，常已極其便宜，如五百元，而性能出奇的好。這類車型，如一九六三至一九六九的 Dodge 廠的 Dart，及同樣年分 Plymouth廠的 Valiant；或是一九六四至一九六七福特廠的 Falcon 及雪佛萊廠的 Chevy II；假如能買到五十年代雪佛萊的凡是「全型」（full size）的，如懷舊電影中常見的 Bel Air，特別是一九五五及一九五六，則可能不便宜，乃它已是收藏品。一九五九到一九六四的 Checker（以前紐約的大而圓胖的計程車便用此型）也是。福特的 Mustang，一九六四到一九六六，根本別去想，會是 Dodge Dart 的十倍價錢。

那年代稍微注意一點汽車的美國人，皆有以上概念，但直到一九七九年一個叫 Joe Troise 的寫了一本小書《櫻桃與檸檬》（*Cherries & Lemons*），堪稱是評估與選購美國舊車的聖經。

即使到了八十年代中後期，美國大地上仍多見六十年代的 Falcon、Valiant、Dart、Chevy

II等車型，偶爾夾雜一些 AMC 的 Rambler，至若凱迪拉克這樣的沉重車體者，幾乎見不到。

這類的老車，西岸比東岸見得多。乃氣候乾燥又少雪之故。故能在西岸買舊車當然好車機會高些。但人恰在紐約下飛機，想往西去，也只好在當地買。有一技巧，盡量別在紐約市買，不妨選紐澤西的車，特別是升斗小民集聚的城，如 Trenton 或是 Camden。乃紐約市交通太擠，車子開開停停，又未必有車房儲放，車子很折磨，且別說紐約人移進移出，車主更易頻多，較不如傳統城鎮百姓之惜車。看報上廣告及在住宅區偶見 For Sale 牌皆比向經手商（dealer）買為佳。倘電話打去，是老太太的車要賣，往往會是好運。

檢視鑑別車子的性能，亦有簡易之法，這裏不多說。

在八十年代中後期，假如兩個歐洲年輕人，荷蘭或德國什麼的，在費城買了一輛舊車，雪佛萊的一九七七年 Nova 之類，花了五百或七百元，慢慢開它經由東岸到南方，查爾斯頓、紐奧良，上繞中西部、芝加哥、明尼亞波利斯，再到 Aspern 滑雪，拉斯維加斯小賭，繼往太平洋西北角（Pacific Northwest），最後抵達加州的舊金山，費時一個半月，開了二萬哩，然後他們在報上登廣告賣車，留下北灘區（North Beach）的 Café Trieste 這家咖啡館內兩支公用電話的號碼，幾天之後以原價或甚至一千元將車賣出。

這種故事，常常聽得到。美國，公路旅行的天堂，因為有舊車。

（原載二〇〇〇年五月十八日《中國時報．人間》，曾收錄於《流浪集》，大塊文化出版）

路漫漫兮心不歸

——在美國公路上的荒遊浪途

It's been the ruin of many a poor boy, and God, I know I'm one.

——American folk song

（那是多少個可憐孩子毀滅的場地，而上帝啊，我知道我是那些可憐裏面的一個。

——美國民歌）

這些橫豎交錯、高低起伏、此來彼往、周而復始的線條，多年後的今天瞇起眼睛來想，實在真真是線條；但當年無數個日夜荒遊其上，卻只知道它叫——公路。

這說的是美國公路。「Get Your Kicks on Route 66」的那種公路，Lost Highway（漢克・威廉姆斯的名曲）的那種公路，They Drive by Night（Raoul Walsh 的四十年代名片）的那種

公路。這些個被歌曲、電影、文學、流浪漢閒談等所詩化的魔幻奇境之天堂通道卻其實僅是無所適從者不得不暫浮其上、猶不能安居落腳的困厄客途，竟然不自禁成為美國最最波譎雲詭令我不能忘懷的一份意象。

美國公路，寂寞者的原鄉。登馳其上，你不得不屏棄相當繁雜的社會五倫而隨著引擎漫無休止的嗡嗡聲去專注息念。專注於空無。

多半時候，眼睛看向無盡延伸的前路。卻又茫茫無所攝視；偶爾一刻，凝注於後視鏡中映出的特別切割出的畫面。再就是微微轉動脖子，隨興一瞥左右那份橫移的沿路景況。也就是這麼些個眼睛的泛泛作業。往往有極長的時間，眼光俱因無奇的視界而一再呈現漠然，卻必須始終維持著，它不被允許閉起來。

登上公路，是探索「單調」最最本質之舉。不是探索風景。也不是探索昔日的相似經驗。傑克・尼柯遜導演的第一部片子叫《開吧，他說》（*Drive, He Said*），沒錯，開吧。

《洛麗妲》（*Lolita*），稱得上一部美國心境式「公路小說」，納布可夫（Vladimir Nabokov）以萬鈞筆力記述了五十年代的美國之心境路途即景。主人公瞥見公路旅館的名字，竟不免是那些陳腔泛名，什麼Sunset（落日）、Pine View（松景）、Mountain View（山景）、Skyline（天空線）、Hillcrest（山峰）、Green Acres（綠園）等等之類。當然，納布可夫所見，不是一個公路人的單調感受；他本人並不會開車，開車的是他老婆。《洛麗妲》書中的經驗源於他們在四十年代末、五十年代初為了找捕蝴蝶途中開車所達四萬七千哩之迢迢長旅。

單調，雖在漫漫路途中令人難耐，卻在記憶中烙下了一種悠遠的美感。如今，多年後，我每在電視或電影的片段畫面一眼瞥及公路荒景、停車加油、路旁小店草草喝杯咖啡這類景象，總會感到說不出的親切而將這段看完再去轉臺。

這類公路生活我也很過過一些；不斷的在加油站停下，刮拭車窗，喝點東西，以求打消因單調而襲來的睏意。然而這些動作，本身就重複單調。

倘若有一本小書，記載著每天在何地起床上路，在何地加油，油錢若干，吃飯所費，住店所費，如此連寫幾十天，這種書，想來會很單調，但我一定會津津樂讀。這種事，便是「公路書」之所應是，可以完全不涉描述，只記年月日，記地名店名東西名，記價錢里程時刻等純粹「唯物」之節便足矣。

想及此，我當年多少個寒暑、多少次無端的走經美國五十州中四十四州的多處此村彼鎮，若有像這樣簡略的記下單調每日行旅，今日隨興翻覽，必是快意之極。可惜。

然我上路，原非為了單調。去「紀念碑山谷」（Monument Valley）是為了一睹西部片經典絕景。走 Highway 61 是為了親臨密西西比三角洲的無盡棉田及棉田孕育的黑人藍調根源地。到聖大菲（Santa Fe）為了置身於印第安人古老文明所在之高遠大地。離開聖大菲，斜向東南之桑姆那堡（Fort Sumner），只是為了它是比利小子死於派特・蓋瑞特（Pat Garrett）槍下之鎮。到密蘇里州的內華達（Nevada）小鎮，是因為恰好經過，當時並不知它是導演約翰・休斯頓的故鄉。去威斯康辛州的肯諾夏（Kenosha）卻是蓄意，要一探奧遜・韋爾斯（Orson Welles）的童年故居。在35號州際公路的奧克拉荷馬州那一段只是經過，並非要感受「龍捲風小巷」（Tornado Alley）的天光絕景。而在愛荷華州的蘇城（Sioux City）的短暫停留，實是為了找一個舊的輪胎鋼圈。

我並非很愛開車，至少不像《邦妮與克萊德》（*Bonnie and Clyde*）那對三十年代的男女大盜那麼愛開。曾經追捕他們達一〇二天的德州騎警（Texas Ranger）頭子法蘭克・黑默（Frank Hamer）說，邦妮與克萊德動不動就開個一千哩也不感怎樣，某次一開就開到北卡羅萊納州，只是去逛看一個菸草工廠，然後掉頭返回。

邦妮與克萊德出乎我們想像的瘦小：她四十公斤不到，身高四呎十吋。他五十八公斤不到，身高五呎七吋。

這類資料不是什麼，只是慰藉旅途的空蕩。不管是由昔日的電影中看來，由音樂中聽來，由美國文學、歷史中積累讀來，竟然此一處彼一處在荒蕪的美國大地碰上某一地名時呼喚而出，供你在百無聊賴中溫故。

在有些城市，我會懷念開車，像紐約。前後斷續住過達兩年的「大蘋果」，我已不願忍受每天只是坐地鐵而已。清晨五點半在華爾街疾馳，端的是有身處峽谷之感受。而一座座鐵橋的鐵板被車輪磨滑的鳴震感，竟在最近臺北捷運施工所鋪的鐵板上又回味過來。

若旅程太過平淡空乏，會有一、兩個星期的每天晚上在經過了一整天的行旅後，極想看一場睡覺前的電影。這時的電影，不管是汽車旅館中TNT臺或AMC臺的黑白老片，或是小鎮電影院（如我打算這晚睡車上）演的《致命武器》之類，似乎都特別好看。這份短暫癮頭，倒像是我專為了看電影去每日迢迢驅車幾百哩似的。

若在路途太久，久到不急著奔赴一處目的地時，往往不免進入飄蕩的情境。這時頗危險的。所謂危險是指對人生的態度而言。有時一天只開八十哩或一百二十哩，這裏停停，那裏繞繞，在法院廣場前的老樹濃蔭下慢慢歇息，在一家老藥房的吧檯上喝一杯當下用可樂糖漿調以蘇打水做出的可樂，看著過往的老派鄉民，好像時間暫且停了下來，如此晚上索性在此鎮夜宿車上。這樣的生活過下去，一個不好，青年時光就這麼全在飄蕩中滑失了。

那一年，應是一九八七年。在紐奧良的青年旅社（Youth Hotel），各地的遊子聚在此處，時間愈耗愈長。我也住了十多天。每天早上起來，看見旅店門前又增停了幾輛新來的車，外州牌照，佛羅里達、科羅拉多、紐澤西等州。車子有新有舊，有Van，有Station Wagon，有日本小車。到了晚上，幾個住客坐在階前（紐奧良很熱），手執飲料，抽著香菸，聊著天，有時他們會清點哪些車移動過位置、哪些車再也不出現了。有人迸出一句：「不知道那部白色Volvo下一站會去到哪裏。」黑暗中有一部車慢慢駛近，像在找尋定點，車中堆滿背包及衣物，開車人探頭張望，也見了階前的三五青年，臉上又似確定，又似不敢把握。坐在門前的人索性打消他的疑慮，說：「Right here. You got it.」

這種感覺，正是旅行。來了，又走了。然後，又有來的。

這些遊子們（對，稱他們「遊子」最是恰當），許是待得久了，漸漸有些迷惘、有些失落了；許多地方不怎麼要去或不去了。到了晚上，他們，男男女女，坐在Igor's（一家近鄰酒吧）開始談那些談不完的話，一談就是夜深。或許他們著實在美國遊玩了太久（倘若他從外國來）或是在旅途中流連了太久，不禁有些累了，於是開始一直進相同的地方。每天早上糊里糊塗的登上往「法國胡同」（French Quarter）之路，每天晚上，走著走著，最後一站當然，是Igor's。

不知道什麼原因，我有點想停留下來，留在南方，不走了。不去紐約，也不回舊金山，就留在紐奧良，一兩個月，或更長，誰知道。我的二十一歲老的雪佛萊 Bel Air 型車開始有些衰弱，我想把它留在城內開，暫時不奔遠了。

這時有一個澳洲人 Rob，正有意赴紐約，他去登記了 Auto Driveaway（一種幫人開空車到另一地的服務），我們聊過一下，我表示也有興趣去紐約（我想去取我的書，再回紐奧良來閒住，看書、寫點東西什麼的）。沒過幾天，車公司告知 Rob 說有一輛車要去東岸，只是還不到紐約，只道巴爾的摩。Rob 問我去不去，我說：好。

這個決定之後，接著就出發。往後的幾天，我歷經了車子拋錨（車公司原說車都檢查妥善，實則這部車的機油表尺在出事時探到的是一坨坨的黑泥，拖車人說：「三年來他可能沒有換過一次機油。」）、伸拇指搭便車、深夜兩點在一個完全禁酒的小鎮邊上等灰狗，終於在曲曲折折的回返紐奧良。回紐奧良後我又打算找零工打，老闆叫我和一個非法入境的墨西哥人同住他在密西西比河對岸小鎮的公寓（公寓後院的鐵窗幾天前被打破，還沒修），第二天清早這墨西哥人央我載他去法院（他弟弟正好被抓，準備要遣送回國），結果我的車子在橫跨密西西比河上的大鐵橋上突然有一種「嗡」的空谷回音，油門若踩重些則嗡聲更大，狀況有異，使我不敢再踩油門，讓它滑行，自橋上滑到地面時，引擎蓋上冒出微微煙氣，而我扭轉鑰匙要熄火，卻怎麼也熄不掉。原來我的水箱的水全漏光了，車子過熱，故連熄火也熄不掉。晚上我走在「法國胡同」最熱鬧的波本街（Bourbon St.），失魂落魄的低著頭，一個十幾歲的黑人少年從口袋中拿出槍來，輕聲說：「Give me your pocket.」我轉身就跑，竟然逃掉了。半個 block 外的一個坐在階前的白人住戶站起來和我說，適才這個瘦小黑人少年騎自行車和我擦身而過時，大約看我低頭心不在焉，又是東方人（必是外地遊客），遂掉轉車頭，起意搶我。這一幕（我與黑人擦身而過）他坐在階前完全看到。

經過著一些事故，再加上身上現款已快用完，而我的銀行提款卡是西雅圖的 First Interstate Bank，全美有四十多州我可提款，偏偏路易西安那、阿拉巴馬、密西西比這三州是 deep south（深內的南方），頗是落後，銀行沒法連線，我終於決定離開紐奧良。

兩個月後，在波士頓對岸的劍橋，我看完《金甲部隊》（*Full Metal Jacket*）後，把車停在郎費羅公園（Longfellow Park）旁，睡在車內，細雨開始下了起來，輕輕的打在鐵皮上，汀汀幽響，而玻璃上先是濛濛的，繼而撲簌簌滑下水珠，剎那間，悲上心來，幾乎像是在心裏要問，為什麼？

其實，我那時並沒想得太多。那一年，我已三十五歲，並不因年齒之增而對人生有所計畫。那晚，我有一個多年好友他正住在波士頓最古雅的比肯崗（Beacon Hill）的 Willow 街上，我可以住他家，可以不必自己睡在車內感受淒冷。但我並沒想這些。

我仍然繼續北行，第二天。

這樣的日子，我斷斷續續的又過了一、兩年。現在我會說公路有一股隱藏的拉力，令我頗有一陣子滿怕自己沒來由的就又登了上去。要知道那種上去了就遲遲下不來的可能憂恐，惟有做過好些年遊魂的那類人才會幽幽感到怕。

近年來很多愛好電影的人習慣動不動就說什麼「公路電影」這樣、「公路電影」那樣，何曾知道公路電影其深蘊的本意何在。拍《閃靈殺手》（*Natural Born Killer*）的那個導演，假如有人說他曾經拍過或將要拍公路電影，我會很難相信。因為那個導演的作品是極有計畫、極究題旨，又極確明目標，這樣的人如何會作什麼公路電影。

史丹利・庫柏力克（Stanley Kubrick）這樣的大導演，作品何其精深細緻，也拍過《洛麗妲》這樣有些公路途程的片子，但他絕不可能是個公路電影的導演。氣質上，他不是。

在我的念頭中，好萊塢的主流電影裏，雖然有許多在公路中發生故事的題材，我很難視之為公路電影。亨弗萊・鮑嘉開著車，星夜趕路，亡命天涯，便因如此就叫公路電影？《蔗田快車》（*Sugarland Express*）、《美國風情畫》（*American Graffiti*）、《雨族》（*Rain People*）等劇情化得很厲害的所謂公路電影，皆不是我認同的公路電影。

最最像拍公路電影的人，是德國導演威爾涅・荷索（Werner Herzog），奇怪，他就像那種氣質。當然文·溫德斯（Wim Wenders）的多部電影原就是我認為很本義的公路電影，只是他的人在氣質上沒有荷索更像作公路電影之人。

因此，諸君，不要逗留，切莫對美國公路投寄太多情懷。倘若你恰好在US 212號公路蒙塔拿境內由Red Lodge到Cooke City這一段，或是US 550在科羅拉多州境內從Montrose到Durango這一段，或Vermont州的100號本州公路，或是自北卡羅萊納州斜上維吉尼亞州的Blue Ridge Parkway（藍山公路）上，這些絕色奇景路程你或許不得不好好玩賞，伸指慶幸自己運氣好，是的，但略作遊看就好，請別多所停留。民歌手鮑勃·迪倫在他三十多年前出的第一張唱片中，唱的〈日升之屋〉（House of the Rising Sun）有一警句說：「他從生命中得到的惟一快樂，是一個鎮接著一個鎮的游蕩。（And the only pleasure he gets of life, is rambling from town to town.）」

（原載一九九四年十二月《誠品閱讀》，曾收錄於《流浪集》，大塊文化出版）

9

電影與人物

高陽——奇人奇書

漂蕩美國多年，一州州驅車穿梭，時時借宿友人家；不少華人家庭寥寥幾十冊藏書架上，竟然皆有三幾冊高陽小說。旅程中每晚躺臥不同陌生床鋪，未必立即成眠，隨手取架上書以求引入睡鄉，往往發現高陽小說必是書脊處皺摺最多者。這些家庭，電腦工程師有之，經營餐館者有之，日日雀戰做寓公者亦有之，惟研讀史學潛心文化之士則無。

高陽歷史說部膾炙人口久矣，在美所見之例，僅一斑耳。我所讀雖片斷幾部，於其人實早多欽服嚮往。卻一逕不曾涉讀過他的傳記，又由衷想探知他藝業成形之一二。

只知三十多年前，高陽評過姜貴的《旋風》，洋洋五萬字，為當年所有評《旋》書中最長者。或可揣想高陽一心不贊同共產思想，並且他於文藝之事素有使下深心。而民國四十幾年時他根本就寫了幾部所謂的文藝小說，未臻卓著。

高陽成其一家言，成其當代海內大作手之奇之特絕，或有如下：以一杭州世家子弟，二十出頭，倏忽託身空軍又隻身隨軍來到臺灣；其始也，何曾欲造就自我成一史家？然高陽之本命終不自禁寄之於史、託之以文；自壯年起，神鋒開豁，一發不可阻禦，沉潛古籍，凡觸必通，過目會心，感悟良多。中年以後，成書不歇，發射想像，遊刃於古今，旁徵博引，無往不能通抵。此等異才，數百年來亦不得一。

我嘗想，這份功業之路數，莫非繫於一種全然閉鎖之潛心？

自清至明，返溯漢唐，再至民國人物，竟至無人能遁形於他掌外，無事能逃他眼耳。然察其所著書，可想高陽並不親身履行實地勘察；詢之友人，知高陽案前並不廣置參考書籍；下筆依然如數家珍，卻不以珍視之，平常心耳。

渾然雄秀筆力，平常手法耳。須知民國四十、五十、六十年代，多少文人皆好記述掌故瑣聞於文史雜誌，高陽概不如此。他何嘗不嫻於此道，卻仍只是綿密寫於小說中，不特當一回事也。

全然閉鎖之潛心，何也？中國故舊方子也。寓目悟心，一役盡收也。非學術家所習稱「隨時註腳，事事依據」那一套系統云云。

全然閉鎖之潛心，何也？僧也道也。世界之大，除此之外，尚有何耶？此高陽之名山巨業所是也。

（原載一九九二年五月三十日《中國時報．人間》，曾收錄於《臺北游藝》，皇冠文化出版）

香港有個梁文道

香港有個梁文道，他寫文章、論時情、觀看世界皆有獨造。我禁不住好奇他是怎麼做到的。同時也佩服有人能做得那麼出色、那麼妙。

終於，我被出版社委託談一談他。然我實知他不多，雖我識他亦有十來年。只不過其間沒機會見上幾面，但每回見面卻又聊得極愉快極豐富。只知道有好些年，他每天讀好幾本書，且每一兩天，他還得寫一篇精到的書評，十年不間斷。

但我真不夠資格談他。先別說我的學問不夠；再者我看不到他的電視節目（臺灣看不到鳳凰臺，說來不怕人笑，舍下亦無電視）；三者不諳電腦，讀不了他在網路上與日俱增的文章；甚至他在書上報上的文章我竟也忘了去追來細讀。光陰似箭，轉眼間他已從二十六歲的昔日少年馬上步入四十歲的壯年矣，也已文章寫出了、電視上論出了恁多各題各類各趣各風的作品，開啟了恁大的一片思想與知識之文化論窺事業，這一下子，我忽然好想多曉得他一點了。我，也開始強烈的好奇了，好奇怎麼會形成這樣的一個獨樹一幟、自闢蹊徑的年輕學問家的？

於是我便在紙上寫下：香港有個梁文道……

當然，我雖好奇，卻並不深悉他的成長與治學等諸多實情，只好就我在與他七八次的香港、臺北與北京的酒飯席間晤見上來揣想一個可能的梁文道。

譬似他永遠在看書看書看書看書，看了這本，還要看那本，看了文學的哲學的，還要看歷史的政治的，世間每一種事象皆不願放過，皆極有興趣。更還不只是興趣，是不累。這是怎麼一回事呢？莫非是一股童心？一股追問？莫非是一種對父親、祖父，甚至舅舅、表哥等的殷殷追隨與跟從，企求自他們大人那兒得到即令是出海冒險的快樂卻同時仍獲有依仗的保護與溫暖，以及愛。

他這種不歇的好奇心，或說糾纏不休的窺探，幾乎已像是在萬里尋親的途中不放過任何遭逢親人的窄縫機會。

幾乎可以說，他有一種傻，這種傻，這種專情，教他做恁多的事而不感到累。一如兒童的嬉戲瘋鬧。又他的傻，是一種渾然天真，你今天和他碰面，聽他說話或看他聽人說話的反應，覺得天真純樸，並不如何如何聰明，但明天你看到報紙上他的文章，奇怪，怎麼比昨天多聰明了點呢？再過幾天你看到電視上的他，他媽的，怎麼又更聰明了呢？梁文道便是這麼一個不即時露出他犀利才智、卻始終與日推移左右逢源目送飛鴻手揮琵琶的獲取他更深化學養與淬鍊慧根的「學問栽植家」。並且他隨手拈來。這亦是他生活與工作的高明處與獨特處。

怎麼說呢？

他看似只工作（寫稿、讀書、上電視做節目），不生活；然看自他的文章與節目，充滿了生活的各樁情節：伊斯坦堡的海峽、京都的百年旅館、亨利·詹姆斯的情感、少年臺灣小太保的荒好歲月、生牡蠣的腥香鮮甜。

其實他抓緊片段的空閒，瘋烈的生活。譬似這兩年我遇見的他，常在飯桌上，他抓緊與同桌六、七人多聊、多聽彼此近況，也同時迸發撞碰出新的任何話題，常常有趣極了，也熱鬧極了。這便是他的獨妙生活，也是他特殊修士般工作下的極佳娛樂。然後九點半十點飯席散了，他馬上又要回到幽禁如武俠小說面壁石洞的旅館房間去進行三到五個小時（有時甚至到天亮）的無人窺知的默默寫作自懲。（「鏘鏘三人行」掌櫃竇文濤說得好：「文道寫稿量與讀書量的大，與睡覺量的少，幾乎是自虐。」）

正因為他太常在室內檯燈下伏案，致他說及的外間，皆是極如嬰兒初見的光亮明潔、花也香海也藍的興奮。這種封閉式的工作型態，造就了他的天真，也達成了他的與世俗之隔絕。但他不能在光風霽月下待停太久。說來好笑，我差不多已在遐想，若梁文道在百忙中到臺北休假三天，啥事也不用做，那我可以怎麼替他規劃一個行程呢？我甚至想，我自己亦可不留在臺北相陪，歡迎他住我家客房，每天自顧自出門遊玩，我寫好幾張A4紙的可遊可逛行蹤，何處不妨小坐，主人可略談，何處院子花好，何處咖啡好，何處人景佳，何巷黃昏時分光好，他自去玩，他自去吃，他自徜徉與歇腳。

甚至臺東，亦可如此規劃與他。便為了或許令他享三天實則平常之極的清福。

梁文道說話，沒有廣東腔。這與他童年待過臺灣有些關係。但更與他喜歡接近所有的風土、所有的異地有關。而他雖每日寫稿一如太多香港寫家在報上所作，但奇怪，他的議論與絕大多數的「港見」極不相同。這三十年太多的香港專欄文家，即使見多識廣，留英留美，談英談美，高論不乏，但總還是流溢著濃郁的港見，更不時透露出某些港嘆。這頗正常，亦很應當。然而梁文道小小年紀，何以比較少這些東西呢？梁文道議港談港，必也不少，只不過他所在意的「居港思港」之念，或許疏淡得多。搞不好他看任何的中國人角落，不管是新加坡臺灣香港，鬧熱烘烘珠江三角洲、吳儂甜軟的江南，嗆嗆唬唬的北京、擺龍門陣的四川，皆以某種類似遙遠卻又好奇的眼光。梁文道身處其中，似不很投入，就像他自己並不嵌在裏頭，這種「自火車上探頭看一眼」式的觀察，卻寫出、談出極其精闢的論見，是他的絕活。何也？哦，是了，是舉世皆過度世俗了。而他即使每一天皆投入世俗，卻怎麼也沒與他們一般的世俗。中國大陸的一忽兒大鍋飯又一忽兒全民奔經濟，香港的商樓滿布、逼人透不過氣的金融競逐，臺灣的人人顧盼自雄、皆欲自做老闆、政治見解滿口、儼然有朝一日亦想登高從政……他皆很能樂知樂見樂聽樂參與其中實況，並享受眾人的喧囂與野悍暢肆，但他究竟是梁文道，一個埋頭伏案的書呆子，一個只知理出思路的哲學探索者，一個若即若離的旁人；這些事皆不受他染指，這些地方即使他皆深愛卻都不是他的故鄉，他像是住在寺院裏。

他像是太愛這個社會，故而要去離開。他像是太愛這些人群，故才不與他們靠得太近。就像電影或小說中的傑出兒子，太愛他的媽媽、姊姊、弟弟，便只能躲在樹後看著他們、保護他們，卻不與他們見面；乃相見只益增得悉他們脆弱後生出的不忍。

於是他消除不忍不捨的心底之痛，只好一逕的寫、一逕的說，教人們一點一滴的從不同的角度逐步知解生命。譬似少寫了一篇文章便少誦了一堂經般的令眾生的苦痛沒得到立解。

他的業作，我東思西想除了說「僧道一流」，已無其他身分可以解釋。有人謂他是意見領袖，實他無意做任何的領袖，只是想找出意見、講出意見。在這一處講完了意見，便再去另處繼續尋找。意見是他優游人生的最佳故鄉，但也頂多如此，他只誦經，不做方丈。

（曾收錄於《雜寫》，皇冠文化出版）

也談小津

在萬隆的一家餃子店吃了十多年水餃，味道很好。但這家店的酸辣湯與玉米湯我從來沒點過。十多年來，我想老闆娘一定覺得奇怪，當然她也沒問過我。若她問我，我會怎麼回答呢？

我常麻煩她給我一碗餃子湯，當然嘛，「原湯化原食」；另就是，我更傾向於喜歡自然形成的湯，如餃子湯，而不喜歡硬做出來的湯，如酸辣湯、玉米湯。

就像便利商店賣的幾十種鋁箔包的飲料，幾乎一樣也沒喝過，一樣也不曾注意過，它們被我稱為「編製過的水」，而不是我平時喝的「自然形成的水」。

小津安二郎藝術之登峰造極，論之者多矣，我亦最拜服，雖我懂曉他饒是淺薄。他的電影，便是我所謂「自然結成的劇情」。不同於大多數電影是「編出來的劇情」。小津的這杯水，不同於眾多花樣繽紛的飲料，它滋味更雋永。

正為了達到「自然結成」，小津絕不用電影手法去妄自改動真實。譬似他絕不用倒敘鏡頭。倘說及往事，能用口說的，便主人翁口說即是，絕不攝一畫面嵌入。譬如取出一張相片介紹對象，多半不拍那相片，非必要也。又既然前述相片未被攝下，則其後女主人翁偷偷瞧一眼真實對象，此對象亦不攝取。此言《麥秋》一片之例也。

又「自然結成」是如此不易，小津連攝影機也不輕移動。攝影機不動，則人物必須移動；人物先在廚房，一走走到主廳，則攝影機早在主廳恭候，拍入。人物問知爸爸在樓上，便轉身登樓，下一鏡頭攝影機亦早在樓上相待人物自梯口現身。

西方電影的橫向搖攝或自下登上的昇攝，小津絕不取。一來西洋電影陳腔慣使的攝影陋習不免來自商業娛樂片輕浮傳統，尤以導演不知如何面對當下劇情時便隨興驅動影機，二來小津素知日本家屋緊促空間與人物緊密相繫關係，原本惟有此法方能恰如其分的呈現真實。

小津在攝取人物對話上，亦做到形式完美。兩人對話，甲說一些事，乙說「是嗎」；甲再述說，乙說「這樣啊」；甲接著說，乙又說「是嗎」……如此，鏡頭先甲後乙，甲長些乙短些，韻律有致，三五句交話後，韻律又推往另一拍子，令之稍有變化，教人自然專注以看，且看得十分舒服。他不愧是將平日事拍得完美之至的「片段篤寫」之巨匠，而他的整部片子亦全由如此精緻的平淡片段所構成。

因皆是平常事所結成的情節，小津影片的起名，常顯得很相似；如《早春》、《晚春》、《麥秋》、《秋日和》等只如是時光變移之字眼，教人抓不住確意。要不便是一些如《浮草》、《彼岸花》、《東京暮色》、《綠茶飯之味》、《秋刀魚之味》這類很飄忽的寫意的名字。

有人會說，這教人記不住哪部片說的是哪件故事。是的，或許正是如此，小津正是不希望大家把特定的哪部片很特定的記住，一部一部往下看便好了，每一部皆將它視為「無題」亦可。事實上，在觀者的依稀印象裏，這一部與那一部穿插連接在一道亦像是言之成理。

且看他的人物，多姓平山。這個平山，若年歲大一點，便由笠智眾（《東京物語》、《秋刀魚之味》）飾演；那個平山，年歲稍輕呢，就由北龍二（《秋日和》）或佐分利信（《彼岸花》）飾演罷了。

甚至家中的小孩，大的總是叫實，小的總是叫勇（《麥秋》與《東京物語》）。

甚至，這些不同的片子，其主人公吃酒的小店，常是相同的「若松」。

他們生活在相當偈小卻安定穩篤的空間，五倫極是和睦；父母與子女，公司中的同事，中年團聚的中學同學，出遠門訪探親人……等等，這是小津最深情凝視的人生。而此人生他用很拘限的場景來呈現，且說幾種：一、進玄關，脫鞋，進主廳，男主人翁脫下西裝，丟下手帕，俱落在榻榻米上，女主人翁隨即收拾摺疊。二、辦公室，總是那樣窄窄長長的。有訪客，則很有禮儀的對話。進室前，或敲門或有人領進。三、小酒館，人倒酒、喝酒極是輕巧熟稔，彷彿很得品嘗此中深味似的。又挾菜吃菜很小口，如有節制。而凡拍酒館，先出一個空鏡頭，呈現招牌及窄窄的弄堂。四、換景而用的空鏡頭，常有小孩上學的畫面。

一九九三年九月，我恰因東京影展之便，參觀了小津的九十歲紀念展。其中展出了小津的 Pique 帽子，這種日本導演（甚至不少日本民眾）原就喜戴的款式帽子，竟然最後成了小津的招牌。今日我們若提說「小津戴的那種帽子」，相信人人知道指的是什麼。

小津頗好相撲，有一幀照片攝於他在蒲田攝影所，與同事合影，大約那是他年輕時玩得最無憂無慮的一段時光。

他體格高大，或許遺傳自母親。小津一生沒結婚，最後二十多年與母親同住在北鎌倉，母親塊頭大，八十多歲時，因家住坡上，便很少出門，為了不願返家時爬坡困難。又她即使生病或太累，也不願讓人揹，主要因「楢山節考」之傳說謂揹老母乃欲棄葬之云云。

小津有在筆記本上繪草圖的習慣。中日戰爭，他亦到了中國，一九三九年四月的日記將修水河渡河戰也繪成地圖，可見的地名有：龍津市、堰頭劉庄、尖山、永修等。

他喜歡的餐館，也記在筆記本裏，並且繪上地圖，如人形町的「四季の里」，澀谷神宮通的「二葉亭」、江戸路一の四的「泰明軒」。另外，他也讀小島政次郎的飲食書。

小津好酒，常有與野田高梧合寫劇本幾十天後，點數飲空的酒瓶共計幾十或上百的趣談。他片中人物亦偶一醉。此他人生頗為自約後偶求釋脫之舉。他年少時由於父親遠在東京經商，他在鄉下只受母親照料，頗得自由調皮之樂，及受學校趕出宿舍，更因通學之便飽看了當時好萊塢的默片。小津固然思想開放，行動自由，言語諧趣，但其心底深處依稀有一襲謹約幽寂的牽引，致他終於不得不逐漸成形出今日一部又一部如此精密的作品。小津，他像是全生命融入的藝術家，所有的童年，所有的生活歷練，所有的吃飯、談天，所有的與人相接，所有的觀看市井，皆像是最後沒有了他自己，皆像是全數為了藝術。他死於一九六三年十二月十二日，距他生的一九〇三年十二月十二日，恰好是整整一甲子，一天不多一天不少，風格何其精密嚴謹也。曾有外傳他與女演員原節子計畫結婚之說，但內向含蓄的小津，始終不曾言及戀愛或結婚之事。小津死後，原節子從此不再接戲，像是矢志以她的演員事業與小津的離世一起成為過去。

（原載二〇〇三年十一月十一日《中國時報・人間》）

瞇眼遙看庫柏力克

史丹利・庫柏力克（Stanley Kubrick，1928-1999）倏忽謝世已有四年，返顧他一生歷史，頗有可以一論者。

一九六八年，庫氏以四十之年拍下了所謂影史上空前最具規模的太空片《二〇〇一太空漫遊》。此後這部電影一直以「史詩」字眼為世人習稱，加以片中電腦名喚Hal（乃比ＩＢＭ每一字母皆先行一位）以及配上大小史特勞斯名曲《藍色多瑙河》、《查拉圖斯特拉如是說》之奇詭驚異等這類受人談助趣事，益使此片雖令觀眾隔霧看花不甚了然卻似又印象強烈揮之不去。

自一九六八年至他一九九九年死前，三十年間凡有他的電影消息，必是一個超級大導演的消息。此大者，非只是影片之大，亦是心理層面之大。即使三十年中只拍了六部片子。

與好萊塢一刀兩斷

瞇眼遙看庫柏力克的歷史，竟呈現出一個美國導演與其事業的一頁意志折衝史。

庫氏早在一九六〇年拍《萬夫莫敵》（*Spartacus*），實已走上大導演之路；乃以一介三十出頭小夥子須耗使高額資金（當年一千兩百萬美金的巨製），調度大隊人馬（八千個西班牙鎧甲武裝戰士的大型陣仗）與最大牌的明星勞倫斯・奧力佛（Laurence Olivier）、查爾斯・勞頓（Charles Laughton）、彼德・尤斯汀諾夫（Peter Ustinov）以及老闆兼男主角寇克・道格拉斯（Kirk Douglas）共事與周旋。道格拉斯原先找的，是老牌西部片導演安東尼・曼（Anthony Mann），卻開拍不到兩周將之解雇，才找上了年輕的庫柏力克。這部影片不知因為太好萊塢或太演員中心或太什麼，總之庫氏日後不願承認是他的作品。而寇克・道格拉斯找上他，緣於一九五七年演出過他的《榮光之路》（*Paths of Glory*）而賞識他。

同樣因為賞識，馬龍・白蘭度（Marlon Brando）看了《萬夫莫敵》後延他導《獨眼龍》（*One Eyed Jacks*, 1967）；籌拍中庫氏提出第二男主角宜由史本賽・屈塞（Spencer Tracy）飾演那既慈祥如父又可陰沉如巨盜之性格，然白蘭度早在心中定下卡爾・馬登（Karl Malden）為人選（早在《岸上風雲》《欲望街車》兩片合作以來兩人交誼深厚——亦好萊塢常習也），頗感為難。又不久，庫氏想出一個公關點子，謂已與拍照老友法國攝影大師卡提耶・布烈松（Henri Cartier-Bresson）說好了，請他在拍片現場不時照相，日後可做一展覽，當可受藝文界強烈矚目云云，白蘭度聽後，覺得這年輕人恁多文藝雅好，心猿意馬，一煩之下讓他走路，乾脆自己來導。結果自扛導筒的白蘭度居然也敢縱性肆意，在接下來的六個月拍攝上，多拍了一百萬英尺底片，並且共花了六百萬美金（原本預算的三倍）。

經過這兩大明星的不快共事，庫氏痛定思痛，此後拍片必全由自己主控，並矢意與好萊塢一刀兩斷，將基地遠移倫敦。

All work and no play

縱觀庫氏之取材，可謂獨出機杼，不落美國固套。他太犬儒，未必拍得來歌舞片一如史丹利・兜能（Stanley Donen，曾拍 *Singing in the Rain*、*Charade*）。他太城市，又富新思想，無意去拍西部片一如約翰・福特或安東尼・曼此種頌詠拓荒馴野的傳統老價值；也不會去拍既誇大暴力又故作攜帶些許草根鄉風的《邦尼與克萊德》如亞瑟・潘（Arthur Penn）。也因為太城市（紐約市布朗克斯人），透過遙遠，極可能有興趣拍南方山蠻人野的《激流四勇士》

（*Deliverance*, 1972，此片人與天競，逐漸一步步逼近不可知險境略有 *Shining* 意況），然約翰・波曼（John Boorman）先拍了。他太孤高自立，也不會去拍緬懷故往如奧遜・威爾斯的《偉哉安伯遜家族》這種中西部舊日家園故事。他雖是紐約人卻瞻視古今，不會凡拍片言必稱紐約一如伍迪・艾倫；又他雖是紐約人卻從來不涉族裔故事凡拍片必大撒番茄醬如馬丁・史柯西細。

他太挑剔，又究品味，即找文學作品，也必覓得奇絕者，如納波考夫的《洛麗妲》而非淺平文筆的葛蘭姆・格林之《黑獄亡魂》（*The Third Man*）。然前者他畢竟沒把鏗鏘韻句拍出，書文中意淫之潛蘊，壓根沒有形於膠卷。後者卡洛・李（Carol Reed）卻拍得灑脫漫逸。庫氏向以攝影考究稱於影界，也偶在拍片中自執攝影機捕捉另外角度，然《洛》片黑白攝影平鋪直敘，中庸之極；反是《黑獄亡魂》之黑白攝影行雲流水，酣暢有風格。此何也？非庫氏於攝影之浸解不及人，實是構築影片之始的定奪便已然偏差矣；這才是造成《洛》片之風格之平滯而勉往下推狀態。

改編自安東尼・伯吉斯的奇想之書《發條橘子》，以及早為人淡忘的古舊作家薩克雷（William M. Thackeray）的《亂世兒女》（尚且不是他的《浮華世界》名書），可看出庫氏的隻眼獨具，並用心深苦。

庫氏太過嚴肅縝密，不容易把簡單主題，天真輕快的拍成片子，像《金剛》（*King Kong*, 1933）。若他拍，他會花太多的工夫把技藝弄臻完美，而不自禁的忽略了純真的情致，金剛臨死前的眼神淒楚不捨，此類筆觸庫氏片中不易見。也正因他技術精良、美術典雅，加上他博學淹通，以致《亂世兒女》（*Barry Lyndon*, 1975）中燭光下十八世紀的光暈實景，他特別央人研磨鏡頭將之拍出，儼然要竟法國阿貝爾·剛士（Abel Gance）一九二七年拍《拿破崙傳》的未完之業。

他太冷嚴，劇情過於奇轉幽默似舞臺劇之節節合拍者，如《北非諜影》或如《熱情如火》，他無意拍。庫氏的幽默，是黑色幽默。以是浩渥·霍克斯（Howard Hawks）的 *His Girl Friday*（1940），他不會拍。即使是淺寫幽默、濃涵人情的尚·雷諾亞（Jean Renoir）的《大幻影》（*The Grand Illusion*, 1937），以庫氏之認真嚴肅，亦不會拍。

老派導演的怡然閒情、苦笑人生影片，庫氏不知是使力過深抑是過於埋首沉鬱，他的所有片子無法窺見。或許庫氏本人原就不大嘗味生活。

庫氏之作品，予人某種感覺，即他書齋之工夫忒深，而外間草莽之生活又忒不涉足；故汗臭味嗅不到也。*Shining* 中，主角在打字機上一直打 All work and no play make Jack a dull boy，莫不他自我取嘲乎？

他又太喜親近學術，平時博覽群籍，與世界某些專類科目的一流學者多所切磋探討（尤以七十年代初原計籌拍拿破崙事傳時之窮研古史軼事最常受各界矚目。後雖因規模委實太巨不易實現，卻也轉拍成那古意盎然，考據精良之不世傑作《亂世兒女》），隱隱然透露其內心或多或少有以他沒上大學一端為不甘之勢（此點以飽學著稱的我國導演胡金銓亦有相似情態）。

他的配樂，是其一絕。不僅選曲別出心裁，並在最巧妙的段落恰入其縫，但看〈Woolly Bully〉及〈These Boots Are Made for Walking〉等曲在《金甲部隊》中之出現可知。

題材，題材

舉世導演中若論考據最詳者，人能想及之人，或許庫柏力克最能名列前茅。八十年代方得有機會一睹尼古拉斯．雷（Nicholas Ray）的《北京五十五天》如我者（乃早年臺灣禁映），當時心中突生一念：尼古拉斯．雷，何嚮噹噹大導！名氣中既含建築大師萊特之徒，又是《作者論》（*Auteur Theory*）最稱許之大師，他的《養子不教誰之過》何人沒觀過？然多年後回思其人各片，不惟深感《作者論》之過時，他的片子之淺空，尤其《北》片徒顯其人之無學養也。繼又想：歐美導演不知何人可將中國歷史拍得考據翔實？若有，必庫柏力克也。

一九六四年庫氏受 *Cinema* 雜誌採訪，選出心中最佳十部影片，第四部是約翰・休斯頓（John Huston）一九四八年的《碧血金沙》（*The Treasure of the Sierra Madre*）。不知是否太欣賞此片，以致一九五六年庫氏的《殺戮》（*The Killing*）結尾的整箱鈔票在機場停機坪遭風吹去，不由得令人聯想起《碧》片結尾一袋袋淘來的金沙被風吹散在無盡的墨西哥原野。

更且《殺戮》的故事結構，幾同於休斯頓一九五〇年的《夜闌人未靜》（*The Asphalt Jungle*）之架設，亦是幾個人湊在一起要去搶劫財物這種電影獨有類型之 caper film（巧計搶劫片）。而庫氏用的男主角，正是《夜》片的史特林・黑登（Sterling Hayden）。

以藝術言，庫氏在影史的地位當高於休斯頓；然他早期之故事選材，創發似顯不足。他屬於鑽研刻意、鍥而不舍、精益求精的學術臻高者，孤芳拔萃。他極像是一個有可能十分鍾情於將《白鯨》（*Moby Dick*）拍成大片子的人，乃在梅爾維爾縱多年心血將鯨魚的生態及捕鯨史巨細靡遺的研寫於書中，這種又粗獷雄麗又兼富風俗學術的老典籍照說應最合庫氏的脾胃，然休斯頓一九五六年已先做了，並且做得極不成功；他讓科幻小說家 Ray Bradbury 寫出的初稿劇本就厚達一千兩百頁。影評家 Andrew Sarris 說得好：休斯頓根本應該自己去演阿哈船長（而非格利高里・派克），而讓奧遜・威爾斯來導。

題材，是庫氏研想拍片很特別的一節。他極重寫實，但卻尋取頗驚異的種類。《金甲部隊》（*Full Metal Jacket*）固是越戰片，然他不置重點於砲火殺敵情節，反多施筆墨於美國文明衰弱於精神之不堪強野，如胖子 Private Pyle（Vincent D'Onofrio 飾）藏一甜甜圈被發現，說：「Sir, because I'm hungry, sir.」又此片的戰火場面全是在倫敦南城一座廢棄煤氣廠房搭景拍成，又是他將真實完成於舞臺之別出機杼處也。

題材，是舉世大導演最注心思尋覓之物；題材，更是一流大師如庫柏力克者最欲顯現他眼界及脾好之必然所寄。顯然，太有所直指、如南方三K黨之歧視黑人，譬似 *Mississippi Burning* 或 *In the Heat of the Night* 此種必然結論之故事，非是他有興趣者。他要的，是更玄思的。或是更奇譎的。或是更嘲諷的。或是更雄麗的。或是——終至成其為更蛋頭的、更大場面的、更一發而不得收束盡善的。

然則何種題材方該是庫氏的題材？《叛艦喋血記》（*Mutiny on the Bounty*, 1935）嗎？《法國中尉的女人》（*The French Lieutenant's Woman*, 1981）嗎？《惡魔島》（*Papillon*, 1973）嗎？《叛》片中有歷史懸案與人性之孤閉致惡，並兼與人遙思之大海奇島；《法》片有維多利亞時代的優雅纖細之糾葛與人性亙存之渴望，且由當代出色文家以維多利亞文體成之；《惡》片是孤島監獄之近代殘酷實錄卻又似遙不可及……或許此等題材猶可受庫氏一顧，卻又未可知；然而終究別人拍了，他沒有。

他的題材，一一考較而去，雖似豐繁，卻竟又不那麼各成不世出的高之又高。《洛麗妲》、《榮光之路》實稱平庸。《發條橘子》美工當年太是突出，時光走過，反致有些突兀。《二〇〇一太空漫遊》多年後數次觀過，回想起來，亦覺微有故作驚人語狀。*Shining*，恐怖片型也，又是編構者自思自怕的內心世界之恐怖也。然觀者參看其中，竟亦不如何。《亂世兒女》方可稱其最傑出構也。

追求絕對之完美

庫氏之片，一言以蔽之，氣質不飄逸也。此他與弗烈德．齊納曼（Fred Zinnemann）之蘊藉、比利．懷德（Billy Wilder）之笑淚、帕索里尼之絕異不羈、朱爾斯．達辛（Jules Dassin）之巧黠、克魯卓（Henri-Georges Clouzot）之跌宕走險、梅爾維爾（Jean-Pierre Melville）之冷峻、約翰．福特之曠澹、奧遜．威爾斯之雄雅凝麗……諸匠相較之下，倒顯得庫氏更多透了幾分飛揚狂魯氣。

以題材之表達來呈露飄逸氣質，庫柏力克較之上述諸匠，現出一種狀態，便是時代之差異也。庫氏較他們年輕，老年代所在乎的價值，恰好不便或無意教庫氏受用，此也正說明了他之援用搖滾樂、之援用科幻未來故事等等革命性手段。

他生於一九二八年，約可屬於美國社會所謂之「沉默的一代」（一九二五至一九四二年出生），即論者概言「想在二次大戰英勇殺敵，卻出生太晚；要想做反越戰的激進抗議分子，又出生得太早」者。

以庫氏之奧博，多溺於驚奇（*Shining*、《大開眼戒》、《發條橘子》）；正如以安東尼奧尼之纖柔，每多狹於偏情（*La Notte*、《紅色沙漠》、*Blow Up*）。各以小情小節繫其志。觀其影片，人不得凌虛曠達也。

而少年時即深好攝影，亦隱隱有陰鬱中窺看外在世界之羞怯潛質。故其人性格不主莽撞、不多投入，蓋為日後創作與生活之大柢。

在《金甲部隊》籌拍中，得識新兵集訓營的教官 Lee Ermey，此人雖身在行伍，卻在真實生活中便原本是滿口髒字的大講笑話，且極盡用字巧思之能。庫氏對此備感深趣，在邊寫劇本邊發展情節時，猶一直要他「多講些，多講些」，引為平生不曾探及之幽境一般，更索性央 Ermey 飾演士官長哈特曼一角。而他在《亂世兒女》中主人翁 Redmond Barry（賴恩．歐尼爾飾）之原是不涉世之鄉村少年，乍入丘八陣中很不能接受盛食物之油膩杯子而遭同袍譏笑，後遇流浪歐陸以冶遊賭樂周旋於王公中的愛爾蘭同鄉前輩巴利巴瑞勛爵（Patrick Magee 飾），百感交集，不忍騙他，竟然落下熱淚；此種種人生劇情，庫氏似亦有涓涓自況之意。

猶記八十年代中期，美國 Michelob 啤酒的電視廣告，因光影幻動、剪接出神入化，深得庫氏讚賞（實則這是日後MTV攝影方式之某種先聲），此事之大驚小怪，加上他在倫敦的深居簡出、常要求其司機開車盡不超過時速四十英里等生活小節之報導相參，足見他的幽閉之自詡藝術家情態。

他太別出心裁，選演員未必找最紅最好萊塢典型明星；然《洛麗妲》之選詹姆斯・梅遜、《奇愛博士》之選彼得・謝勒斯、《金甲部隊》之選 Mathew Modine 等未必便恰如其分。而他仍偶用大牌如 *Shining* 的傑克・尼柯遜、《亂世兒女》的賴恩・歐尼爾、《大開眼界》的湯姆・克魯斯及妮可・基曼等，又透露出他亦不能全然無視賣埠之需。然此數位大牌即在庫氏指導下，仍不脫素日演戲積習，每人之慣有動作何曾洗練得一新耳目？尤以《金甲部隊》的正受訓的胖子新兵 Vincent D'Onofrio 由二楞子漸變成瘋狂之後，那種眼光開始露出邪惡（與傑克・尼柯遜在 *Shining* 中一樣）；此二人中邪變瘋之表演皆令觀者看來不甚有說服力。

他並未起用非職業演員而搬演出驚世駭俗的戲劇如羅伯特・布列松（Robert Bresson）或帕索里尼（Pier Paolo Pasolini）。

他太追求絕對之完美，故在 *Shining* 一片中傑克・尼柯遜在打字機上一頁接一頁的打 All

work and no play make Jack a dull boy，他硬要人用手真的打出，而不用影印紙稿（雖然大家知道攝影機拍攝後其實看不出差別）。

美國電影人自不免有一襲美國這無垠拓荒國家的「比真實人生還偉岸」（bigger than life）之念，庫柏力克以一早慧天才，十多歲便獲照相大獎，入 Look 雜誌任攝影記者，又自資籌拍短片，少年得志，極早出入好萊塢，豈能不顧盼自雄、睥睨群倫？而他又何甘於只是一個好萊塢導演？然其移居英國也，終竟未令自己只拍小型社會影片一如湯尼・李察遜（Tony Richardson，曾拍《憤怒的回顧》、《長跑者的孤獨》）、卡爾・萊茲（Karel Reisz，曾拍 *Saturday Night and Sunday Morning*）、林賽・安德遜（Lindsay Anderson，曾拍 *This Sporting Life*、*If*）、傑克・克萊頓（Jack Clayton，曾拍 Room at the Top）這批「自由電影」派導演。

他終究是美國大導演歷史中一員，既是受累者及抗競者，似是異類；同時猶不自禁的是一個承襲者。

（原載二〇〇三年十、十一月《萬象》）

Bob Dylan獲諾貝爾文學獎有感

突接報社電話，謂歌手 Bob Dylan 剛獲諾貝爾文學獎。囑我寫一文，談談感想。

Dylan 以七十五歲高齡，一個方方正正、嚴嚴肅肅的文學獎項，竟會頒給一個大夥素日只視為「偉大的歌手」的他，這突來訊息與此等出人意表的決定，乍聞之下教人怎不驚訝萬分？

然再一沉吟，哇，好啊，太對了呀！

七十五歲高齡，可謂眾望所歸，更是實至名歸。然 Dylan 之成名極早；五十年前已是歌曲與詩名舉世深矚。甚可說，他的成就與他廣受人聆聽不已、頻頻提及又頻頻播放之名曲，概在他自出道的十五年間（1961-1976）便已卓然底定。他當時已儼然是「活著的傳奇」矣。名曲如 Blowing in the wind（1963）、Like a Rolling Stone（1965）、The Times They Are A

Changing（1964）、Mr. Tambourine Man（1965）、Don't Think Twice,It's all Right（1963）、Just like a Woman（1966）、A Hard Rain's A-Gonna Fall（1963）、Knocking on Heaven's Door（1973）、All along the Watchtower（1965）等，被眾歌手傳唱不朽，而全在他三十五歲之前便成定局。然在當年，沒有人會想到三十多歲的歌手（哪怕還是出色極矣的詩人）會獲此北歐國度的殊榮。

即使在不到三十歲的青年時期已獲頒普林斯頓大學榮譽博士學位如許高的榮耀，為此他還寫了一首歌 Day of the Locusts。

一九六二年，在他第一張唱片中唱的傳統民謠 House of the Rising Sun，被英國的 The Animals 合唱團的 Eric Burdon 聽到，深深喜歡，遂在一九六四年將之唱成搖滾版，這首歌自此紅遍全球。

他的成就，主要在他的歌。他絕對是了不起的詩人，卻大多出以歌詞的形式再自己彈奏樂器並開口吟唱，如同以此完成他詩作之立體的「朗頌」。

他少時愛詩，取筆名 Dylan，看出他對威爾斯詩人 Dylan Thomas 之鍾情。他下筆寫作，固是詩句最擅也最深得其情。意識流小說，他寫過一本 *Tarantula*（當年中山北路書店亦翻印），看來非他所擅，多年來不怎麼受人談論。

Dylan 得獎，相信人人皆會同意，甚至稱善不已，更甚至有「深得我心也」之讚歎。我不禁竊想，詢之於頑童式的搖滾巨星 Mick Jagger（滾石合唱團主唱）或詢之於哈佛、耶魯等英美學術巨匠，想必皆會同聲稱善。詢之於歐巴馬或緬甸的翁山蘇姬，多半亦會深表同意並欣然道賀。倘史提夫・賈伯斯還在世，他也會拍案叫絕。有人謂村上春樹一直是諾貝爾獎的候選名單（不知外人怎麼得知瑞典皇家科學院評審諸公的心思？），而 Dylan 得獎消息，倘詢之於村上，想來他必也道：「太應該也！」

海明威曾謂美國文學，來自一本書，馬克・吐溫的《頑童流浪記》（*Adventures of Huckleberry Finn*）。看官不妨想，馬克・吐溫到海明威，再到已去世的瑞蒙・卡佛（Raymond Carver），皆是美國文學的瑰寶與佳良傳統，而 Bob Dylan 的作品，今日細細咀想，又何嘗不是秀異精絕的美國文學？

受他影響的人，太多了。創作上言，他的無數歌曲裏的雋語，與他天縱仙才妙手偶拾譜出的美麗音符，啟發太多人也。我在年輕時，也是其一。至若他的崇高創作者地位，也必然昇華成一種精神上的上師地位；所謂神，所謂領路者，所謂活佛等等。此等巨力，令太多的社會改革者、政治奇才（如曼德拉等）、扶助弱小者，地球保護者也深受 Dylan 的感召，投身在自己熱情的事業上。譬似說，拍攝極其追逐性靈電影的德國大導演維爾涅・荷索（Werner Herzog），倘問他，想亦會說：「絕對是他，Dylan 太偉大也。」

臺灣對 Dylan 深為傾倒又深有鑽研的人，必然極多。若舉一二較著者，老一輩的，七十年代中期以前有攝影家張照堂；年輕一輩的，九十年代以後有音樂研究家馬世芳。中生代的，曾創辦魔岩唱片的張培仁，十幾歲時聽了 Dylan 的歌，心中茫茫一片，如癡如醉，很想投身什麼，並且取英文名時，將 Dylan 一字倒轉，成為 Landy，自此以 Landy 之名行世。近年他創辦的「簡單生活節」鼓勵年輕人勇於追夢，何嘗不是 Dylan 式的啟發？

Dylan 沒得之於三十五歲之年，而得之於今日高齡，更有一可能，乃近年世亂更亟，尤以美國在世界多次蒙受動盪，再加上今年大選在即，希拉蕊柯林頓與川普兩方唇槍舌戰，連局外之人也不免捏一把汗，此一獎項頒給一個當年被詡為「先知」的 Bob Dylan，更有文學獎之中涵蘊著一絲和平獎的意氛也。

（原載二〇一六年十月十五日《聯合報・名人堂》）

10
書評與畫評

月下獨酌

——鄭在東的畫題及其來歷

近十五年來，鄭在東自極多不同的作品裏反覆的、如同著魔般的，迷上了一種構圖。這件構圖，可以一句詩題盡之：月下獨酌。

深青色的夜，浩瀚無邊。極小的人，三兩個，遠在低處。旁或有小舟，或無。旁或有奇石，或無。萬籟俱寂，萬物俱不見。惟有高高的孤懸著一只月。

這樣的畫，有油畫，有水墨。這樣的畫，有布面的，有紙面的，有紙黏裱在畫布上的。這樣的畫，有取景自臺北碧潭、南投日月潭，有自桂林、大理，自京都南禪寺，自太湖的洞庭西山，自北京的潭柘寺，更有最多最多的，是取景自杭州西湖。

朋友中稱得上「遊歷半天下」的，鄭在東足可當之。五嶽中，僅南嶽衡山沒去過；然隋代以前的南嶽，安徽天柱山，他卻登過。至若黃山、雁蕩、武夷、天目、甚至山西的五臺、四川的青城、江西的廬山、北京的房山，他皆屢屢登臨。這只說的是名山，其餘勝景古蹟不在話下。每在高崖絕頂，總見他取紙寫生；車行疾速，總見他俟機攝影。遇老樹虬枝，或奇石怪形，每每拍完照還畫，繼之以撫摸賞歎；然最終畫到畫布上時，山已不再絕高，江已不再萬里，諸多起伏倥傯的壯遊旅途皆不存矣，只剩下平淡幽清的，月下獨酌。

何以枯靜如此，沉暗如此？何以月高人低小如此？

遺世也。他生於戰後一代；彼時所有中國小孩皆不自禁感受到的所謂「近代中國之苦難」將無可避免的要影響其成長後一輩子的生命喟嘆。君不見，有人以賺錢來完遂其喟嘆，有人以鬥勇殺狠、太保流氓完遂其喟嘆，有人循規蹈矩忍氣吞聲安度餘年來完遂其喟嘆，有人則寄情藝術完遂其喟嘆；不一而足。鄭在東不知是洞察世事之紛紜，早覓好一處清涼園境做養老之打算；抑是年少時藝術養分原多汲自義大利電影、美國搖滾樂等飛揚佻達之奔放形式，今日人近中年，早無心於西洋莊隆氛韻，故此畫著畫著便愈來愈往這寒亭枯坐上去著墨乎？

倘言養老之準備，鄭在東亦最具資格。所有優游林下的生活藝術，他自年輕時便即樣樣備就。酌酒一杯，彈琴一曲；人坐其中，不論背景是修竹數竿，是土牆一堵，抑是室內屏風竹簾；不論是坐蒲團，坐禪椅，坐竹榻；又不論是獨坐，是四人牌戰，是兩人對酌山花開；總之布局甚簡單。然酒過三巡，整杯換盞，則別是一套器物，或宋或明，或粗或拙，然非深究骨董三昧者不辨。繼而更深月移，暑氣漸消，扇子也罷搖了，爐香也焚盡了，杯停曲歇，坐著的三數人站了起來，漫步至水邊，只對著一片無際的黑。若幸運，耳中猶能傳來一息欸乃聲。

鄭在東三十歲以後，賣畫不斷，數量亦不算少，然至今沒存得什麼錢，何者？吃吃喝喝吃掉了，賞買骨董買掉了，遊山玩水遊掉了。他以一種急急奔赴現場的人生節拍來享受生命、揮霍能量，一刻亦沒停過。這麼多年，何曾有過一場簡簡淺淺的月下獨酌？無有也。也正因不易，似只得期之老年；也正因好酒好飯吃過無數，好山好水玩過無數，良朋佳友交遊無數，莫非快樂的日子愈發弄成膩了，終而一幅幅畫成這些個遠之又遠、黑之又黑、靜之又靜、清之又清的月高人兒低的迷離佳境也。

（原載二〇〇六年七月十二日《中國時報・人間》）

桌布與盤子

方塊與方塊，橫一方，豎一方。奶黃色與米白色，兩者交錯之溫柔反差。一種尺規化、機械化、方正線條的近代圖案。文明的單調。經過馴服的色澤，米白與奶黃。咖啡裏倒進了牛奶，一暈暈的散開，愈來愈淡，愈來愈淡，終至成了你要的味道，不太苦，不太奶膩，剛好。

這式色系的桌布，有時只是為了喚出人們早餐的鄉愁。北溫帶的早晨，冷冽的空氣，街角餐館外的匆匆一瞥，空無一人的桌與椅，昨晚已放好的桌布與空盤子，bacon 在平鍋上嘶嘶煎響前的安靜。

瓷磚的拼砌法。

一橫一豎的拼法，引領人不自禁去一塊塊的數它，像看了地面的格子會想跳房……數方塊，由上往下去數，由右向左去數……就像躺在浴缸裏自然的數起牆上的瓷磚來，由右至左有七片，由上向下也有七片，斜著數恰好也是七片。

躺在浴缸裏多好！太好以是不知幹什麼好，要不就睡去，要不就發呆張望，牆上或地板。

人生的一段空檔。

就像飯桌已鋪上桌布、又擺上空盤子、而菜餚還未到的這一段空檔。人可以將手輕輕搭在桌角，有的以指頭彈敲桌面獲得幾個音符，但已鋪起桌布的桌面引起的聲效不及裸木來的脆颯，甚至桌布選的是粗織紋路，更引人只想撫觸它突起的浮線。

有人甚至坐了下來，將沒處放的兩隻手暫且歇擱在桌上，恰也可能在空盤子兩旁。就這麼休息著，卻也做著姿勢，如同預習那即將要真做的儀式。

然多半仍是把手放下來，讓桌布保持空曠。

這時可以觀察到，盤子其實離桌邊有多少距離（它總是離桌邊有一定的自然拿捏下的距離，奇怪，既不會太遠也不會太近，每一個 waiter 隨手一放便放得皆差不多）。

人的先天對懸崖應該保持多遠之感覺。

盤子為什麼是白的？多半如此。也多半是圓的。以是我們習慣由正上方俯視它正圓的形廓，即使一盤吃得只剩魚骨頭卻完整列成梳狀的魚之骨架亦是置放在正圓形視角下的盤子內。由正上方攝得的正圓，致使盤子雖然偶爾放魚偶爾放蛋糕，甚偶淋上汁醬以成花案，然你終記得它是空的。

空的白盤子，平擺在方格拼花的桌布上，一逕如此，像是鈕鎖在桌子裏成為一體。原先也有的餐客、也有的桌上食物，也有的刀叉起落、杯撞人聲，竟然都被拋忘了。

（原載二〇〇〇年九月九日《中國時報・人間》）

《白色南國》書評

——文明人的心靈後院

八十年代中期，在美國某一個深夜偶扭開電視，畫上呈現白茫茫的冰原一片，其上有一列人靜靜的在走。走得很慢，走得很沒有聲音，走得很孤寂。這部影片看起來像是老舊的紀錄片，舊式的彩色，但其實是一部劇情片，一部很沒有名的四十年代電影。

我打開電視時，這影片已演了至少一半了，但從我看到的第一個畫面起，便沒有轉臺，很安靜的把它看完。這片子沒啥戲劇情節，很像流水帳的依照主人公的日誌以旁白將之敘述完畢。但這片子看完後，胸中澎湃不已，極想到外頭的咖啡座喝一杯咖啡或接觸人群燈光來宣洩衷心的喝采，但那時是夜裏三四點鐘，又是美國，不可能。當然，那個晚上是一個興奮震撼的晚上，一個珍貴的不該用來睡覺的晚上。

這部電影叫 *Scott of the Antarctic*（《南極的史考特》），一九四八年由不甚有名的 Charles Frend 所導，倒是由相當有名的 John Mills（約翰．密爾斯）飾演史考特。

約翰．密爾斯不僅演過大導演大衛連在一九四六年的 *Great Expectations* 及一九七〇年《賓恩的女兒》中的傻子 Michael，一九六〇年與他的女兒海莉．密爾斯所演的《海角一樂園》（*Swiss Family Robinson*）是我那年代孩童最膾炙人口的影片。而他演的史考特，臉上不做太多表情，倒好像整部片子讓人的印象只是白色大地上一直有幾個黑點在踽踽移動。

這部電影引起了我對這個人的好奇，也引起了我對南極產生微微的感覺。但也就這樣而已。我既沒有去進一步探查史考特的生平，也從沒想過要去南極看看，即使今天。

但我倒想再看一次完整的《南極的史考特》。只是當時美國尚未出錄影帶（一直到八十年代尾才出），回籠藝術電影院也從不見放映，而電視，更必須隨時碰運氣。

我大約知道何以我想再看它。第一：是什麼力量將劇情片拍得像紀錄片而如此的令人目不轉睛？第二：看似單調之極的途程何以如此不會讓人沉悶？第三：這些人的事件，是因為真實還是什麼，即使不故作戲劇，卻如此動人肺腑？

必然是人、事、地皆符合成就一部感人的影片。也必然是這些因素，英國及全世界幾十年來都熟悉並詠歎這則神話。

當史考特在臨終給年輕妻子的信中說到莫讓兒子懶惰，「我之所以硬要令自己去探險，是因為我向來最是懶惰。」讀之至此，令人泫然欲淚。

《白色南國》（*Terra Incognita*）一書，在頗多角度上毋寧更像一本「有關南極的文獻書目導引」，一本解經的書。將許多南極的古往今來史料加以據引比照。這是作者莎拉・威勒（Sara Wheeler）手不釋卷，並且出發前便已博覽群籍之特色。

她將南極探險的四巨頭——史考特、沙克爾頓、阿蒙森、莫森——之背景、性格、行事得失排比論較，不時旁徵側引後人論敘這些探險先鋒的特殊觀察，包括維多利亞時代英國人之宿命戀國尊國一元觀，及剛剛新生無邪的北歐小國挪威萬事不縈於懷、直向而前，令我們又開一眼界；非僅我們傳統認知中所謂阿蒙森之致勝在於選用愛斯基摩犬，而史考特選用西伯利亞矮種馬之錯誤如此簡單而已。

而作者本人看來也是一個攜帶文學上路的旅行者（西洋人頗習如此。不知何時發展出的？）她看見有人即在南極還帶了一本 Robert Byron（1905-1941）的旅行經典 *The Road to Oxiana*，便覺十分喜悅。

此書的行進中，有太多的英語文學古典伴隨著她。且看每一章回必引一段古典來開啟門楣，葉慈、密爾頓、莎士比亞、但尼生、艾略特、奧登、布雷克……年紀輕輕，何泥於陳腔體例如此也。令人猜想作者無一日不可無文學，並且相當可能有自發性文學攝取過多症。

就此書的敘寫風格，看作者比較像 Project（案內計畫）下的田野工作者，而非漫遊旅行者。這派的旅行寫作，比較像幾十年來 *National Geographic*（《國家地理雜誌》）上一逕可見的文體。他們心念常存「寫實」、常以「地平線才濛濛透出清光，室外的引擎開始發動」這種實況白描，視為其寫作之自認依據。英美城市文明下薰陶繼承者遂以新聞報導技法（報紙及電視，甚及 Discovery 節目）兼參日記、旁白筆意常將異地之新見與素日校園點滴、酒館話題、電視廣告、城市飲食、罐頭包裝、名流趣聞、寵物模樣、年節回憶等文明西方生存模式相映提敘，以盡其寫作大小周天。

其人在文明鎮市的生活嗜癮愈是習深，他久處野地描摹荒涼之際所滲露談議之文明習嗜蛛絲馬跡愈是隨處可拾。威勒很容易注意到食物或產品的名目（這方面，東方人便不像他們如此有反應），像 Fry's 的可可粉。在極地，吃東西大約是個問題，她喝很多熱可可，吃很多鬆餅。即使離開極地，她吃的不知是否仍是那一類。

人容易對過往的生活產生緬懷，或者說，眷戀。愈文明者，通常愈是（阿拉伯的貝都因人比較不）。威勒說德州人到了南極見到酒吧，會說「繞了大半個地球才找到奧斯汀的城郊。」而她自己某次為了用力拉門閂，便順手把鑰匙咬在嘴上，結果鑰匙凍結在唇上。文明的「順手」。

文明愈深嗜，荒野中之思緒空隙愈要映照素習生活。且看人當兵時益發想到要對父母更孝順些。也於是一個英國作家到了南極更容易口口聲聲對大自然禮讚，甚至說這襲無邊的靜謐無盡的空寂是否會改變我回返人煙後的精神狀態。

作者返英後常在半睡半醒中聽到南極煎燻肉的嘶嘶聲，「回憶就像舊傷口隱隱作痛，」她說。回到文明後，「我感覺自己從樂園被趕了出來。」

文明人一來極為嚮往探險並實踐探險，一來很著重其科技裝備，使險之可能降至最低。他們對文明太過依戀，故而認知文明中應還包括一事，荒野。

英國老探險家威福瑞・塞西格（Wilfred Thesiger, 1910-2003）曾在受《泰晤士報》採訪時說：「我不懷戀西方文明。我要盡我所能離它愈遠愈好。我認為人類最大的災難是內燃機。」他離開阿拉伯後二年，石油開始來了，古老的貝都因遊牧生活及價值消失了。塞西格一直慶幸自己好運，能及時親歷一個消失的世界。當然他也是一個文明國家的人，深深知悉文明人的習念。文明人的習慣是報導回國（也包括將戰利品帶回），而不是生活當地；塞西格則選擇後者。

既在當地生活，必也以土人之裝備為裝備，土人騎駱駝，你也騎駱駝。莎拉・威勒倘也有興趣如此，應該選北極而非南極，因北極某些邊緣尚有愛斯基摩人可與之生活與共，南極則沒有土人，有的只是科技與空曠。

昔年的極地研究家曾探查一個問題，愛斯基摩人沒有墨鏡護目，千百年來如何防禦雪盲？其實也有器具，以木塊製成眼槨，嚴密罩蓋眼部，中僅穿細孔以之視物。

所有凡是人能相應於大地而成形的生活現象，便可見出人在自然界的最大限度。樂意在此限周旁過得足日子，便是文明人的最大幸運。土人原沒有荒野之念，文明人才講究荒野。

（曾收錄於《白色南國》，馬可孛羅出版）

苟活於拘謹社會，優游於恩愛山林

——側談《浮生六記》

《浮生六記》是兩百年前一個蘇州藝術家回憶他的一生及他那教人憐愛不捨的同是藝術家（更是了不起的生活家）妻子的一本幾乎是小說的書。

書中將清朝乾隆年間江南小文人的生活細節描繪得極其詳盡、顯出當時的稍有品味的中國人於人生一世該當如何觀閱詠歎、如何徜徉享樂，其實早即深有自信。

此書固採自傳體，但亦備小說之長。怎麼說呢？如果沈三白是一介頗負盛名的名士，而書中遮掩其名，亦不是不可能。同時書中諸多名士、書家、畫家，由其姓名觀之，無一人有文名，亦不妨視作小說之託名筆墨。

最有趣者，作者不知何故，總將這些朋友、親戚、傭人等角色，寫得如同隱在幕後，令彼等不發出太多意見，這是頗可教人尋味者也。

例如他的母親，作者敘得極少。譬似她根本不值一提。再則他的弟弟，亦少敘，或許再多敘，更要顯出這個弟弟之惡質。再就是他的父親，雖是這家庭的主幹，然他的一意孤行，造成了沈三白他一生的遊牧路數與他在重要人生抉擇上的必然悲痛命運。而沈三白敘其父，也就不自禁的無法太多。至若女兒青君與兒子逢森，沈三白不知何故，幾乎像是沒心情也沒空去談他們。

由此書的敘事看來，主人翁沈三白已活得甚是勞波顛沛，只不過在勞顛中夾寫生活遊藝之佳美。他夾在家庭中巨大父權壓力下，依稀有晚他一百多年的捷克作家卡夫卡之相似景況。

沈三白的交友，如顧金鑒、魯半舫、楊補凡、袁少迂、王星瀾、夏淡安、夏揖山、繆山音、繆知白、蔣韻香、陸橘香、周嘯霞、郭小愚、華杏帆、張閑酣、華大成等，在書中即使獲知三白諸多坎坷之遭遇，理當有頗多提醒建議，然書中竟不見；可知三白此書，或許不欲旁生枝節，徒增家中不快，或許天性深知隱忍，何費多言，自是不多披露。

三白的一幫朋友，這些姓名俱不見於史籍，乾隆之世，尋常老百姓皆極出色乎？只有一個芸娘，最是出色，然不知三白是否過度美化了她？

芸謂三白：「君之不得親心，流離顛沛，皆由妾故。」又道：「憶妾唱隨二十三年，蒙君錯愛，百凡體恤，不以頑劣見棄，知己如君，得婿如此，妾已此生無憾。若布衣暖，菜飯飽，一室雍雍，優遊泉石，如滄浪亭、蕭爽樓之處境，真成煙火神仙矣。」

或許芸娘之來沈家，真是苦難的開始乎？

這便是《浮生六記》中社會學的那一部分了。

莫非沈三白的藝文才情其實頗受制於沈父與沈弟？或許他們希望他出外謀求科名或從事商

賈。但他不是，他只想同愛妻遊山玩水、聯吟佳句。也或許芸娘才藝過人，又兼瘋瘋癲癲、或許家中老小早已看不順眼矣，更或許早已非議暗起矣。

也可能《浮生六記》隱隱想將家庭這一小小社會之枷鎖羈人表露出之。

沈三白這一作家，有一種蘇州這古老市鎮觀人閱世之老練。像他書首歎吟：「正值太平盛世，且在衣冠之家……天之厚我，可謂至矣。」書一開卷，便道如此，令人隱隱知後文將坎坷不已也。至若「太平盛世」云云，書後多少不太平事。「衣冠之家」云云，書後多少無禮勢利之家庭遭際。

說及芸娘，年十三，「雖歎其才思雋秀，竊恐其福澤不深」，「其形削肩長項，瘦不露骨……唯兩齒微露，似非佳相。」由此看來，三白之觀察芸娘，似早看出她之薄命乎？抑或三白本人太過審慎，甚至太過怯懦，致有其父諸多霸道言行，其家中母親、弟弟諸多俗間計較而造成他自己兩夫妻苦不堪言種種人生境遇？而也正因他有這類怯懦與逃避，索性於中年提筆寫出浮生往事時何妨託言芸娘命薄、與不是好兆云云？

然則命薄也者，總呈現於才思高妙之無所不在，亦呈現於家庭成員之相嫉，故此三白之成書，必多記芸娘之諸多任情任性、自在放浪之天稟，更多記自然界萬物靜觀之無不成趣成章。其中過往歡樂之愈多記，則浮生之悲苦愈多現也。

沈氏乾隆間人，所敘滄浪亭，今人仍可遊。他謂：「吾蘇虎丘之勝，余取後山之千頃雲一處，次則劍池而已。」「城中最著名之獅子林，雖曰雲林手筆……然以大勢觀之，竟同亂堆煤渣。」謂揚州的蓮花橋：「門通八面，橋面設五亭，揚人呼為『四盤一暖鍋』。此思窮力竭之為，不甚可取。」

言及杭州，「結構之妙，予以龍井為最，小有天園次之。……大約至不堪者，葛嶺之瑪瑙寺。」

可見沈氏之觀山水賞風景主見實頗勇於表露，只是不發之於家庭親友間耳。

書中前二卷〈閨房記樂〉、〈閒情記趣〉堪稱沈氏（與芸娘）之生活美學，其中精彩絕倫片斷太多，無須一一舉出；但看他細觀大小天地，再讀他品評蘇杭揚各方景點之自信，良有以也。

（原載二〇一五年二月五日《今周刊》，曾收錄於《雜寫》，皇冠文化出版）

漫說式的行文小趣

年前受邀至中山女高演講，講完後讀到任教該校的張輝誠老師（他亦是出色的作家）特別整理出來的演講紀錄，其中我自己竟然如此說：「我每天吃飽了睡、睡飽了吃，或者睡飽了有時不吃、吃飽了有時不睡，就這樣糊里糊塗，弄到了五十多歲，只知道蹉跎光陰……沒有蹉跎這個光陰，大家今天也沒有緣分可以碰面……」

讀著別人記錄下來的我自己講的話，一來是驚訝隨口說話竟也能說出活潑有韻的句子，二來則是想，為什麼不用不經意的口語腔來試著寫稿？

〈一個懶人的生活及寫作〉（後收入《臺北游藝》一書時改為〈我是如何步入旅行或寫作什麼的〉）幾年前已寫好，只是當時隨手一個段落接著一個段落的寫在紙頁上，像是筆記或備忘提綱，也像是口語粗略說出隨時的念頭，原本不忙著整理成文章；後來隔了幾年再看，覺得索性保留「口白式」的敘述，或更能貼近閱讀者的涓滴思緒。

（原載二〇〇八年三月三日《聯合報・副刊》，曾收錄於《九十六年散文選》，九歌出版）

0 附錄

舒國治解年輕人的疑惑

時　間：二〇〇八年七月十日
地　點：臺北市羅斯福路三段臺電大樓後「巫雲」
訪問人：鄭順聰、陳維信、Coolchet、陳逸華、劉梓潔
記　錄：劉梓潔

今天，我們蒐集了幾十個題目要問你，都代表年輕人想要知道你的部分，以下我們就一個一個地來請你解答吧！

Q1：這十年來，你出的書，還有你這個人，對年輕人很有影響力，可不可以講一點年輕時候的你？聽說你年輕時留著一頭嬉皮長髮，看很多藝術電影，聽很多搖滾樂，當你要開始創作的年輕時候，臺灣或臺北，是個什麼樣子的文藝氛圍？

A：我留長髮，是七十年代中期，但不敢說是學嬉皮。嬉皮是一種只有美國才有的特殊文化情景。但留長髮，或穿奇裝異服、弄成很叛逆，是全世界六十年代中期以後皆然的共同風俗。但文藝氛圍，六十年代的確是最重要的。

六十年代開始，除了藝術電影和文學創作，「藝術化」是最啟蒙的時候。五十年代已經有一點點跡象，像是姜貴、張愛玲的出現，姜貴的《旋風》，單單高陽就寫了五萬字的評論，胡適也相當推崇張愛玲。五十年代固然有覺醒，但是不那麼「藝術化」。到了六十年代，文學界的夏濟安，藝術界的俞大綱、顧獻樑，為《劇場》雜誌題字的藝專校長張隆延，他們這些人的推動，到了六十年代想創作的人，一下子發了瘋一樣地投入，年紀大一點的，像軍中過來的舒暢，或者是苗栗的七等生，把小說當作宗教一般地全身奉獻。看電影的人，不只是早先原就對黑澤明就已很推崇，後來還鑽研安東尼奧尼、柏格曼。而小說的藝術研究，特別使杜斯妥也夫斯基、卡夫卡、福克納、喬伊斯的名氣震上了天。總之一句話，藝術。

這些東西，即使在日據時代，年輕人對文藝的愛好與癡情已經有很濃的前例，經過戰爭、經過光復，再加上一九四九年國府來臺，到了六十年代，戰爭已過去了十多年，全世界都努力追求財富，自由空氣與奔放熱情是幾乎要和全世界同步的。到了六十年代末，全臺灣都彌漫著跟西洋嬉皮相近的、蠢蠢欲動、自我解放的空氣。

加上這個時代到了最歡樂，當然也就有一點點輕狂。因為有這個輕狂的根基，再往後十年，才會有人不能遏止的，想要去街頭，做黨外運動。我想這都有一點相關。

臺灣戰後小孩，因為聯考制度帶來的對功名的追求，加上一種溫良恭儉讓的教育，碰撞上六十年代那種微微的解放，再加上娛樂文化像流行歌、漫畫、武俠小說、當然還有電影，等等的進來，到了八十年代，臺灣的導演要從自身的感受中拍電影，不能避免地會拍「成長片」。而對於他自己最執著的寫實，於是拋掉了以往言情的裝飾，所以才會拍成這種格式。

言情東西到那時被拋棄，八十年代在舊書店裏，五十、六十年代金杏枝、禹其民的言情小說，已經買不到了。

七十年代，我學了一點電影，從小聽來的西洋音樂，自認已聽到很識箇中三昧的高明程度。文學也看不少，也偶爾寫一點東西，但就是沒想去做作家。不知是因為當年看到的寫東西的人總有一點公務員感、穿一些免燙的難看襯衫與西裝褲，還是因為我的好動式的英雄血液讓我硬是對這一種行業覺得平淡、不過癮。倒是電影我頗有意。但七十年代初期國片太爛，電影人也不令人羨慕佩服，若投入那行業，一定教人極受不了。到了這時，我到底要幹麼？我就變成一個很自己很漂泊、覺得自己做什麼都不是、覺得這個社會好悶，這個城市好醜，這樣東晃晃西弄弄，成為了一個無所事事的、很不知道自己應該怎麼辦的人。但是這個字眼呢，後來被叫做晃蕩，或者叫做閒人。

然而過這種青年苦悶的生活，在臺灣是有影像的。像是我在《臺灣重遊》裏寫的老梅，在七十年代我們去，把我們人放在那種爛糟糟的沙灘，那種荒疏感非常符合。就像五十年代的永和竹林路的尾巴，那些竹林和河灘，正好是逃學少年的好場景，也是跑到那邊想要自己組個幫派的假想的綠林好漢們的心中梁山泊。

那種年輕人的無所事事，發閒，然後慢慢還發賤，要有那樣的影像。

像我寫碧潭，就寫到六十年代的臺北小孩都有一點逃避。有一點想躲到他自己不為人知的後院、後山避世。臺灣所有學子都鬱悶，文山中學的小孩會躲到碧潭，因為那地方就跟他的心靈相映照。後來臺灣新電影的影像，其畫面的核心根源，便是那些五十、六十年代孩子逃避時會去的場景。

臺北市的空間一向是個文學創作很好的、但又很粗糙的大沙龍。野人、天才、天琴廳（漢口街）、我們（臺電大樓對面羅斯福大廈），後來的稻草人、艾迪亞，不只是這些小空間，作為人在昏黃燈光下，有個他的文藝思維可以展現的地方。而是整個臺北就是個大沙龍。大家在這樣的環境中，談電影、談文學、聽音樂，是一個多麼美妙的時代。

這就是我在這樣的情形下，得到孕育。

所以我在生活上、在談天上，和藝術創作固然很接近；但在職業上，我從來都沒有往那方面去緊緊地貼靠。我從來沒想過作那職業。也造成前幾年我開始出書，人家覺得滿新穎、滿特殊，怎麼突然有這樣的一個人湧了出來。但我會是這樣，實在是有前面的來由的。

臺灣年輕人最大的可愛是，對於藝術創作的執著，楊德昌、侯孝賢他們要開始做心目中的電影時，香港的同輩導演，像許鞍華、徐克、梁普智、方育平、譚家明，都非常羡慕。因為香港的這些人也想做藝術片，但是就不自禁地，會流露出在香港成長中，自然有的對環境的、現實感必須時時放在心上的那種商業警惕。

臺灣年輕人聽到拍電影，是連房子都敢賣的，有的還真賣了，而且後來也成功了。臺灣之所以會這樣，是因為臺灣的先天奇特條件。先說日據時代的知識分子，本來就有一種很癡情、很奉獻的品質。他去聽一個古典唱片，就會很著迷。那麼，這些東西加上了後來國民黨來了，臺灣變成避秦似的孤島，全島皆極窮，什麼物質享受皆無，正好把心轉移給精神上之奉獻，故而街坊鄰居聽廣播劇聽得直凝神，看武俠小說看得極專注，小孩看漫畫也看得極詳細，這樣發展到六十年代，所有的年輕人都發瘋地，想要奉獻藝術。臺灣太多太多的年輕人，都想要奮不顧身地，去投入藝術一小段。

Q：那如果很長段的呢？

A：很長段的就是很帶種嘛！

Q：那你算不算很帶種？

A：我只是很執著於一種逃避。而我的逃避中又有很少的百分比，做一點點寫作，或者說做一點點創作的夢。

至於帶種嘛，我或許不去做以不快樂的上班來交換一份月薪，不知道算不算有一點帶種？

Q：民歌也是嗎？

A：校園民歌是不需要太多輕狂也就可以了。校園民歌是愛國思潮加上臺灣青年苦悶的產物。青年們對故國的懷戀，像是歷史跟國文讀到的那些東西，再加上藝術歌曲，像〈我住長江頭〉、〈紅豆詞〉，所以到了七十年代末，青年們藉著民歌，來找尋心靈中的祖國。所以有人會寫出〈歸去來兮〉，有人會把余光中的詩譜成歌曲，即使是歌頌田園，也如同是小時唱〈杜鵑花〉、〈茉莉花〉把它延伸。

校園民歌的寫者或唱者，當然聽過美國五十年代中以後的民歌，像 Kingston Trio 的 Tom Dooley，像 Joan Baez 的 Donna Donna，絕對人人都聽過；但作起自己的歌時，便成了校園民歌的那種模樣，也就是頗具「中國」的風情。這是沒辦法的，因為中國近代史自然會呈現成如此。

Q2：你算是參與了臺灣新電影發生的前端？你的很多朋友，例如：楊德昌、張毅、余為彥等，都是新電影運動的重將，如果那時你還待在臺灣，會不會也參與？

A：我因為學過幾天電影，所以剛好和一些後來會去做電影的人，前面就認識上。那麼，可以講講臺灣新電影怎麼發生，跟發生的前夕，我所知道的，可以講一講。當然臺灣它是一個看電影很重要的地方，幾乎每個人都可以說一大段幼年看電影對他濃烈的、幾乎是不能取代的那種珍貴影響。七十年代中後期，大家對於片商主導的國片題材的庸俗，早就已經想要求變。但是沒有什麼成效，侯孝賢拍《風兒踢踏踩》，還有《在那河畔青草青》，剛好有一點想把攝影機拉到三廳以外，而進入小市民的生活街景裏，但一直要到八十年代初，這股能量才累積到不能不爆發的厚度。這個時候，一九八一年，余為彥的哥哥余為政，他慫恿一個好朋友，從美國回來，這個人就是楊德昌。余為政說，老楊，別待在美國每天只是上班，回臺灣拍電影吧！那個時候余為政構思了一個故事，後來的名字叫做《一九〇五年的冬天》，是李叔同在辛亥革命前幾年的留日中國熱血青年的故事，那時候他弟弟余為彥和王俠軍在南部做房地產賺了錢，所以可以一人投五十萬，後來因為我介紹了詹宏志，他那時還不那麼有錢，只是《工商時報》的編輯，但因為對於藝術的熱愛，或說我前面講的癡情、奉獻，宏志也投了五十萬。宏志對於各種領域的濃烈興趣，在那麼年輕時（才二十五歲）就極富膽識的參與，後來他能闖出這麼一番事業，足見是有來由的。楊德昌在這部片裏也參與了編劇，還拉來香港的徐克，作為第二男主角，第一男主角是王俠軍。這個片子最後沒有上映。但從此以後楊德昌就留在臺灣。然後沒幾年，就做出了一番他的電影事業。

大約在一九八二年，張艾嘉集結了十一個導演，把十一個短篇小說拍成電視電影，成了《十一個女人》。有幾個還沒開始作導演的，也被她找。但我不是其中一個，除了我沒有積極的投入意願外，同時意味著我給人一種感覺，我不該是人家想到要去找的未來的導演。她找了我旁邊的一些人，我很高興。因為我一直到那時，還沒有那麼高的興趣，把自己往導演上去規劃。更主要的原因是，我一定是逃避。而且我已經準備在一九八三年去美國。

一九八三年，童大龍（詩人夏宇）拉著我說臺視要作個新聞雜誌的節目叫「浮生三錄」，三個段落找三個人製作拍攝，每人三十分鐘，選社會的題目，我也去參加了。要帶個攝影師、想腳本、每個禮拜播九十分鐘，是做影像的實務，我也做了。但只是打工賺錢，我並沒有想做電影。

假如我不出國，而我也確實下來做電影了，結果還一直做，我也真不能想像，我會做出什麼東西來。很顯然，人的命運，也就是你心裏頭隱隱傾向的，不往東也不往西，只往不東不西的路上。越是弔詭的人生，差不多應該是這樣。人要做，最簡單就能完成的，往往是最持久的。假如我要構思一個長篇小說，可能是害了我。

所以有時耗資幾億、耗時幾年的電影，常常是災難。要錢那麼累，弄劇本那麼累，做這行只是讓你得到挫折，讓你叫停而已。所以人要珍惜眼前，很容易就可以完成，而且可以成為偉大、恆永的東西。

絕對不能說因為我要寫作，所以不走拍片的路。人家是二十多歲退了伍，就投入拍片。我是到了四十歲，還在把高中生活無限期的延長。

Q3：你數十年的閒蕩生活，想必受到許多的挑戰與壓力。你是如何度過，有怎樣的力量或是信仰在支持你嗎？

A：不做事，只晃蕩，照說沒有人做得到。假如有了一點錢，然後去晃蕩，世界上也沒有這樣的一種人。通常一直無所事事，苦哈哈地，不知道是在做創作，還是在浪費生命的人，終於過成了一種可叫做「晃蕩」的形式。但那一定是自然而然，而且很不堪的過法。

一下昨天又過了，你今天還在呼吸。而今天的煩惱只能留到明天。它是一種往下賴的生活方式。它的要求就是你不能對於窮與那種困太快察覺。如果一個人很快就察覺到自己的窮困，那麼他連第一天的浪途都不會進入。

我當然要受到一點家裏頭兄弟姊妹的接濟，而且必須很少也能賴很久，否則不是人家不接濟，是你自己會越來越自覺。

不自覺也就是糊塗，鄭板橋說的「難得糊塗」的糊塗。因為糊塗，才會有大的膽子。沒有人真的膽子多大，他的大膽是他的糊塗。但我是一個糊塗的人嗎？我的朋友都知道我是個精明的人，但是大膽也是天生的，或者稱為莽撞。

我常常和各位這樣聊天，我想我說自己膽子大，大家應該可以有同感吧！你去看，外頭的人跟你講話，很少有人這樣。大膽來自特別的血緣，更是需要很好的早年時代來相配合。有一種年代是沒有大膽的，假如它太過文明的話。大膽是你看待事情的敢與不敢的程度。

我的生活並不是一個信仰，所有事情都不是用信仰支撐我。我跟全世界在路上無家可歸的人一樣，逃避使得人進入流浪。但並不是逃避一個確切的事態，像是逃兵、逃婚、逃債。一定是有件事有人一定要去做，然而你逃避，你不做，然後演變成晃蕩。天下之大，那我到底是要做什麼？這個狀態，稱之為晃蕩。

Q：會受到朋友或親戚的質疑嗎？

A：我開始晃蕩，當然是我的父母已經不在了。但我懷疑我父母親在，未必不准我這樣。至於朋友，臺灣不是香港，臺灣多的是閒來閒往的無所事事之人，我慶幸我生在臺灣，所有我的朋友，我沒聽過任何一個會問說：喂，舒國治你是不是該去找個工作了？之類的話。因為他們壓根不在乎。當然也會有在乎的人，但那些人恰好不是我的朋友。

Q4：很多人羨慕你的生活，降低物質的需求，有著愉快的生命，這要如何做到呢？

A：所謂物質需求，是一種分配。

你喜歡一種名牌包包，或是某些女士喜歡一種優雅的皮鞋，都是正常。但是等到你的皮鞋有了八百雙，你照料這些物質，就使得你對其他分配，產生了不均衡。所以不是我降低物質需求，而是我有別的需求，往往也是物質，不能說全是精神。

如同你希望家裏寬敞一點，但如果你有那麼多朋友，你會去他們家裏，你每次回到家都半夜兩點，馬上去找的是那張床，你哪裏需要那麼大的家？為什麼？因為朋友是你的物質。

物質需求是個分配問題。當你說降低物質需求，是提高另外物質的更需求。看你把自己這個人定位在這個朗朗乾坤之下、哪些東西要做得多、哪些東西要做得少罷了。

通常要有愉快的生命，那些用不到的東西，像：幾億、幾十億、幾百億，不要太忙著去張羅。假如你不幸，是屬於對物質很有需求，可能表示你很多方面很缺乏。主要是有太多別人的觀念，在你的腦袋裏。別人要你、建議你、誘騙你去追求物質。他的問題就是他被建議得太多。很大多數的臺灣人，過於勤奮，去獲取東西，常常是他太容易被別人建議。因為大家都知道，臺灣是一個隨時在建議人們去弄錢的一個寶島。

要不受建議左右，你要有開闊的心胸，不要看你所處的國家最不堪的一面，不要太倚賴宗教、家境、學位，但每樣東西都要有這麼一點。人的問題就是或者膽怯，或者貪求，有些人太容易受挫，很需要別人幫助他，把非分之想當做分內之想。

Q5：有沒有哪個城市，是你心目中的理想城市？你很善用大眾交通公具，又會利用都市許多機能，可以說你是一個「節能減碳」的最佳模範，可否給讀者幾個建議，如何過這樣的生活呢？

A：我不知道是哪個城市。但假如有一個城市，你每天出門，可以先經過一片小林子，出了林子，有一條小溪，跨過橋，有幾個小攤，人可以停下來吃一碗餛飩或喝一杯冰紅茶，轉過一個小土坡，出現一個小市鎮，你要吃的二、三十家小店，它都有。你要買幾本書、翻幾本雜誌，它也有個好幾家這樣的書店或唱片店，其中也有一些茶館、咖啡館、Donuts店，你隨時可以坐一下，和人聊聊天。要是不是這些室內，也可以到大樹下，涼亭裏，坐著休息一下，或打打瞌睡。像這樣的小鎮，我覺得最適合任何人，不只是我，去遊，去晃蕩，甚至去住。但是是哪一個城市呢？一定滿多的。只是，臺灣看來沒有。但是臺灣，有你最熟的、最好的、最習慣相與的朋友。所以，像剛才說的這種小鎮，舊金山旁邊的柏克萊，新英格蘭的太多小城小鎮，法國、英國、德國也很多這樣的地方，瑞典的許多城鎮，日本岩手縣的盛岡，青森縣的弘前，只是，我們能待多久呢？

你願意去使用一個城市很少的、很美的它的那些生態，你自然就能節能減碳，恰好我在臺北，常去的地方，與常用的移動方式，或許，比較流暢，又不需要自己開車，像是有一點符合節能減碳，但是要大規模地用到臺北的很多角落，就未必做得到。要節能減碳，就要找到最容易把生活過成的方法。臺灣一幢房子那麼貴，小孩子在樹下地上打一個滾這麼不容易，臺灣人要逃開憂鬱症這麼不容易，這些便是臺灣生活不易過的明顯例子。

Q6：你知不知道，這幾年來，有很多人投入讀你的書，喜歡你的讀者，已經非常多，是因為他們喜歡你告訴他們怎麼吃，還是因為你告訴他們怎麼旅行？或是因為你文字很簡練，有風格，很動人？還是什麼別的原因？

A：我前幾天去花蓮，無意間碰上好幾撮人，很驚訝地發現，他們居然全都認識我。他們會這樣，我自己都不知道自己是不是這問題最準的回答者。我也覺得很驚訝。

有一種可能，就是，我有一種語氣，可能很綜合地，可以把他對於人生的感嘆、加上對於遠處的期待與好奇，再加上他長年做為臺灣人的快要釋放、但是始終還是滿壓抑的，這種綜合情懷，我這種語氣，可能比較全面一點地，能夠幫他獲得一種紓解。再就是，我可能有一股閒暇，剛好把這個閒暇拿來驅動幾串文字，不太囉唆，也不見得多麼精練，不那麼白，也不要那麼道貌岸然，更不至於弄神弄鬼，也不那麼實驗室高科技，可能剛好，也還能夠讓他們，在紛紜的人生奮鬥上，得到一點如同假日遠足的那種遨遊。所以說，旅行作家、晃蕩達人還是小吃教主，那些只是很隨手拾來的名詞，我想不應該是那幾個名詞，使得讀者有收穫，應該是我前面講的那種語氣。

通常，有很多讀者或影迷頗為仰慕某個創作者或傑出人物時，那個人多半有一種品質，這品質或許可以很粗略的稱為「氣概」。我們這時代，人人活得很空乏，故而很期待這種氣概；要是誰能散發多一些這種氣概，便就最能溫暖了大夥空寂的心靈。我只提供出一些語氣與一點閒情，還不敢說是氣概。

Q7：房慧真注意到你的環保，說你坐下來，必把背包放在身旁的地上，絕不像大多數人將背包再占據另一個椅子。我也認為你說吃延平北路旗魚米粉時最好省了那個魚丸，這「省了那顆魚丸」，我認為便是你的環保風格。可不可以多聊一些你是怎麼發展出這種深富靈氣的生活環保風格的？

A：我是在困阨的環境中，找到自適的方法，而不希望是埋怨它。像有人說我懂美食，或我懂生活，其實我是用最粗陋、最簡約、最省的方法，來混著把自己日子過下去。所以我去吃，是希望避開味精。我不去吃泰國館子的月亮蝦餅、檸檬魚、鳳梨炒飯，是為了不要掉入臺灣惡質得很厲害的 clich（陳腔濫調）模式裏。月亮蝦餅是臺灣才有的小食。那些花稍的旅館，我設法不去住，書桌前幹麼放鏡子？凡是臺灣到處是滷素燈。我覺得我的長處是去找尋那些本質，而避開那些花招。我不是要去吃美食，我是要去吃規矩的食物。吃那些很簡單而又是尋常人花起碼一點點錢就能果腹而又活命的東西。

不只是環保，也不只是節省；是要告訴大家平民也可以吃得簡樸卻依然是美好的東西，在山泉裏不受氯害的游泳，而富比王侯的億萬富翁往往吃一些極不堪卻被打造得很假很高級的東西，同樣地，他們住一些很貴卻充滿化學物質的貴卻不好的房子。我只是想告訴我的同胞，不用去追求太多的錢，然後用這麼多的錢去過爛日子，而是當下用你現有的錢過清閒的好日子。

Q8：臺灣現代文學譜系中，大部分的人將你歸為散文家。談到其他文類，在〈村人遇難記〉之後，是否還進行小說的創作？你有寫過古體詩或新詩嗎？是否有仍未發表的劇場或電影劇本呢？

A：我並不特別把自己定位為只寫散文。我當然也寫過很少的小說，所以偶爾也有人問我，是不是準備回到寫小說的這件事情上。我還偶爾想，只是，在臺灣，不知為什麼，我有一個感受。

小說的話題，是一個很特別的——並不是每一個故事，都成為讓人快樂閱讀、讀來沁人心脾的小說。但小說的教育，使得很多人看不那麼令他閱讀高昂的小說，居然也一直一篇一篇往下看。我常想，一個人想寫的，與能寫的小說，一輩子也不過幾十篇。這幾十篇，怎麼浮現到你的心念裏，浮現得多強烈，與你寫出來多灑脫，就決定了你終究是什麼樣的一個小說家，而不是你對小說多專業，或者你對小說有多宗教的熱情。那些很愛小說的寫作者，讀者到底記得了他哪些小說。蘇東坡不寫小說，喬伊斯寫小說；你可能這兩人皆欣賞，但你多半既不寫成蘇東坡的風味也不寫成喬伊斯的氣息。你要認清你生活中、你時代中你適合用的格式。你若只是要寫在臺灣兩個大學生戀愛的題材，或許既不該用蘇式筆意，也不該用喬式筆意。甚至根本不該寫成小說，寫成一封信或許好些。

小說很好，但不見得要很執拗的小說小說小說小說。

散文也很有技術，但是終究人們以他看到你到底寫了些什麼東西，來定位你。雖然你的文體，雖然你的用字，都很重要，但終究他是看你寫的範圍，也就是你這個人，找了哪些內容，把它寫成散文。

我沒寫過古體詩，也沒寫過新詩。劇本也幾十年沒寫了。

Q9：年輕人想要寫好的東西，怎樣學習把作品寫得好？

A：這就像交朋友一樣，你有甲朋友、乙朋友、丙朋友、丁朋友，每個人有他的長處與短處，但是你愛他們，你看得出每個人的優劣，並且，你很公允的，在心中給他們每個人最不偏激的打了分數，同時，你與他們玩在一起，有某種他們與別人玩所無法獲得的深刻與溫潤。那麼寫作也是同理。你去看世上，寫得好的人，他所謂的通透人情世故，是他柳暗花明自闢蹊徑所看出去的一種角度，而這一套路數，往往是最後透露出他的公允，他也可以看得很細，下筆很奇，甚至很險，但是他看得很清通，也就是說，很公允。通常他的公允，來自於他對這個世界、這個人生的愛與興趣。坊間有一些美食家，他呱啦呱啦講這個食物多好多好，但很奇怪，你就是看到他對於這個食物的缺乏愛，他像是活得很空泛，把假愛，反覆地講。所以年輕人要學著喜歡他生活的這個世界，他的喜歡越來自心底，越豐厚，他去寫東西，越有可能寫得好。他假如太喜歡文字的藻飾，甚過於喜歡人生，或是他喜歡「小說家」這個頭銜甚於他的生活真相，那麼他寫的東西，也就比較不容易那麼好。

年輕時，應該去玩。玩玩玩，無天無地的玩。玩累了，想寫東西，不要太妄想寫成長篇大論，寫一兩封情書多好。年輕，就應投入人生，去闖蕩，去與人接近，去與山海接近。如一心只想著寫作寫作、作品作品、拍片拍片，結果搞電影單單籌資金、找布景、安排演員，就已經因庶務之繁瑣把最鮮活萌芽的創作心念給磨掉了。

Q10：中國有徐霞客，美國有凱魯亞克，你有無受到先行的旅行家、流浪漢的影響？

A：有人因為看了某個大師的電影決定要去拍片，某人聽了美國的民謠，後來開始想要從事音樂，這些是有的。但是流浪，會有人跟人學流浪嗎？我想比較不容易吧。一個流浪漢大概不容易料到，他竟然會在浪途上。我流了幾天浪，也是自己從來沒料到的，然後逐漸變成這樣。

《流浪集》這本書，是把很多的，還不成為定局前的很多人生狀態，拿來描寫。所以在床上的流浪，成為睡不成覺。有的女孩子完全的自由在咖啡店裏流浪，便是〈臺北女子之不嫁〉。美國人有一種奇特的空間，恰好和美國文學裏很愛描寫的美國市鎮裏某股荒涼，可以看出的流浪氛圍。所以我集成的這本集子，講的是這個。

寫作，是很多旁觀之後的結果。你越不在自己的事情上，你就越在旁觀的狀態上。我的寫作就是我的旁觀的結果。《門外漢的京都》，更是一種心生羨戀的旁觀，這個城市這麼美，我只能在門外看。進了門內，也未必比在門外看的好。能夠做一個門外漢，在世界各地，在人生中，多麼好。假如你成了門內漢，你有了這個，有了那個，也很好。門外漢的好處，也是流浪，或者獲得什麼東西定下來，一樣好。涵碧樓門外看很好，能住進去也不錯，但是要擁有它，就未必了。

Q11：音樂與你的寫作有很大關係嗎？

A：非常大的關係。這個世界有人說有兩種人，很有音感的人，與很沒有音感的人。我從小就很喜歡音樂，只是覺得世界上有音樂，這種東西很美妙，倒不是我從小被教育去演練音樂。能夠在臺灣坊間或收音機聽到的音樂，構成了我們記憶中那麼豐富的音符的文化史；我的同輩每個人的胸中，都記了幾千首的歌，即使這些歌不構成後來我們自己去創作歌的泉源，它也構成我們創作別的媒介的極好的泉源。拍電影或是寫東西，都可以從音樂中，獲得某一種韻律，極度倚賴的需要。很多內部的靈敏，也往往是你小時候，音樂聆聽的累積，所打造出來的。我們會去創作，是跟音樂有關的。

Q12：去年五月你出《臺北小吃札記》，到現在，馬上要出的新書《窮中談吃》，怎麼會突然一下，講那麼多的吃？

A：一九九〇年冬天，我從美國回來，不知道是年齡的關係，還是對於地方風俗產生了興趣，我寫了很多觀看生活周邊的稿子，有些關於地方的，有些是關於旅行途中的。當然我也看到臺灣幾十年來吃的變化。那麼，《窮中談吃》，裏頭的文章，事實上寫得比較早，說的是這五十年來，臺灣各種吃的變化，而且我專門挑那些非進口的、非高價的、非美食的、非地中海風情的、本地人本國人花最少錢在吃的那些東西。只能說，以談吃，來對照臺灣生活富裕了以後，究竟有沒有過得更好。這就像《臺北小吃札記》，不是要歌頌臺北吃的富麗堂皇，實在是要鼓勵與發掘，臺北人的想把生活過好的熱情與堅持。

Q13：你寫過美國，寫過〈香港獨遊〉，寫過〈臺北女子之不嫁〉，你會寫的題目那麼多，有沒有什麼題目，是你未來想寫的？你對臺灣這麼有觀察，那麼是不是應該寫一本更深入的臺灣？

A：這個問題很好。因為假如我去花個三萬字，花個半年，去寫花蓮，我自認會是一本很有意思的花蓮書。或是每個城市很精練地寫個一萬字，這一篇寫宜蘭，這一篇寫屏東，寫上十來個城鄉，那一定很有意思。但我不會，我不會一下子很有規劃很有系統地去做這樣的東西。就像十多年前我寫《水城臺北》，後來可能很多人研究臺北，但是我原來就只是一萬字的文章，寫了兩篇，這樣就好。也不必再延伸成多大的巨業。我喜歡寫的，是對於我的時代，我很樂意表述的東西，像是為做為一個臺灣人，做為我這個時代的人，盡到一點分內責任。我現在每天想的就是哪些個題目最該我去做，做一點做一點，不管是小津安二郎、是Woodstock、是五十年前的黑話，還是臺灣的民宿，太多我的時代投射出來的題目，我希望我不要偷懶。

（原載二〇〇八年八月《聯合文學》）

舒國治出版作品一覽

讀金庸偶得	一九八二年十月	遠景
	一九九八年三月	遠流
臺灣重遊	一九九七年九月	自印
	二〇〇八年五月	大塊文化
理想的下午	二〇〇〇年十二月	遠流
門外漢的京都	二〇〇六年二月	遠流
流浪集	二〇〇六年十月	大塊文化
臺北小吃札記	二〇〇七年五月	皇冠文化
窮中談吃	二〇〇八年八月	聯合文學
水城臺北	二〇一〇年十一月	皇冠文化

臺灣小吃行腳　二〇一四年八月　皇冠文化
宜蘭一瞥　二〇一五年五月　聯經
臺北遊藝　二〇一五年八月　皇冠文化
雜寫　二〇一六年八月　皇冠文化
舒國治精選集　二〇一六年十一月　九歌

九歌文庫 1386

舒國治精選集

國家圖書館出版品預行編目（CIP）資料

舒國治精選集 / 舒國治著 . -- 二版 . -- 臺北市 :
九歌出版社有限公司 , 2022.08
面； 公分 . -- (九歌文庫 ; 1386)
ISBN 978-986-450-459-6（平裝）
863.55 111008194

作　　者——舒國治
創 辦 人——蔡文甫
發 行 人——蔡澤玉
出　　版——九歌出版社有限公司
台北市 105 八德路 3 段 12 巷 57 弄 40 號
電話／ 02-25776564・傳真／ 02-25789205
郵政劃撥／ 0112295-1

九歌文學網 www.chiuko.com.tw

印　　刷——晨捷印製股份有限公司
法律顧問——龍躍天律師 ・ 蕭雄淋律師 ・ 董安丹律師
初　　版——2016 年 11 月
增訂新版——2022 年 8 月
新版 2 印——2022 年 10 月
定　　價——480 元
書　　號——F1386
I S B N——978-986-450-459-6